누가 나의 아픔을 알아주나요

# 누가 나의 아픔을 알아주나요

브라이언 코나한 지음 | 정미현 옮김

작은
씨앗

누가
나의 아픔을
알아주나요

지은이  브라이언 코나한
옮긴이  정미현
초판 1쇄 발행  2013년 4월 17일

발행처  도서출판 작은씨앗
공급처  도서출판 보보스
발행인  김경용
책임편집  조은지
디자인  파피루스

등록번호  제300-2004-187호  등록일자 2003년 6월 24일

주소  서울시 서초구 서초동 1355-17 서초대우디오빌 1008호
전화  (02)333-3773   팩스 (02)735-3779
이메일  ky5275@hanmail.net

ISBN 978-89-6423-153-1  43840

이 도서의 국립중앙도서관 출판시도서목록(CIP)은 e-CIP홈페이지(http://www.nl.go.kr/ecip)와
국가자료공동목록시스템(http://www.nl.go.kr/kolisnet)에서 이용하실 수 있습니다.
(CIP제어번호:CIP2013002162)

올라에게 바칩니다.

## 감사의 글

나의 가족과 친구들에게 큰 감사를 표합니다. 그리고 이 책이 나오기까지 아낌없는 지원과 격려, 믿음을 쏟아 주신 안나 알레시 씨를 비롯한 스파클링북스의 모든 분들에게 특히 감사드립니다. 그리고 오랫동안 내가 가르쳤던 많은 학생들에게도 진심어린 고마움을 전합니다. 그 아이들이 없었으면 이 책은 세상에 나오지 못했을 것입니다.

# 추천사

"독창적이고 예리하다. 2부 내용을 허겁지겁 탐독할 수밖에 없다."

_수 팔머, 『타임스지 교육편부록』

"숨이 턱 막힐 만큼 깜짝 놀랐다. 이른 아침에 이 책을 읽기 시작해 그날 저녁 다 읽을 때까지 손에서 책을 놓을 수가 없었다. …… 여태껏 읽어 본 소설 중에 나를 가장 강력하게 끌어당긴 작품 목록에 올리고 싶다."

_『헤퍼스 리뷰』

"빼어난 솜씨가 돋보이는 책을 오랜만에 만났다. 여름 휴가철에 잠깐 읽을 책이 아니라 당당한 필독서로 꼽힐 만하다. 현대 고전과 견주어도 손색없는 소설."

_『왓 매거진』

"십대와 성인을 위한 필독서. 마지막 페이지를 넘겨 결과를 알아낼 때까지 꼼짝없이 이야기에 집중하게 만드는 독창적인 소설. ······ 머리와 심장을 자극하는 이야기, 크고 분명하게 자기 목소리를 내는 등장인물들. 저자 브라이언 코나한은 오늘날 어느 사회, 어느 나라에서 자라는 십대든 누구나 맞닥뜨리고 있는 왕따, 학교 문제, 편견, 고충을 과감히 들추어낸다."

_프랜 루이스, 토크쇼 호스트 겸 인터뷰어

차례

# 1부: 그들이 말하길

# 2부: 클렘이 말하길

1부

그들이 말하길

## 로지 패런이 느낀 첫인상

　내가 클렘을 처음 만난 건 그 애가 우리 학교에 전학 왔을 때였다. 새 학기가 시작되고 2주차로 접어들 무렵. 클렘은 잉글랜드 남쪽 어딘가에서 왔다는데 그게 어딘지는 잘 모르겠다. 한 번도 들어본 적 없는 지명이다. 사실 클렘이 나한테 수도 없이 얘기해 줬는데 여전히 모르겠다. 알아봐야 별 영양가 없는 어느 곳이겠지. 그 애 말투가 되게 묘했다. 그래서 다들 걔한테 끌렸던 모양이다. 커밍아웃한 남자애들 대다수를 포함해서. 코라 말로는 클렘한테 로비 윌리엄스 Robbie Williams. 영국을 대표하는 팝스타. 브릿어워드를 여러 번 수상한 싱어송라이터. 최근에 자신의 SNS에 우리나라 가수 싸이의 곡 〈강남스타일〉을 소개한 일이 있다.-옮긴이 같은 뭔가가 있단다. 뭐…… 그런가 보다. 클렘은 처음에 별로 말이 없었다. 그냥 자기 할 일만 할 뿐 내내 고개를 푹 숙이고 다녔다. 좀 밍밍한 스타일.

맞다. 그 애는 똑똑했다. 되게 똑똑했다. 우리 같은 애들이 발음하기조차 힘든 외국 작품들을 모조리 읽은 애였다. 진짜 따분하지 않은가? 그렇지만 클렘은 기고만장해서 제 자랑이나 하고 다니는 그런 부류는 아니었다. 나는 그다지 책을 좋아하지 않는 사람이라 클렘 같은 애랑 엮일 일이 전혀 없겠다 싶었다. 처음에는 정말로 그런 애 곁에 가고 싶지 않았다. 골치 아픈 책 따윈 나한테 더럽게 지루한 대상일 뿐이다. 독서가 웬 말?

클렘은 수업 시간에 맨 앞자리에 앉았다. 선생님이 우쭈쭈쭈 해주길 바라는 애완동물처럼. 그 애는 줄곧 선생님들과 토론을 벌이며 열을 올렸다. 선생님들이란. 더럽게 따분한 이야기 갖고 뭘 그렇게 논쟁을 벌이는지 이해가 안 된다. 지이루우하아다아고오!

크롤 선생님은 첫날부터 대놓고 클렘한테 집적거린 것 같다. 그녀는 대학을 갓 졸업한 병아리 교사였다. 신입 교사들이 다 그렇지 않은가. 어디 영화에서 본 건 있어가지고 '아이들을 변화시킬 테야!' 이런 열망으로 가득 차서 씩씩하게 학교에 온다. 무슨 일이 생길지 짐작도 못하고 있는 멍청이들. 솔직히 말해서 그 선생님이 하는 바보 짓거리를 보고 있으면 당황스럽기까지 했다. 지식의 샘 어쩌고 하면서 혼자 즐거워하는 모습이라니. 차라리 변기 물을 샘이라고 그래라! 솔직한 말로 크롤 선생님은 아예 답이 안 보이는 타입이었다. 그래도 나는 누굴 대놓고 놀리거나 비웃지 않았다. 그런 건 내 스타일이 아니다. 나는 그저 뒤에서 말없이 관찰하는 타입이다. 물론 어떤 사람들은 노골적으로 사람을 바보 만들곤 했다. 그렇다고 왕따를 시키거나 위협을 하거나 그러진 않았다. 뭐, 그런 건 못 배워먹은 남자애들이나 하는 짓이다. 하지만 내 친구 코라는 크롤 선생님이 고든 남자애들을 향해 눈을 깜박이면서 집적거리기 시작하면 "크롤 쌤 구멍이 아주 벌렁벌렁하지"라고 말하곤 했다. 한 번은 실제로 면전에다 대고 얘기한 적도 있다. 대신 슬쩍 돌려서 표현했다.

"쌤, 콧구멍 벌렁벌렁할 줄 아세요?"

선생님은 그게 무슨 뜻인지 죽었다 깨어나도 몰랐을 거다. 아마 크롤 선생님은 아주 고상한 척 우아하게 깔끔 떠는 도시 출신인 것 같다. 웨스트엔드 뭐 그런 동네.

크롤 선생님에게 코라는 얼굴에 난 뾰루지 같은 성가신 존재였다. 하지만 어찌 됐든 조롱을 받는 대상은 그 선생님이었다.

클렘은 다른 남자애들이랑 달랐다. 똑똑하거나 잘생겼다는 이유에서만은 아니었다. 뭐, 기존의 관점에서 보면 썩 잘생기진 않았지만 확실히 베네통 모델 과에 가까웠다. 그러니까 미남과 추남의 경계에 묘하게 걸쳐 있는 그런 스타일. 어쨌든 그건 코라 생각이었다. 클렘을 보면서 미스터리맨이라고 생각하는 여자애들이 수두룩했지만 내 눈에는 그저 희한한 놈 쪽에 가까웠다. 내가 코라한테 얘기했다시피 비밀인지 뭔지를 감추고 있는 것 같은 그 애를 보면서 괜찮다 싶은 구석은 전혀 찾을 수가 없었다. 가끔 개가 나를 빤히 쳐다보는 걸 포착할 때가 있긴 했다. 기괴한 구경거리 났나 싶은 표정이라기보다는 친구가 절실히 필요해, 같은 눈빛이었다.

내가 인기가 많았냐고? 5학년 스코틀랜드 학제상 15~16세의 중등학교 5학년 – 옮긴이 때는 모든 5, 6학년 애들이 줄기차게 나한테 데이트 신청을 했다. 그러면 나는 줄기차게 퇴짜를 놓았다. 썩 꺼지라는 말을 대놓고 하진 않았지만 어쨌든 그런 의사 표시를 계속 할 수밖에 없었다. 내가 쫓았다기보다는 코라가 나 대신 정리를 해줬다고 하는 편이 맞다. 나한테 들이대던 애들 중 정작 나한테 뭘 어떻게 한 놈은 아무도 없었다. 한두 명과 진하게 키스 정도는 했지만 그 이상 진도는 나가지 않았다. 그 정도면 심장을 쿵쾅쿵쾅 뛰게 만들기에는 충분했다. 같은 학교 다니는 남자애들이랑 저어기 멀리까지 진도를 뺄 생각은 전혀 없었다. 절대 그럴 수 없지. 그러니까 종합하자면 나는 인기인이었다고 볼 수 있지만 그렇다고 아무나 다 홀리고 다니는 나쁜 여자는 아니었다. 미드 디오씨 The O.C. 미국드라마. 캘리포니아 오렌지카운티의 부유층을 배경으로 한 청춘물 – 옮긴이 같진 않았다. 엄연히 실생활이란 게 있고 우린 현실감을 유지하고 사는 게 좋았다. 랩에서 떠드는 리얼 어쩌고가 아니라 정말 리얼한 생활. 나는 다양한 부류의 친구들과 두루두루 알고 지냈다. 네드 NED 파

애들은 빼고.

여기 윗동네에서는 그 애들을 네드파라고 부른다. 말하자면 '못 배워먹은 비행청소년Non Educated Delinquents'인데 '무날파 무식한 날라리'나 '뇌청비파뇌가 청순한 비행청소년'라 불러도 무방하다. 사실 더 적나라한 명칭을 붙여줘도 된다. 티트파TITs: Total Idiot Thickos 뭐 이런 거 말이다. '완바또파완전 바보 또라이들'.

클렘, 그 애는 달랐다. 그러니까, 음……. 일단 억양이 독특했다. 남들과 다른 말투를 쓰는 사람은 자동적으로 쿨해 보일 수밖에 없다. 그건 학교라는 세계에 적용되는 불문율 같은 거다. 말하자면 내가 미국 학교에 갔다 치자. 그러던 나는 입만 뻥긋 해도 거기 있는 애들을 다 쓰러뜨릴 수 있을 것이다. 클렘은 '걸girl'이나 '필름film' 같은 단어에서 R이나 L 발음을 제대로 하지 않았다. 겔, 뭐 이렇게. 그런 발음이 꽤 귀여웠다. 거기다 그 애의 이름도 한몫했다. 이 동네 남자애들은 진정한 아일랜드인이 될 테요, 같은 분위기로 허풍을 떨며 정신을 못 차린다. 17대에 걸친 아일랜드 혈통을 이어왔기 때문이라나 뭐라나. 여하간 그런 분위기라서 다들 자기가 순수 아일랜드인이라고 생각했다. 아, 제발, 좀! 그 애들 부모님을 탓해야지 뭐 어쩌겠나. 여기저기 다 리암, 케런, 코너, 숀, 닐 등등 아일랜드 이름투성이다. 정말이지 뻔하고 재미없었다. 그래서 그 애 이름을 처음 들었을 때 일단 신선하다는 생각이 들었다. 그리고 클렘이라는 이름 덕분에 그 애가 무척 두드러진다고 느꼈다. 아일랜드 혈통에 목매는 다른 애들 사이에서 유독 눈에 띄었다. 더군다나 그 애의 이름과 성이 절묘하게 두운이 딱 맞는 '클렘 커랜'이라는 점이 압권이었다. 'C' 하고 'C'.

크롤 선생님한테 고마워할 만한 게 딱 한 가지 있다. 나는 영어 수업이나 셰익스피어한테 별 감흥이 없는 사람인데 그 선생님이 수업 시간에 클렘의 이름으로 두운이 뭔지 설명하자 그게 바로 머리에 쏙 들어왔다. 내가 나이 들어 마흔이든 쉰이든 됐을 때 '두운'이라는 단어를 들으면 자동적으로 머릿속에 '클렘 커랜'이 떠오를 것 같다. '쿨한 클렘 커랜'이라는 표현을 코라한테 들려주자 '클래식한 코라와 쿨한 클렘 커랜이 컨버터블 쿠페에서 키스했지'라고 코라가 화답했다. 키스는 C가 아니라 K지만 뭐 그 정도는 봐준다. 아마 그때부터였던 것 같다. 아니다. 배지가 시작이었구나.

나는 브라이트 아이즈 배지를 가방에 달고 다녔다. 애니메이션 파운드 퍼피즈 Pound Puppies에 나오는 토끼 캐릭터 말고 밴드 브라이트 아이즈 Bright Eyes. 싱어송라이터 코너 오버스트가 속한 인디록밴드 – 옮긴이 말이다. 물론 내가 그 토끼에 열광하던 시절도 있었지만 지금은 아니다. 여전히 좋아는 하는데 알다시피 나는 십대 아닌가. 우린 좋아하는 게 매주 달라진다. 아니, 하루하루가 다르다. 어쨌든 브라이트 아이즈 노래를 엄청 듣고 다녔던 터라 음악만으로는 뭔가 부족하다 싶어 배지 몇 개를 사서 가방에 달고 다녔다. 가방에다 배지란 배지는 가득 달고 다니는 유행에 발맞춰.

아, 그러니까 나와 클렘은 이탈리아어 스업에서 파트너가 돼 회화 연습을 했다. 로마에서 길을 물어보는 관광객 역할인지 뭔지 그런 거였다. 아니, 대체 그런 걸 언제 써먹는다고. 학교 회화 수업 얘기는 하고 싶지도 않으니 이쯤에서 패스. 하여튼 우린 "길을 따라 쭉 가서 왼쪽으로 도세요. 그런 다음 오른쪽으로 한 번 꺾으면 스패니시 스텝스가 보일 겁니다.' 이런 걸 주워섬기던 중이었다. 당연히 이탈리아어로. 물론 영어랑 막 뒤섞어서. 그런데 그때 클렘이 내 가방의 브라이트 아이즈 배지를 뚫어지게 쳐다봤다.

"네가 감성 돋는 기집애인 줄은 몰랐네." 그가 말했다.

"썅! 돋긴 뭐가 돋아? 그리고 나한테 다신 기집애라고 하지 마!"

내가 정말로 썅, 이라고 하진 않았다. 아니, 했……나……?

내가 감성이 풍부한 여자애 같다고 그 애가 순화해서 얘기해주자 나는 잠깐 머리가 하얘지는 기분이었다. 그 뒤 우린 음악, 학교, 친구, 선생님 등등 십대들의 흔한 이야깃거리로 대화를 나눴다. 제법 즐거운 수다였다. 자기가 어디서 왔는지 들려줬는데 하도 재미없어서 나는 얼른 화제를 바꿨다. 그날 밤 나는 집에서 그 애 생각을 한참 했고 다음 날이 되자 그 애 때문에 가슴이 두

근거렸다.

나는 그때 비로소 그룹 스미스The Smiths. 영국 맨체스터에서 결성된 얼터너티브 록밴드. 1982년부터 1987년까지 활동한 이 밴드는 1980년대 영국 인디 음악계에서 가장 중요한 밴드라는 평가를 받는다.-옮긴이 를 발견했다.

## 코라 켈리의 견해

어머, 세상에나! 내가 클렘을 좋아하거나 그런 거 아니다. 로지가 그런 말을 했다면 그건 새빨간 거짓말이다. 사람들이 그렇게 생각할 수도 있다니 도저히 납득이 안 된다. 정말 기가 차서 웃기지도 않는다. 물론 우리가 그 애 얘기를 하긴 했다.

첫째, 그 애가 전학생이니까.

둘째, 우리가 남자애들 얘기로 수다 떠는 건 늘 있는 일이니까.

모든 여자애들이 다 그런다. 말이 났으니 말인데 남자애들이 우리 여자들에 대해 얘기하는 것도 꼭 들어봐야 한다. 참 내, 누군가가 퍼뜨리고 다닌 얘기 때문에 정말 열이 받아서⋯⋯. 내가 3학년생들이 춤추는 데 가서 어떤 놈이 그거, 에⋯⋯ 딸딸이치는 걸 내가 해 준 다음 그 3학년생한테 뭘 췄네 어쩌네 하는 소리가 퍼졌다. 얼마 후 이 콩알만 한 3학년생들이 복도에서 서로 귓속 말을 주고받는 게 내 눈에 띄었다. 그래서 제일 부지런히 떠들고 있는 멍청이한테 가서 너희들이 지금 하는 얘기가 허튼 소리라 고 인정하지 않으면 머리통이 제자리를 못 찾을 만큼 제대로 한 방 먹이겠노라 한마디 했다. 그랬더니 얼른 다 취소하겠다며 꼬리를 내렸다. 애초에 3학년 애들이 춤추고 노는 곳에 내가 왜 가겠냐 말이다. 나는 조나스 브라더스 Jonas Brothers. 미국의 보이밴드. 한국의 걸그룹 원더걸스가 이 밴드의 북미 투어 오프닝 공연을 맡은 인연이 있다. - 옮긴이 노래가 나온다고 아이구 감사합니다 하면서 음악에 맞춰 촐랑거리는 걸 좋아하는 사람이 아니다. 내가 할 말은 딱 하나다. 학교에서 듣는 얘기를 전부 믿지는 말라는 말씀! 그게 다다. 문자 한 통이면 전교에서 가장 헤픈 계집애가 되는 건 시간문제다. 학교가 그런 데다. 가끔은 간절하게 휴대폰 따위 없던 옛날로 돌아가고픈 마음일 때도 있다. 우리 엄마는 아직도 그 시절 얘기를 한다. 하지만 요즘 같은 시대에 휴대폰이 없다니 그게 상상이나 되나? 분명 친구 하나 없는 왕따가 될 거다.

사실 로지는 내가 코너 더피한테 마음이 있던 걸 알았다. 비록 코너가 축구 같은 것과 사나이들끼리 끈끈함을 키우네 마네 하는 그런 것들에 정신이 팔려 있다 해도 나는 그 애가 좋았다. 어울려 다니는 그 애 친구들과 따로 떼어 놓고 보면 정말로 괜찮은 애였다. "만세! 만세! 셀츠 Celts. 셀틱 축구클럽(Celtic F. C.) 애칭 - 옮긴이 나가신

23

다!" 같은 손발 오그라드는 말까지는 그런대로 견딜 수 있었지만, '우린 뒷골목 깡패 출신이다' 하듯이 으스대며 행동하는 꼬락서니는 도저히 참아줄 수가 없었다. 글래스고에서 그러고 다닌다 이 말이다. 걔네들 말하는 본새도 가관이다. 만화에나 나올 법한 글래스고 억양으로 어디 지저분한 동네 출신인 것처럼 말하고 다닌다. 하지만 그 말투는 완전히 가짜다. 몇몇 애들이 자기 엄마한테 원래 말투로 얘기하는 걸 들은 적이 여러 번 있다. 그 말투는 학교에서 그 애들이 사기 치고 다니는 말투와 하늘 땅 만큼 차이가 난다. 백번 양보해서 그 말투를 참아 낸다 쳐도 나는 힙합 노래 같은 건 분명하게 선을 그었다. 50센트50Cent 나 제이지 JayZ. 둘 다 미국의 유명 래퍼 가 스코틀랜드 억양으로 노래하는 걸 들어 본 적 있나? 무슨 언어 장애 있는 사람이 말하는 것처럼 들릴 거다. 그래도 어쨌든 나는 코너가 좋았다.

로지는 코너가 어딘가 멍청하고 기분 나쁜 인간이라고 했다. 그래서 나는 그 애를 안 좋아하려고 애썼다. 아니, 나는 로지가 하라는 대로만 하는 사람은 아니다. 우린 다들 친구 말을 들을 때도 있고 아닐 때도 있지 않나? 내가 지금 여기서 뭔가를 숨기거나 그러는 게 아니다. 그게 그러니까 밝히기는 민망한 혼자만의 은밀한 즐거움 같은 거다. 길티, 뭐라더라? 길티 플레져? 맞다, 그거. 길티 플레져.

클렘?

클렘은 그럭저럭 괜찮았다. '나는 책에 꽂혔고 허구한 날 독서하는 녀석이야' 같은 지루한 분위기를 풀풀 풍기는 쪽으로. 웃긴 이름에 웃긴 말투. 어떤 여자애들은 그런 희한한 부분에 매력을 느낀다. 그 애들은 클렘이 드라마 디오씨에 나오는 어떤 남자랑 똑 닮았다고 입을 모아 얘기했지만 내가 그 미드를 본 적이 없어서 진짜 그런지 아닌지는 모르겠다. 말이 너무 많아 내 취향이 아니다. 나로선 이스트엔더스 Eastenders 나 홀리옥스 Hollyoaks. 둘 다 영국 드라마 와 확 동떨어진 누군가의 얘기를 듣는 것 같았다. 여기서는 그게 가장 에로틱하게 먹힌다. 아니, 내 말은 …… 다르다는 뜻이다. 그뿐이다. 이국적이 나을라나. 에로틱이나 이국적이나 그게 그거 아닌가.

일주일쯤 지나자 클렘은 모든 사람을 자기 손바닥 위에 놓고 마음대로 요리했다. 나는 그걸 로비 윌리엄스 효과라고 불렀다. 모든 남자들이 되고 싶은 뭐 그런. 어쨌든 아래 학년 여자애들 중에는 복도에서 클렘이 자기들 옆을 지나갈 때마다 침을 질질 흘리는 애들도 있다. 마치 음반매장에서 벌어지는 아이돌 그룹의 깜짝 공연을 보는 애들처럼. 것 참 애처롭다. 그런데 믿을지 모르겠지만 그중에서도 최악은 크롤 선생님이다.

좀 과장해서 말하자면 그 선생님은 클렘이 자기 영어 수업 시간에 들어올 때마다 군침을 흘리고 있었다. 내가 민망할 정도였다. 아니, 내가 그거 갖고 선생님을 몰아세운 적은 절대 없다. 그냥 뭐 여기저기 아주 약간 내 의견을 피력하고 다닌 정도? 결코 고약한 짓 따위는 안 했다.

가끔 신참 교사들은 억지로라도 자기 분수를 알아야 할 필요가 있다. 그건 어떤 선생님에게나 해당되는 얘기다. 신입 교사들은 새로움, 혁신 등으로 똘똘 뭉쳐 있다. 굉장히 짜증나는 부분이다. 그러니까 내 말은 그냥 우리한테 책 한 권 던져 주고 읽어보라는 얘기만 하면 그만이다. 그러면 우리는 그걸 읽고 있는 척할 테니까. 그놈의 단어 하나하나가 무슨 뜻인지를 우리가 살펴볼 필요는 없지 않나. 나는 영어 수업과 관련된 건 별로 하기 싫었다. 나중에 직업으로든 뭐로든 영어 수업 시간에 배운 걸로 뭔가를 할 생각이 없었다. 머리가 빠개질 만큼 너무너무 지루하다. 학교 미사에 억지로 참석하는 것보다 더하다. 나는 그나마 수업 시간을 견디며 근근이 재미 붙일 방법을 찾았다. 사전을 뒤적여서 온갖 욕이란 욕은 다 찾고 앉아 있는 것. 얼마나 나쁜 짓인지는 알겠는데 이게 현실이다. 왜 학교에서는 억지로 영어 수업을 들어야 하는 걸까? 정말 이해가 안 된다. 뺑뺑이 안경 낀 공부벌레들이나 지들이 원하면 그 수업 들으라 하고 나머지 애들은 자기가 좋아하는 과목으로 다른 수업을 듣게 해달란 말이다. 나는 수의사가 돼볼까 하는 마음이 있었지만 생물 점수가 형편없는 데다 뻘건 피가 나는 광경은 질색이라 그냥 관뒀다. 그래도 동물은 정말 좋아하는데……. 뭐, 누가 알겠는가. 내가 앞으로 연극 수업 같은 걸 듣게 될지. 앞일은 아무도 모른다. 진학 상담 선생님이 나한테 미용 기술을 배우는 게 어떠냐고 제안했다. 헐! 쌤, 장난하세요? 제가 그 정도는 아니거든요! 누굴 돌대가리로 아나.

클렘이 우리 학교에 왔을 때 나는 좀 걱정스러웠다. 왜냐면 나랑 로지가 둘 다 그 애를 좋아할 것 같았고 우리 사이에 묘한 긴장감이 흐를까 봐 염려되어서다. 그래서 그 애를 좋아하지 않으려고 무지하게 애를 썼다. 그러다 영어 수업 시간에 클렘이 온갖 쓸머리 없는 얘기를 늘어놓는 걸 듣는 순간 아, 나는 절대로 쟤를 좋아할 수 없었겠구나 싶었다. 보다시피 걔는 전혀 내 타입이 아니다. 아마 클렘은 천칭자리 비스름할 것 같다. 왜냐, 궁수자리랑 천칭자리는 절대 서로를 못 견디는 법이니까. 아니면 사자자리인가? 클렘 별자리가 뭐건 간에 어쨌든 개랑 나는 하나부터 열까지 맞지가 않았다.

헌데 로지가 클렘을 좋아하는 건 눈에 뜨 들어왔다. 클렘이 안 보고 있으면 무모하다 싶을 만큼 그 애를 뚫어져라 쳐다봤고 근처에 있으면 수줍어서 얼굴이 불타는 고구마가 됐다. 한동안은 얘가 이러다 정신 나간 스토커라도 되는 거 아닌가 싶었다. 사실 로지는 학교에서 어느 남학생이든 다 넘어오게 할 수 있는 애였다. 5, 6학년 남학생들 전부 로지를 퀸카라고 생각했다. 못생겼는데도 자기가 최고라고 자부하는 5, 6학년 여학생들은 화장을 덕지덕지 하고 다녔지만 로지는 그러지 않았다. 로지는 자기가 얼마나 예쁜지 몰랐다. 걔는 그런 애였다.

　나는 로지를 질투하지 않았다. 내가 왜 걔를 질투해야 하지? 나를 쫓아다니는 남자애들도 줄을 섰는데. 차가 있는 애들도 있었고 끈덕지게 계속 작업을 거는 애들도 있었다. 나는 흔들림 없이 내 입장을 고수했다. 남친을 원하지 않았다. '유년기의 연인' 어쩌고저쩌고 그런 건 정말 만들기 싫었다. 쫓아다니는 남자애들이 많았다고 해서 내가 헤픈 여자였다는 말이 아니다. 나는 그저 남친이랑 지지고 볶고 이런 걸 원하지 않았다. 절대로! 3학년생부터 그 위 여자애들 중 반 정도는 아마 피임약을 복용할 텐데 그리 놀랄 일도 아니다. 사실 믿든 안 믿든 이 학교에서 벌어지는 이야기를 해보자면 이렇다. 우리 학년 기집애들 반이 한 번쯤 임신 중절 병원을 줄줄이 거치는 사이에 나머지 반은 무슨 민트 사탕 먹듯이 사후 피임약을 입에 쏙 넣어 삼키는 식이다. 나는 늘 조심했다. 그렇다고 80년대에 사는 사람처럼 굴지는 않았다. 어쨌든 나랑 로지는 전혀 딴판이었다. 단지 외모만이 아니다. 일단 로지는 '나 지금 죽을 만큼 우울해서 당장 내 손목을 그어버리고 말 거야' 류의 음악에 꽂혀 있었다. 로지는 나까지 그런 음악의 세계로 끌어들이려고 오랫동안 공을 들였지만 그런 음악은 나로 하여금 자해 욕구만 모락모락 키울 뿐이었다. 나한테 필요한 건 비트와 리듬이다. 어쨌든 내가 원했다 해도 나는 절대 클램을 좋아할 수 없었을 것이다. 로지한테 상처 주는 짓은 하늘이 두 쪽 나도 하지 않았을 테니까. 로지는 나의 베스트프렌드였다.

물론 나는 충격 먹었다.

슬프냐고? 그건 좀 다른 얘기다. 안 그런가?

# 폴린 크롤 선생이 이해한 바로는

이 학교는 사범대학 졸업 후 첫 근무지였던 터라 나는 대단히 열정적으로 일에 임했다. 학생들이 내 과목에 집중하게 만드는 것 역시 나의 의무라고 생각했다. 칠판만 붙들고 있거나 수업 시간 내내 개별 학습을 강요하는 고루한 교수법은 없어진 지 오래다. 나는 보다 독창적인 방식으로 학생들을 가르치며 학습 과정에 더욱 도움이 되는 환경을 조성하고자 노력했다. 그런 식의 교육을 펼치라고 사범대학에서 배우기도 했고. 어쨌든 새로운 교육 방식은 내가 교사라는 직업을 선택한 이유이기도 하다.

학교생활은 별로 힘들지 않았다. 물론 내가 판단할 기준이 딱히 없긴 했지만 동료들도 친절했고 근무하기에도 괜찮은 학교였다. 내가 경험한 학교 교육과 이곳에서의 교수 경험이 전혀 동떨어진 건 아니었다. 이 학교는 온갖 인간 군상으로 가득했다. 나는 그게 좋았다. 학생이나 교사나 다 똑같았다. 내가 보기에 나이 든 교직원 몇몇은 성가신 일에 연루되기 싫어했다고 말해도 될 것 같다. 그런 분들은 실제로 문제가 터져 골치가 아플 바에야 차라리 잠재적 불안 상태에 가만 머물러 있길 좋아한다. 우리가 학생 입장에서 경고를 듣는 정형화된 이야기가 있지 않은가. 이 커피 잔은 이 선생님 것, 저 자리는 저 선생님 것, 내 물건에 손대지 마, 같은 구분이 전부 사실이다. 적개심으로 완전무장 하고 있는 게 뻔히 눈에 보였다.

교무실 내에는 확실한 계급이 존재했다. 한두 달 그 공간의 정치적 상황을 관찰한 결과 그곳이 참 숨막히는 구역임을 깨달았다. 조직 내에 적의가 가득했다. 기꺼이 변화를 받아들일 열망이 없어 보였다. 너무 많은 교사들이 그저 자기 방식에 굳어 있었다. 수업 끝나는 종이 울리기나 기다리고 언제 여름이 오는지 달력만 쳐다봤다. 그들의 냉소적인 사고방식 또한 내 신경을 건드렸다. 동료들 대다수가 자기가 가르치는 학생들에 대해 긍정적인 얘기는 한마디도 하지 않았다. 솔직히 말해 동료 교사들이 자기 직업을 전적으로 무시하고 경멸한다는 사실에 나는 약간 놀랄 정도였다. 다른 직업군이었으면 그런 태도는 해고 사유가 되고도 남았을 것이다. 수많은 교사들은 문을 꽁꽁 닫은 채 현대의 교육 현실에 적절치 않은 방법론이나 고수하고 있다. 요즘에는 교사들을 해고하기가 쉽지 않다. 그런 일이 벌어지려면 특정 기준점을 넘어서야 한다. …… 아, 나 지금 쓸데없는 얘기를 하고 있다. 내가 좀 그러는 경향이 있다.

물론 지금 이런 얘기가 일반화의 오류일 수도 있다. 모든 교사가 그랬다는 말이 아니다. 신경 써서 교육에 임하는 교사들도 있었다. 나는 내가 맡은 학생들에게 관심을 가지고 열정을 쏟았다. 학생들이 내 과목을 좋아하도록 격려하며 어르고 달래느라 많이 노력했다. 하지만 그 노력이 늘 성과를 거두는 건 아니었다.

이런 일련의 과정이 내게 가르침을 준다고 생각한다. 교무실에서 겪는 크고 작은 문제 때문에 위로가 필요해서 내가 학생들을 이용했다는 말이 나올 수도 있다. 사실 학생들은 내게 피난처나 다름없었다. 내가 가르치는 과목을 향한 나의 열정과 진지함이 곡해되거나 오해 받기 쉽다는 것을 알고 있었다. 혹여 그런 일이 벌어지지 않도록 끊임없이 다짐하며 경계를 게을리하지 않았다. 최악의 상황을 항상 인지하고 있었다. 그건 교사라면 누구나 꾸는 악몽과도 같다. 그런 점에서는 나 역시 여느 교사와 다를 바가 없었다.

5, 6학년 수업이야 다 거기서 거기 아니겠는가. 영어 과목에 진심어린 열정을 보이는 학생들도 있고, 아여 무관심으로 일관하는 애들도 있고, 다른 애들이 야단법석을 떠는 동안 참견하지 않고 그저 조용히 있는 학생들도 있었다. 다양한 유전자들의 집합체인 평범한 교실이었다. 로지 패럴? 로지에 관해선 딱히 별다른

점이 떠오르지 않는다. 그냥 전형적인 상급생 여자애였다. 십대의 불안과 빗나간 반항심이 가득한 그런 여학생. 이상할 정도로 나를 몹시 싫어하긴 했다. 이걸 어떻게 얘기해야 하나…….

무슨 이유에서인지 그 애는 늘 부아가 나서 나와 멀찌감치 거리를 두었다. 우리 사이에는 소위 말하는 사제지간의 끈끈한 유대감 같은 게 구축되지 못했다. 로지는 내게 선입관을 갖고 있는 듯 했다. 그 애는 내가 교사로서의 가장 중요한 임무인 학생들의 성적을 향상시키는 일보다 뭔가 다른 문제에 더 관심이 쏠려 있다고 느끼는 게 아닌가 싶었다. 하지만 다른 의도가 뭐가 있겠는가. 학생들이 내 과목을 좋아하게 하고 시험 잘 보게 하는 것이 전부지. 로지가 왜 그런 식으로 느꼈는지 도무지 모를 일이다. 내가 그런 문제 갖고 열여섯 살짜리 여자애랑 부딪힐 일은 절대 없을 것이다. 어찌 됐든 책임질 사람은 나였다. 나는 성숙하고 진실하고 통솔력 있는 모습을 보여 줘야 했다. 어떤 학생이 나를 좋아하지 않아 거리감이 느껴진다는 이유로 그 학생과 맞서는 건 전문가답지 않고 근시안적인 태도이다. 나 자신, 혹은 내 방식에 대해 자신 없어 했던 점이 유감스럽다.

상황이 그랬음에도 불구하고 내가 알기로 로지는 예리하고 똑똑한 소녀였다. 로지는 자기가 이루고 싶은 건 무엇이든 이룰 능력이 있는 학생 같았다. 사실 나는 로지의 개성이 마음에 들었다. 독특해지려고 하는 그 애의 바람이 싫지 않았다. 겉보기에는 로지가 또래 아이들의 관심사와는 다른 방향으로 자신을 표현하는 것 같았다. 옷 입는 감각이나 음악 취향, 전반적인 태도로 보건대 이른바 감성 소녀 부류였다. 감성이 풍부한 여학생 말이다. 로지의 독특한 분위기는 그 애가 즐겨 듣는 음악장르와 관련 있는 듯했다. 추측건대 감성적인 음악이 그 애의 분위기에 적잖은 영향을 끼쳤을 것이다. 거기서 더 나아간다면 로지의 취향이나 태도도 그 애가 즐겨 듣는 음악과 연관된다고 볼 수 있다. 소극적으로나마 인습 타파, 체제 전복을 부르짖는 노래. 로지는 분명히 그런 음악에 푹 빠져 있었다. 앞서 말한 여러 특징이 융합된 학생처럼 보였다.

우리 교사들이 음악이랑 담 쌓고 살거나 그렇진 않다. 대중문화 관련 정보를 입수하는 건 교사의 필요조건이나 마찬가지다. 오히려 그 어떤 직업군보다도 십대들에게 익숙해져야 하는 사람들 아닌가. 나라면 모든 교사들한테 엑스팩터 X Factor 영국의 스타 발굴 프로그램, 빅브라더 Big Brother 미국 CBS 방영 서바이벌 프로그램, 인비트위너스 The Inbetweeners 어딘가 모자란 듯한 남자 고등학생 네 명의 이야기를 그린 영국의 인기 시트콤 - 옮긴이 같은 TV프로그램을 챙겨 보라는 조언을 건네겠다. 학생들과 연결 지점을 만들어 볼 노력이라도 해보라는 얘기다. 지극히 쉬운 일이다.

로지는 영어에 재능이 있었다. 허나 자기한테 그런 능력이 있는지 제대로 파악하지는 못한 것 같다. 때론 자신을 객관적으로 보기가 힘들다. 자기 바깥에 서서 성공을 분석하고 개선해야 할 부분을 찾아내는 능력을 보유하기란 쉬운 일이 아니다. 아마도 그런 부분에서 교사들이 도움이 될 것이다. 로지한테 정말 잠재력이 있다는 걸 알 수 있었다. 내가 보기에 로지는 셰익스피어의 『소네트』와 『맥베스』를 좋아했다.

나는 코라 켈리가 로지의 목을 옭아맨 올가미 같은 존재라고 생각했다. 분명 로지한테 나쁜 영향을 끼치고 있었다. 아마도 그 바탕에는 지적인 열등감, 혹은 솔직히 말해 외모로 인한 열등감이 자리 잡았던 것 같다. 십대 여자애들이 어떤지 다들 알지 않는가. 나는 둘 사이의 우정에 약간의 적의가 스며들어 있다고 이해했다. 여차하면 코라는 혐오스러운 캐릭터로 찍힐 수도 있었지만 어딘가 매력적으로 사람 마음을 건드리는 부분이 있었다. 코라는 관객이 필요한 애였다. 무슨 이유에서든 로지가 수업에 들어오지 않을 때면 코라는 주인 잃은 개처럼 잔뜩 시무룩해 있었다. 코라한테도 뭔가 심오한 부분이 있긴 했다. 동료 교사들 그 누구도 코라에 대해 좋은 얘기를 한 적이 없지만 부디 그런 평가를 기준으로 삼지 않았으면 한다.

그렇다 해도 코라는 절대 시험을 통과할 수 없었을 것이다. 왜냐고? 열등생인 데다 게으르기까지 하니까. 학교를 관두고 그 지역 실업전문학교에 들어가 미용 기술이나 배우는 게 미래를 위해 나을 거라는 조언을 들었을 것이다. 내가 보기에도 그게 좋은 생각이었다. 코라가 왜 그 제안을 받아들이지 않았는지는 확실치 않다. 추측컨대 코라는 학교라는 울타리가 제공하는 위로와 우정, 안정감을 좋아했던 것 같다.

클렘 커랜? 음, 진짜 할 얘기는 그거구나 싶다. 안 그런가?

## 코너 더피가 간파한 부분

가는 완전히 상류층처럼 밥맛없는 말투로 얘기하더만. 이름도 그기 모꼬? 걔네 어무이가 아를 싫어하거나 그랬던 기가? 그 애는 우리가 하는 말 반도 몬 알아묵었을 기다. 우리하고 잡담하는 것 자체가 악몽이었겠제. 우리가 상급생이니까 가한테 요령을 쪼매 알려주라는 부탁을 받았다 아이가. 흑교 여기저기 말이다. 휴게실 같은 데로다가. 비공식적인 규칙이나 예의범절 같은 걸 그 녀석한테 알려주야지.

한 대 피는 데는 어디냐 이런 거.

선생한테 안 걸리고 들어올 수 있는 학교 개구멍이 어디냐 이런 거.

누가 좋은 선생이고 누가 얼간이냐 이런 거. 뻘짓거리 하는 인간이 누구냐.

같이 어울려 댕겨도 되는 애들이 누구고, 죽어라 책만 파고 사는 범탱이들은 누군지.

정신 나간 자슥들은 누군지.

맞다, 우리가 생각하기에 미친 자슥들 말이다. 애교스럽게 재미로다가 미친 짓거리 하고 돌아댕기는 애들을 말하는 게 아이고. 진짜로 미친 짓거리 하느라 실성한 것 같은 또라이 자슥들. 행복에 겨워 팔짝 뛰는 애들은 내도 모른다. 훨씬 상태 안 좋은 애들 위주로다가 잘 알지. 훠얼씬 맛 간 놈들. 깡패 같은 그 패거리, 진짜 굉장하데이. 어쨌든 그 미친 떼거지는 확실히 조심해야할 자슥들이다. 그놈들은 양심의 가책이고 뭐시고 그 영국 샌님을 콱 쭈시고도 남을 놈들이었으니까. 입 한 번 잘못 뻥긋하거나 눈알 한 번 잘못 굴렸다간 그대로 황천길이다. 가들한텐 변명 같은 건 씨알도 안 먹혔데이.

사실 쪼매난 션 그 놈이 잉글랜드 샌님한테 그 싸이코 자슥들 주변에서는 아가리 딱 닥치고 있으라고 얘기했다니까. 만에 하나 그 자슥 말투가 개네들 꼭지 돌게 할까봐서리. 만약 다이다이로 둘만 맞장뜨면 그 놈들 중 누구든 자빠뜨릴 수 있었지만 그럴 수가 없었던 기라. 가들은 기회가 있으면 칼로 훅 찔러서 골로 보낼 테니까 그냥 닥치고 가만있는 게 휠 나았지. 고개 빳빳이 들고 가들 쳐다보면 안 된다꼬. '고개 들지 마' 이게 주문 같은 거였제. 사실 그건 억수로 쉬운 일이데이. 가들 중에 수업 시간에 교실에 있는 놈은 아무도 없었다 아이가. 가들은 선실에 있었던 기라. 아, 선도부실 말이다. 축구팀에서 뛰는 애들도 몇 명 있었는데 갸들이랑 지내기는 꽤안았지. 덩치 큰 닐이 부상당한 뒤에 우리가 클렘한테 축구팀에 들어오라 캤는데도 그 자슥은 축구에 영 관심이 없더만. 이상한 놈 아이가? 뭐, 알아서 잘할 것처럼 보였는데 알고 봤더니 가는 축구 말고 컥비를 좋아한다 카데. 울 아부지가 축구 안 좋아하는 인간은 절대로 믿지 말라고 누누이 말씀하셨다. 암튼 그 놈은 축구에 눈곱만큼도 관심이 없었다. 그렇다고 오해하지는 마래이. 갸가 축구를 안 좋아한다꼬 나쁜 놈이었다거나 그런 건 아이다. 그 놈은 그냥 달랐다. 예를 들면 가는 우리가 다들 꽂혔던 밴드는 하나도 안 좋아하더만. 백프로 진짜데이. 킬러스The Killers, 프라텔리스The Fratellis, 카이저 치프스The Kaiser Chiefs, 50센트, 카니예Kanye 등등 그런 밴드들에 우린 대박 흥분했는데 가는 아이다. 울 아부지가 그라는데 누가 무슨 음악을 듣는지를 보믄 그 사람에 대해 빠삭해진다 카더라고. 그래서 내가 가한테 물었지. "니는 무신 음악을 좋아하노?" 헐, 죄다 내가 생전 들도 보도 못한 밴드들이더라고. 할매가 들을 만한 그런 거. 근데 사람마다 다 지가 좋아하는 게 있는 거 아이가? 아마 그런 음악은 몽땅 로지 패럴이 듣는 거랑 같았을 기다. 뭐가 뭔지 내도 모르겠지만 죄다 허세 쩌는 거였지. 그게 뭐든 간에 말이다.

내는 그 놈 신경도 안 썼데이. 우리가 베프 같은 게 될 일은 없었는데, 그캐도 이놈한테 뭔가 별난 구석이 있다는 인상을 받았다. 이제 와서 그런 말하기 쉽다고 아무렇게나 떠드는 게 아이다. 정 못 미더우면 내캉 몰려다니는 애들 아무나 붙들고 물어보서. 다들 똑같이 느꼈지만 그걸 숨기고 있었제. 로지가 가를 좋아했다고 해서 내가 가시나처럼 샘을 냈다거나 그런 거 아니데이. 그게 말이나 되남? 가를 좋아했던 가시나가 한둘이 아니었지. 엄청 났데이. 전학생이 오면 원래 그런 거 아니겠나? 그기 세상 이치다. 쓰잘머리 없는 데 고개 처박고 있지 않는 한 전학생들은 크든 작든 관심을 끌게 돼 있다. 뭐, 내가 지금 엄청시리 놀랄 만한 얘기를 하는 게 아이다. 나는 전학생 때문에 괜히 속 끓이고 그카지 않았다. 내 생각에 리암은 쪼매 샘을 냈을 기다. 로지랑 몇 번 키스도 하고 그랬던 모양이니까. 근데 그 자슥 말로는 로지가 억수로 막나가는 애라 카대. 로지 머릿속이 말이다. 좀 미친 사람 같이. 아니, 로지가 미친놈 패거리 애들 같았다는 게 아이다. 좋은 쪽으로 핀트가 나가 보인다고나 할까.

내가 생각하기에 리암한테 떠나라고 한 건 사실 로지였던 것 같다. 뻔뻔한 리암이 우리한테 그랬다 안 카나. 로지랑 얽히고 싶지 않다나 뭐라나. 로지가 …… 그, 뭐꼬, …… 자기랑 안 잘 거기 때문이라대. 그래, 리암이 그랬다니까! 우쨌거나 누구도 로지를 비난할 수는 없데이. 그 끔찍한 음악이랑 으스스한 고딕 패션을 함 보라꼬. 내는 도저히 엄두도 못 낼 기다 로지가 얼굴에 그 시꺼먼 거 싹 지우고 옷도 제대로 입고 어설픈 땜장이처럼 굴지 않으믄 진짜 띠용 할 만큼 미인일 텐데. 가시나 참 특이했데이. 양말 하나도 되는대로 신고 다니는 아가 아니었데이. 내는 로지를 좋아했지만 갸가 나를 무슨 강간범처럼 생각했던 것 같다. 아마도 그 가시나가 축구를 억수로 싫어하고 사나이들 놀이 하는 나도 고마 싫었던 모양인갑다. 로지는 남자를 혐오하는 사람이었다. 나중에 로지하고 클렘이 만났을 때 놀라지 않은 사람도 나밖에 없을 기다. 사실 내는 뭔 일이 벌어져도 눈 하나 깜짝하지 않을 놈이었데이. 특히 이놈의 학교에서 벌어지는 일은 더더구나. 내가 예전에 친구 놈들한테 얘기했제. 언젠가 이런 일이 일어나고 말 기라고. 못 믿겠으믄 걔들한테 함 물어보등가. 지금 내는 클렘이 우리랑 어울리지 못하게 했던 걸 다행이라 생각한다 아이가. 혹시나 우리한테 뭔 일이 생겼을지 누가 알겠노.

그렇제, 내 생각에 코라 갸는 이것저것 다 불쾌했을 기다. 그기말이다, 자기 양껏 베프랑 어울리지 못했단 말이데이.

분개? 맞다, 그게 딱 맞는 말인갑다.

코라한테 별 문제는 없었다. 그래도 내는 걔를 절대 좋아하거나 그러지 않았데이. 머스마들이 걔를 완전 미친 스토커 처자라고 부르곤 했제. 걔가 내한테 마음이 있어 깔짝대긴 했지만 내가가한테 전혀 관심이 없었데이. 생긴 거야 멀쩡했제. 걔가 무슨 개

구신처럼 생긴 건 아이니까네. 근데 학교 안에 소문이 쪼매 돌대. 쥐콩만 한 2, 3학년 놈들이 "코라 켈리는 술 취한 동양 호모 자식 한테도 달려들 거다"라고 떠들고 다니드만. 하지만 그런 잡소리 들을 믿는다면 요것도 생각해봐야 한데이. 코라가 저기, 머시냐, 매일 밤 다른 놈하고 자고 댕기네 어쩌네 하는 소리. 사실 내가 한 놈을 안다. 그 가시나랑 뭐꼬, 저기, 잤다 카는 놈. 그놈이 온 사방 떠들고 다녀서 알게 됐다 아이가. 나랑 같은 축구팀에서 뛰는 놈인데 내캉 친구 사이거나 그런 건 아이다. 사실을 말하자믄 갸는 약간 평민 쪽이다. 그 축구팀은 학교 밖에서 결성된 팀인데, 그놈은 대학생인지 뭔지라 카대. 내가 코라를 아는지 갸는 몰랐다. 아무튼 그 일 때문에 내는 코라한테 정이 뚝 떨어졌던 기라. 아니, 그게 코라니까 아 자체로는 아무 문제 없제. 가끔 갸 때문에 웃긴 해도 절대 가까이 가진 않는다. 절대로.

거리를 뒀던 게 억수로 다행이지.

내가 얼마나 기쁜지 말도 몬한다.

# 골드스미스 선생이 깜짝 놀란 점

정말 엄청나게 당혹스러운 일이다. 대체 누가 그런 일을 납득하겠는가? 교사 입장에서는 진짜 최악의 악몽이나 다름없다. 그래도 이 일로 지독한 슬픔에만 빠져 있는 건 전적으로 감정 낭비일 뿐이다. 가끔 우리 교사들은 어떤 상황을 예견하고 가설을 세우고 자기 학생들에 관해 정확한 예측을 내놓는 능력을 발휘한다. 그렇지만 이건! 이건 어딘가 다른 곳에서나 일어나는 일이다. 정말 나는 아.무.것.도. 몰랐다. 낌새도 못 챘다. 내 마음속 깊은 곳까지 철저히 살펴봐도(사실 그 일이 벌어진 이후에 진지하게 내 마음속을 집중 탐색했다) 정확히 뭔가를 알려주거나 전조가 될 만한 암시, 경고, 실마리 따위는 없었다. 전혀. 혹시 그 일로 뭔가 의문이 제기된다면 그건 누군가의 직업적 타당성을 묻는 것이다. 얼마나 자격이 있는 사람인지 물음표를 꺼내 들 기회가 된 것이다. 내가 이 문제를 두고 나 스스로에게 수도 없이 질문을 던졌다고 얘기하고 싶다. 사실을 말하자면 나는 그 일 대문에 망치로 머리를 얻어맞은 기분이다.

내가 보기에 클렘은 위쪽 지역으로 이사 가는 것을 썩 달가워하지 않았다. 그렇게 감수성 예민한 나이에 다른 동네로 이사 가는 걸 좋아할 사람이 있겠는가? 친구들, 학교, 그리고 자기가 속해 있던 문화권을 뒤로하고 낯선 곳으로 떠나기란 쉬운 일이 아니다. 대단히 단호하고 굳은 의지를 지닌 젊은이나 되어야 그런 인생의 급격한 변화를 감당할 수 있을 것이다. 그렇다고 클렘이 미래를 걱정하고 두려워하진 않았으니 오해는 마시길. 사실 그 녀석은 방랑벽과 호기심으로 똘똘 뭉친 학생이었다. 곧 일어날 일을 두고 클렘과 나눴던 대화가 기억난다. 나는 앞으로 글래스고에서 펼쳐질 클렘의 새로운 생활을 인류학적 차원의 모험처럼 접근해보라고 그를 독려했다. 그 애 마음속의 공포를 없애주려고 노력했다. 그때의 대화를 상담이라고 부를 만하다면, 일단 그 상담은 교사로서 꼭 해야 하는 일이었다고 말하고 싶다. 그 점에 있어서는 여러모로 내가 제 역할을 하지 못한 것 같다. 이후에 나는 스스로의 예지력을 두고두고 저주했다.

그래, 맞다. 모범적인 학생. 내가 가르친 수많은 학생들과 마찬가지로 클렘은 지식욕에 불타는 학생이었다. 그는 온갖 문학 작품을 탐독했다. 또래의 많은 남자애들처럼 클렘도 비트세대beat generation. 제2차 세계대전 후 1950년대 중반 샌프란시스코와 뉴욕을 중심으로 모인 작가 및 예술가 그룹. 획일화된 사회에 저항하며 기성세대의 주류 가치관에 반기를 들었다.─옮긴이 시인들의 작품에 상당한 관심을 보였지만 거기에 그치지 않았다. 그는 대단한 열정과 진지함으로 시인들의 작품에 접근했다. 클렘이 시인과 시를 향해 무조건적인 찬사를 보내지 않는다는 점이 인상적이었다. 많은 이들이 오랫동안 저지른 실수를 클렘은 되풀이하지 않았다. 그는 확실히 작품 자체는 존중했으나 비판적인 눈으로 작품을 보면서 자기 자신과 작품 사이에 거리를 둘 만큼 통찰력이 있었다. 자신이 어떤 책이나 시를 좋아하는 이유를 똑 부러지게 설명하고, 반대로 싫은 이유도 명확히 얘기할 줄 아는 학생이었다.

클렘은 가르칠 맛 나는 학생이었다. 교사의 기쁨 같은 존재. 수업에 적극적으로 참여했고 항상 활발했으며 태도에 늘 일관성이 있었다.

그러니 이 모든 걸 이해할 수가 없다. 그렇지 않겠는가?

클렘이 그럴 수밖에 없었던 이유를 해명하려고 할 때 한 가지 떠오르는 부분이 있다. 내 수업 중 많은 부분이 너무 남성 위주였고 공격적이었으며 테스토스테론 과잉이었다는 점이다. 내가 지금 언급하는 건 수업 시간에 다룬 작가와 작품이다. 그래서 나는 스스로에게 질문을 던졌다. 잠재의식 속에서 우리 교사들이, 내가 여성을 대상화했던가? 그렇게 함으로써 남성의 기량과 통제력을 돋보이게 했던가? 만약 그렇다면 나는 전적으로 책임을 인정한다. 말 그대로 '내 탓이로소이다' 하고. 보다 철학적 수준에서 본다면 생득적으로 나쁜 것인지, 혹은 단순히 기질이나 양육의 문제인지는 숙고해 봐야 할 점이다. 우리의 교육 구조는 어찌 될 운명인가? 직업윤리는? 당연히 나는 스코틀랜드 교육 제도에 관해 전문적으로 아는 바가 없지만 어떻게 이런 일이 벌어질 수 있었는지 여전히 이해가 안 간다. 이해가 안 가는 정도가 아니라 사실은 대단히 놀랐고 몹시 슬퍼진다. 미래의 꿈과 소망이 폐기된 것이나 다름없다. 참으로 슬프다.

## 커닝햄 선생이 불신하는 부분

저기, 나는 바보가 아니다. 폴린 크롤 선생이 뭐라고 했는지 짐작이 간다. 정확히 똑같은 말로 옮기지는 못하겠지만 요지는 거의 비슷하게 짚어 낼 수 있다. 우리는 불쾌한 얼간이들 집합체였고, 자기 방식에 굳은 꼬장꼬장한 노인네 같았고, 우리 직업에 관한 열정이라고는 없는 인간들이었다, 뭐 이런 내용. 수년간 영어과 주임으로 근무하면서 그런 얘기는 수도 없이 들었다. 그 선생이 이 일을 계속 하면서 5년 뒤에 과연 어떤 상태일지 자못 궁금해진다.

세상에나, 신입교사들 때문에 실소를 금할 수가 없다. 그 빛나는 교대 졸업장을 아직도 고이 모시고 다니는 듯 그들은 혁신적인 방법을 부르짖으며 여기저기 휘젓고 다닌다. 머릿속은 이데올로기로 완전무장돼 있다. 그들은 가장 먼저 크게 떠들기 시작한다. 어쩌다 재수 없게 그들 가까이에 있던 누군가는 그들이 쉴 새 없이 쏟아 내는 불만을 고스란히 들어야 한다. 신입교사들은 노련하고 경험 많은 전문가, 교사, 존경 받는 동료 등을 향해 감히 삿대질을 하는 무모함도 갖췄다. 격동적인 7, 80년대를 간신히 돌파한 뒤 다소 빛바랜 모습이 된 역전의 용사들, 재능 있는 선배들을 말이다. 물론 그 선배들 중에는 적의를 품거나 케케묵은 얘기를 하는 사람들도 있지만 이들은 투쟁의 시대를 거친 뒤 지금의 모습이 될 일종의 자격을 부여받았다. 현재 모습이 그들의 잘못이라고 말하기는 힘들지 않은가? 내가 여기 앉아서 자학이나 하고 있을 거라는 기대는 하지 말라. 그런 일은 절대 없을 것이다.

오, 그럴 리가. 나는 지금 그 일에 대해 변명을 하려는 게 아니다.

폴린 크롤은 열심히 일하는 교사였다. 학급관리 능력이 좋은 편이었다. 선배 입장에서는 초년병들이 유유자적 놀러 다니듯 들어올 때 그 부분이 가장 큰 걱정거리일 것이다. 그러나 학급관리에 관한 한 나는 전혀 걱정이 없었다. 교과 주임에게 수습생은 가끔 골치 아픈 존재로 다가오지만 크롤 선생은 첫날부터 훌륭하게 학급을 관리했다. 학생들한테 그 어떤 부정적인 평가도 들은 적이 없었다. 물론 긍정적인 평가 역시 전혀 들은 바 없다. 크롤은 유능한 교사였고 그 부분은 확실하다. 내 개인적인 평가로는 그 선생이 약간 건방지고 쌀쌀맞다는 생각은 들었다.

크롤 선생이 아름다운 아가씨라고 생각했다. 그건 의심할 여지가 없다. 남자 교직원과 남학생 대부분 역시 그렇게 생각했을 것이다. 하지만 나는 에둘러서 말하고 이런 거 잘 안 한다. 나는 유부남이다. 행복한 결혼생활을 하는. 교사로 일하면서 사람 보는 안목 하나는 확실히 생겼다. 한 가지 분명히 말할 수 있는 건 내가 크롤 선생을 신뢰하지 않았다는 점이다. 그것만큼은 확실했다. 그렇다고 내가 그 선생을 힘들게 했다고 생각하면 곤란하다. 다른 교직원들을 대하는 태도와 크롤 선생을 대하는 태도는 전혀 다르지 않았다. 그렇지만 솔직히 그 여자를 믿지는 않았다. 말했다시피 나는 사람 보는 눈이 꽤 정확하다.

이 사건에서 모순된 부분을 찾을 수 있다. 한편으로는 내가 아주 정확했지만 다른 한편으로는 완전히 빗나갔다. 그 점은 내가 아주 잘 알고 있다. 아니, 솔직히 말해 내가 할 수 있는 게 아무것도 없었다는 생각이 든다. 선견지명이 있고 아는 게 많은 사람들조차도 아무런 영향을 줄 수 없었다. 그 어떤 조짐도 보이지 않았다. 전혀. 불시에 일어나는 일은 그저 예상이 안 될 수밖에 없다. '뜻밖'이라든가, '예기치 않은' 등의 표현이 그냥 나오는 게 아니다. 우리는 일개 교사일 뿐이다. 탐정도, 심리학자도, 독심술사도 아니다. 그러니 이 일에 대해 책임 소재를 따질 수는 없다. 나도 내 동료들도 손가락질 받을 이유가 없다. 우린 무죄다.

## 로지 패럴의 엄마가 느낀 첫인상

흠…… 솔직히 우리 로지 때문에 걱정스러웠다. 어디 시내에서 돌아다니는 계집애들처럼 옷을 입고 다녔으니까. 뷰캐넌가 서점 뒤쪽을 어슬렁거리는 애들처럼 말이다. 걔들이 뭘 하는지 당최 모르겠다. 음악 얘기를 한답시고 시끄럽게 떠들지를 않나 스케이트보드 타는 남자애들이나 쳐다보지를 않나. 그나마 입고 있는 스타킹은 왜 그리 갈가리 찢고 다니는지. 그게 유행인가? 내 눈에는 애들이 하나같이 다 똑같아 보인다. 죄 시커먼 옷차림이다. 게다가 대체 화장은 그게 뭔가! 클렌징은 제대로 하고 다니는지 모르겠다. 어쨌든 나는 로지가 그런 차림새를 따라하지 않았으면 했다. 딸내미가 그러고 다니는 걸 원하는 부모가 어디 있겠는가? 하지만 네드 패거리들과 거리를 헤매고 다니게 만드느니 그 시커먼 여자애들하고 어울리도록 내버려두는 게 차라리 낫다 싶었다.

요즘에는 부모 노릇하기가 정말 무섭다. 애들이 시야에서 벗어나면 더럭 겁이 난다. 거기다 생리일, 성장통은 말할 것도 없고 그 무시무시한 십대의 반항 때문에 골머리를 썩는다. 엄마라면 누구나 딸의 친구가 되고 싶을 것이다. 여자들끼리만 하는 그런 얘기도 나누는 좋은 친구 말이다. 하지만 로지는 그런 알콩달

47

콩한 여자들 일을 전혀 좋아하지 않았다. 소녀 감성의 핑크색 물건은 아주 질색했다. 내가 개 속옷 빠는 것까지 질색하는 애였다. 속옷이 남의 눈에 띄는 것 자체를 싫어했다. 건조대에 널어놓거나 그런 거. 그래서 속옷은 다 자기가 직접 빨고 자기 방에다 널었다. 그 애 방은 우리 집에서 출입 금지 구역이었다. 로지가 자기 몸에 대해 부끄러워했다고 생각하지는 않는다. 그런 면은 다른 열여섯 살짜리 여자애들과 마찬가지였을 것이다. 하지만 우리 모녀는 그런 부분에 대해 터놓고 얘기해본 적이 없다. 우리는 서로의 경계가 어디까지인지 잘 알고 있었다. 언젠가 로지의 반항기가 누그러질 것이다. 나도 그 정도는 안다. 나 역시 그 나이 때 똑같이 굴었다. 우리 부모님도 내가 열여섯일 때는 나와 사이 좋게 지낼 수 없었다. 하지만 이제 부모님과 나는 절친한 친구나 다름없다. 우리 엄마하고 나 사이엔 못할 말이 없을 정도다. 정말 모든 걸 터놓고 얘기한다.

나는 티렉스T. Rex 와 보위Bowie 에 푹 빠져 있었고 부모님은 내가 왜 통굽을 고집하고 정신 사나운 무지개처럼 얼굴을 칠하고 다니는지 도저히 이해하지 못했다. 예전 내 모습은 지금의 로지와 전혀 다를 바가 없다. 우리 딸은 온갖 우울 빽적지근한 음악은 다 듣고 다닌다. 아무리 봐도 쓰레기 같은 음악이라는 생각밖에 안 든다. 하지만 이런 사정이 비단 우리 집 이야기만은 아니잖은가? 십대들이 자기가 듣는 음악에 얼마나 집착하고 그 노래에서 들리는 내용을 어떻게 실행하고 사는지 다들 알 것이다. 미국의 학교에서 무슨 일이 벌어졌는지를 한번 보라. 끔찍한 일이었다. 그게 다 애들이 듣고 다니던 음악과 관련된 일 아니던가? 하여간 나는 로지가 그런 음악에 지나치게 의존하는 게 무서웠다. 아니, 무섭기보다는 걱정스러웠다. 로지는 점점 더 내성적인 아이가 되어 자기 안으로 파고들었다.

현재 로지 아빠는 우리와 함께 지내지 않는다. 그 사람은 만약 여자애 대신 사내애가 있었으면 더 나았을 거라는 말을 입버릇처럼 했다. 사내자식은 아랫도리 단속만 잘하면 아무 걱정이 없다나 뭐라나. 하긴 그게 걱정거리이긴 하지. 아주 큰 걱정거리. 엄마들은 다 그게 걱정이지 않은가? 나도 예전에 그런 장면을 자꾸 상상하곤 했다. 내가 몸담고 있는 종교가 낙태를 금한다는 걸 알긴 하지만 혹시 로지가 그 나이에 나한테 와서 엄마 나 임신했어, 이러면 솔직히 나는 당장 애 손 붙들고 제일 가까운 병원으로 직행할 거다. 인생 낭비하는 꼴은 차마 볼 수가 없다. 보다시피 이 근방 어린 여자애들이 유모차 끌고 갈 데가 없어서 이리저리 배회하고들 있지 않은가. 자기 몸 하나 건사할 줄 모르는 불쌍한 영혼들이 핏덩이 갓난아이인들 신경 쓸 리 만무하다. 로지는 이제 더 이상 자기 아빠를 못 본다. 예전에는 가끔 보곤 했는데 이제 더는 아니다. 애 아빠 결정이다. 중요한 문제는 아니라고 본다.

로지하고 코라는 초등학교 때부터 친구였다. 나는 자그마한 코라가 마음에 들었지만 근래 내가 그 애 때문에 걱정하고 있었다는 말은 꼭 해야겠다. 이 동네에서 누가 뭘 하면 그게 계속 비밀로 지켜지긴 힘들다. 코라는 나쁜 평판으로 이름을 떨치기 시작했다. 그런 유명세를 좋아라 하는 여학생은 없는 법이다. 얼마간은 본인이 그렇게 퍼뜨리고 다닌 이야기 같았다. 그 애가 조심하기만 한다면 전적으로 자기한테 달린 일이긴 하다. 하지만 나는 코라가 그런 평판을 듣고 다니는 동안 로지는 뭘 하느라 바빴을까 내심 궁금했다. 그저 길모퉁이에 서서 코라를 기다리고 있었을까? 아니면 누군가랑 같이 있었을까? 노이로제에 걸릴 지경이었다. 아니, 내가 우리 딸이 성인군자라고 기대하는 건 아니다. 물론 나도 그 나이에 똑같이 그러고 다녔다. 키스하고 뭐 그런 거. 십대 여자애들이라면 으레 보이는 모습. 나 역시 남자애들한테 관심이 있었고 첫사랑을 잃았고 남자 친구도 사귀었고 극장에 가고 춤추러 다니고 그랬다. 말 그대로 평범했다. 하지만 지금은 전부 섹스, 섹스, 섹스밖에 없다. 그게 다 망할 놈의 인터넷 때문이다. 걱정거리가 또 있다. 우리 때는 병에 걸리는 일이 거의 없었다. 그런데 요즘에는 그런 문제로 고생하는 여자애들이 수두룩하지 않은가? 잘은 모르지만 클라미디아가 요즘 제일 큰 문제라는 것 같던데, 우리 때는 클라미디아인지 뭔지가 있는지조차 몰랐다. 나는 그저 어느 때쯤 로지가 집에 와 코라가 임신했다는 얘기를 꺼내겠지 하며 기다리고 있었다. 이미 들은 소문이 있었기 때문에 그런 얘기를 들어도 눈 하나 깜짝하지 않았을 것이다.

로지가 처음으로 클렘을 집으로 데려왔을 때 내가 기뻐서 펄쩍펄쩍 뛰거나 그러진 않았다. 확실히 이름드 희한하고 상류층 샌님처럼 말하는 어투도 낯설었다. 그래도 어는 괜찮았다. 그런 건 본능적으로 느끼는 법이다. 첫인상이 좋았다. 예의 바르고 매력적인 아이였다. 로지가 왜 그런 남자애를 좋아하는지 충분히 알 것 같았다. 알다시피 우리 로지는 자기 학교 남학생들이 거의 다 멍청하다고 생각했는데 클렘은 그런 애들이랑 정반대였다. 무엇보다 나한테 중요했던 건 딴 게 아니라 로지가 클렘을 만난 후에 훨씬 더 행복해 보였다는 사실이다. 만난 지 얼마 지나지 않아 둘은 한시라도 떨어지고는 못 사는 사이가 되었다. 클렘은 하루가 멀다 하고 집에 찾아왔고 늘 공손하고 친근한 모습을 보여줬다. 어느새 로지가 듣는 음악이 바뀌기 시작했다. 내가 로지를 가지기도 전에 나왔을 '스미스'의 노래가 로지 침실에서 흘러나왔다. 예전에 나는 그 밴드를 별로 좋아하지 않았다. 꽃을 들고 춤을 추느니, 노신사의 안경이 어쩌느니 이런 건 내 취향이 아니었다. 그 밴드를 좋아하는 사람들은 죄다 별난 타입이었다. 그래도 로지가 예전에 듣던 쓰레기 같은 음악에서 벗어났다는 점은 두 손 들어 환영이었다. 모녀 관계가 더 끈끈해진 것 같았다. 우리 둘이 대화하는 시간도 늘었다. 클렘과의 관계가 어떤지, 둘이 본 영화에서 뭐가 나왔는지, 콘서트가 어땠는지, 이런 얘기를 로지가 나한테 들려줬다. 우리 모녀 사이의 소통 상태가 개선되었지만 너무 깊이 파고들진 말아야 한다고 늘 의식하고 있었다. 까딱하면 우리 둘 사이의 다리가 뚝 끊어질 수도 있었으니까.

의심스러운 구석은 전혀 없었다. 겉으로 보기에는 여느 십대들의 연애나 마찬가지였다. 평범한 관계. 처음에는 서로에서 홀딱 반해 시작하지만 그런 상태가 얼마나 빨리 변하는지, 자신이 알아채기도 전에 그 샤랄라한 세계가 무너지고 마는지 다들 잘 알 것이다. 그런데 둘 사이에는 그런 변화가 보이질 않았다. 사이좋게 잘 지냈다. 둘은 보기 좋은 커플이었다. 내가 염려했던 딱 한 가지는 클렘이 학교를 마치면 잉글랜드로 돌아간다는 말을 했던 부분이다. 정확히 어디로 가는지는 모른다. 클렘이 어디 출신이라고 했지? 이스트본? 아마도 왔던 데로 다시 돌아가나 보다 했다.

당연히 나는 로지가 잉글랜드로 가길 원치 않았으니까 마음 한편으로는 둘의 관계가 깨지기를 바라고 있었다. 나더러 이기적이라 해도 어쩔 수 없다. 나랑 로지 둘밖에 없지 않은가. 실제로 지금까지 쭉 그랬다. 나는 로지 아빠 이후로는 아무도 만나지 않았다. 내가 어떻게 느꼈든, 남몰래 뭐라고 빌었든, 사실 이런 식으로 둘의 관계가 찢어지길 원하진 않았다. 절대 예상하지 못했다. 세상 어느 엄마가 그러길 원하겠는가. 세상 누구도 그렇게 되라고 빌지는 않는다. 지금 일어난 일을 생각하면 차라리 로지가 잉글랜드로 갔으면 좋겠다.

나는 늘 사람 보는 눈이 있다고 자부했다. 내 안목이 틀렸던 가?

♦

# 폴린 크롤이 느낀 클렘에 대한 첫인상

클렘은 내 수업 시간에 늘 환영 받는 학생이었다. 무엇보다도 내 과목에 각별한 관심을 보이고 앎에 대한 강한 열정을 드러내는 아이였다. 확실히 저 아래 지역에서 교육을 잘 받아 좋은 습관이 몸에 밴 듯했다. 클렘은 자기 또래들 수준 때문에 얼마간 좌절감을 느꼈을 것이다. 어쩌면 말하는 스준이 안 맞는다거나 그런 문제가 아니라 자신을 둘러싼 냉담한 시선 때문이었을지도 모른다. 클렘이 교실에 들어오기 전에는 실질적으로 토의나 논쟁 같은 건 아예 존재하지 않았다. "선생님, 이게 무슨 뜻이에요?", "이 사람은 왜 이런 말을 하는 거죠, 선생님?" 고작해야 이런 질문이 나오는 수준이었다. 유감스럽지단 그다지 흥미진진하지 않은 질문들. 그런데 클렘의 탐구 수준은 그 반 학생 누구보다도 월등했다. 나는 클렘이 수업에 들어오는 게 좋았다.

그렇다. 클렘은 내가 예뻐하는 학생이었다. 따로 아끼는 학생이 없다고 말하는 교사는 거짓말쟁이다. 학업에서 좋은 성과를 보이고 행동에 문제가 없는 학생들이 주로 애제자 목록에 오른다. 내 경험으로 미뤄 보건대 어떤 사람들은 좋은 훈육법과 좋은 교수법을 동일시한다. 물론 둘은 서로 관련돼 있지만, 자칫하면 학생들에게 '무조건 선생님 말 잘 들어!'라며 겁주는 분위기로 몰고 갈 뿐 정작 아무것도 가르치지 않을 수도 있다. 유감스럽지만 많은 교사들이 그렇게 한다. 문제는 그들이 스스로를 좋은 교사라고 믿는다는 점이다. 내 생각에 그들은 게으른 교사만큼이나 나쁘다. 그들은 변화를 두려워하고 자신의 토대가 무너지거나 자기가 아는 부분에 문제가 제기될까 봐 지레 겁을 먹는다. 혹은 매사에 의심한다.

어떤 면에서 보면 나는 동료들보다 몇몇 학생들과 마음이 더 잘 맞는 것 같다. 세대 차이가 그 이유일 수도 있다. 함께 근무하는 대부분의 동료들보다 학생들과 나이 차가 더 적게 난다. 나는 십대들이 좋다. 그들이 지닌 활기와 명랑함이 나한테도 전해져 영향을 주기 때문이다. 아마도 내가 무심결에 나의 십대 시절을 그리워했던 것 같다. 아니, 나는 그 시절을 동경했다. 그렇다고 그 시절로 돌아가고 싶은 생각은 없다. 대체 누가 그러겠는가. 내가 지금 말하고 싶은 건 모름지기 교사란 실제로 십대들 같아야 한다는 점이다. 십대들과 함께 있는 걸 즐거워해야 한다. 이 부분에 있어선 규칙 위반이라든가 직업의식과의 충돌 같은 건 느껴지지 않는다. 어쩌면 순진하게 들릴 수도 있지만 이건 나의 신념이다. 그런 신념 자체가 잘못일까?

클렘한테 사람을 끄는 힘이 있다, 없다의 문제가 아니었다. 그렇게 단순한 얘기가 아니다. 한 인간으로서 나는 클렘이 왜 매력 있는 아이라는 평가를 받았을지 알 것 같다. 왜 수많은 여학생들이 클렘을 보고 멋지다고 생각했을지 십분 이해가 간다. 물론 나 역시 그 애가 잘생겼다고 생각했다. 그게 범죄는 아니잖은가? 하지만 단 한 번도 그 애 눈이 사랑스럽네 어쩌네 하는 식으로 생각해 본 적은 없었다. 여자 교직원들과 뭐라고 한두 마디 한 적은 있지만 그게 무슨 불순한 의도나 은밀한 뉘앙스로 해석될 내용은 전혀 아니었다. 그보다는 칭찬이나 점잖은 소견에 가까웠다.

나는 클렘 같은 학생 때문에 교직에 몸담고 싶었다. 그는 교사 일에 집중하게 만드는 학생, 혹은 교사를 바짝 정신 차리게 하는 학생이었다. 문학 작품의 속살을 깊이 파고드는 학생, 어떻게 해서든 문학을 잘근잘근 씹어서 분석하고 해체하려는 학생이다. 도사견처럼 집요하게 달려들기. 상대가 패배를 인정할 때까지 지독하게 물어뜯고 갉아대기. 나는 이걸 책과 나 사이의 시합이나 경쟁이라고 생각했다. 열이면 열 항상 내가 승리를 거둔 경쟁. 논제에 다가가는 분석적 접근이라는 측면에서 클렘과 나는 공통

점을 보였다. 물론 지금 말하는 건 열여섯 살짜리의 접근법을 뜻한다. 당연한 얘기지만 내가 접근하는 방식은 한층 더 세련되었다. 그냥 클렘과 내가 사고방식이 같았다고 말하는 게 좋겠다. 주파수가 같았다고나 할까?

이런 방법으로 자기 학생들과 가까워지는 교사는 별로 없다. 이 분위기는 존중과 존경이 바탕이 된 영역에서 차츰 발전된 결과이다. 클렘은 기말 시험에서 A를 받기 위해 열의를 다했고 나는 그 목표를 이루도록 도와주려고 했다. 원한다면 내가 도와줄 수 있다고 클렘에게 이야기했다. 수업 외적인 도움을 뜻하는 것이었지만 학교라는 공간 내에서 도와주겠다는 말이었다. 과제 동아리, 특별 수업 모임, 야간 도서관 자습 등등 전부 학교 주도하에 이뤄지는 것이었다. 나는 그저 다른 교사들처럼 학생을 도와주는 선생이었다. 우리는 그러라고 월급을 받는 사람들 아닌가. 클렘은 화요일, 목요일 특별 수업 모임에 오곤 했다. 그 모임은 다양한 형태의 학습이 진행되는 시간이었다. 학생이 자기 숙제를 하면서 다른 학생들과 공동으로 과제 수행을 할 수 있었다. 가령 에세이 구조 잡기, 에세이 쓰기 등을 함께 하는 것이다. 때로는 강의나 교사 지도하의 토론이 진행될 때도 있다. 참여 인원은 들쑥날쑥했다. 많으면 열다섯 정도였고 적게는 두 명만 오는 날도 있었다.

로지 패럴은 단 한 번도 참석하지 않았다. 클렘은 늘 혼자 왔다. 나는 클렘의 적극적인 노력과 의욕에 무척 감동 받았다. 결연한 의지가 무엇인지를 보여 주는 소년이었으니 나는 그가 A를 받으리라 믿어 의심치 않았다. 클렘은 남부 지역으로 돌아가고 픈 마음이 간절하다고 말했다. 그가 글래스고에서 지내는 시간을 즐거워하지 않았다는 생각이 든다. 이건 정말 절제된 표현이다. 지금 우리가 알고 있는 부분을 감안한다면 클렘의 심정이 어떨지 공감하고도 남는다. 이곳은 도무지 궁납이란 없는 동네니까. 특히나 다른 곳 출신에게는 더 심하다. 클렘이 싸우고 있던 대상이 꼭 반ℝ잉글랜드 정서라고는 할 수 없다. 그에게는 소위 신분 상승에 대한 소망이 있었다. 클렘은 지위나 계층이라고 지칭하는 분류법의 희생자이기도 했다. 클렘의 집은 근근이 살아가는 중산층이었다. 그건 확실했다. 클렘은 집안 배경 때문에 속앓이를 했다. 나는 그 부분을 충분히 공감한다. 아마 클렘은 내가 이해해 주는 것에 고마워했지 싶다.

내가 클렘한테 도움의 손길을 건넸던 때가 있다. 그 애가 다쳐서 그랬을 뿐이다. 그리 심각한 부상은 아니고 그냥 눈언저리에 멍이 좀 들었더랬다. 하지만 심리적 상처가 훨씬 깊어 보였다. 어느 날 아침 복도에서 클렘과 마주쳤다. 곤란해 하는 모습이었다. 심란하고 불만스러워 보였다. 아까 얘기했다시피 말 그대로 도움의 손길을 건넸다. 아마 무의식중에 손이 나갔던 것 같다. 오해할 이유가 전혀 없는 위로의 손길이었다. 클렘이 내 학생이니까 다친 모습을 보고 당연히 안됐다는 생각이 들었을 것 아닌가. 클렘이 내 수업을 들어서 좋았다. 그런 학생이 안 좋은 상황에 처했고 공격당하기 쉬운 처지에 있으니 당연히 도와주고 싶은 마음이 들었다. 하지만 클렘은 도움을 거절했다. 그 당시에는 누가 클렘을 그 지경으로 만들었는지 몰랐지만 의심 가는 누군가가 있었다. 여러 사건을 감안하면 이런 의심이 꽤 정확하게 맞아떨어져 결국에는 사실로 판명 났다.

이따금 클렘과 나는 그 애가 갈 만한 대학교나 진로에 대해 얘기했다. 문학 분야는 클렘이 선택한 진로였다. 그 애가 내 의견을 꽤 진지하게 받아들였다는 생각이 든다.

내가 학교에서 눈 감고 귀 닫고 걸어다녔던 건 아니다. 이런 저런 상황에 대해 다 들었고 다 보았다. 클렘과 로지가 세트로 붙어 다니는 건 비밀도 아니었다. 그것 때문에 내가 상처를 받은 것도 아니고 그렇다고 기쁘지도 않았다. 자연스럽게 일어난 일이었으니.

둘의 관계를 밀어줬냐고? 밀어주지도 비난하지도 않았다. 그건 내가 관여할 바가 아니었다. 로지가 왜 나를 싫어했는지 모르겠다. 전혀 감이 안 온다. 정말로 내 외모 때문이라고 보진 않는다. 나에 대한 증오의 촉매제가 외모라니. 클렘은 절대 나한테 반하지 않았다! 클렘은 그런 터무니없는 소리가 들려도 아랑곳하지 않았다. 빈틈없고 성숙한 아이였다. 로지가 나를 질투할 이유

가 전혀 없었다. 혹시 내가 로지한테 위협ᵒ 되었다면 그건 전적
으로 로지의 사춘기적 상상이었을 뿐이다.

## 로지 패럴의 연애

   우리 엄마는 나를 지키느라 애가 닳을 정도였다. 내가 혹시 임
신이라도 해서 나타날까 봐 잔뜩 겁을 먹고 있었던 분이다. 엄마
는 코라에 대해 계속 투덜대면서 도움이 전혀 안 되는 애네 뭐네
이런 말만 했다. 엄마가 주로 뭘 갖고 구시렁거리는지 도무지 알
수가 없었다. 가끔 엄마는 완전히 사이코처럼 변하곤 했다. 사람
아주 돌아버리게 만들 정도로. 하지만 클렘한테는 아무 문제없
이 대했다. 걔가 우리 집에 그렇게 자주 왔는데도 개의치 않았다.
우린 그냥 방에 가서 음악을 듣곤 했다. 클렘이 들려주는 음악을
내가 다 아는 건 아니다. 걔는 신즈The Shins, 고르키스 자이고틱
민치 Gorky's Zygotic Mynci, 이런 그룹을 좋아했고 나는 클랩 유어 핸
즈 세이 예 Clap Your Hands Say Yeah, 벨 앤 세바스찬 Belle & Sebastian 같은
밴드를 좋아했다. 둘이서 음악을 엄청 들었다. 클렘은 나한테 기
타를 가르쳐 주겠다고 했다. 내가 얼마나 오랫동안 그런 기회를

기다렸는지…….

우린 이런저런 주제로 이야기를 나눴고, 이런저런 일들을 했다. 이것저것.

나는 분별력 있는 사람이다. 내가 뭘 하고 있는지 다 알고 있었다. 우리가 서로에게 영향을 줬다고 생각하고 싶다. 나는 클렘한테 홀딱 빠져 침이나 질질 흘리며 넋 놓고 앉아 있던 정신 나간 애가 아니다. 그런 데는 취미가 없다. 머리를 장식으로 달고 다니는 계집애들이 하는 짓은 전부 무시할 거다. 나한테는 감이라는 게 있다. 짐작 가는 부분도 있고. 이래 봬도 나는 세상 돌아가는 걸 잘 알고 있는 사람이다. 단지 멋들어진 말을 많이 알고 세련된 말투를 쓴다는 이유로 클렘을 영국의 수재처럼 취급하진 않았다. 지난주에 똑똑하게 굴었다 해도 이번 주에는 바보짓을 할지도 모르니까. 그 애 역시 금주의 멍청이가 될 수도 있었다.

우리는 함께 보고 온 콘서트나 음악 등에 대해 이야기했다. 그렇게 대화하는 게 좋았다. 클렘은 착실하고 바른 아이였다. 그 애가 감성 돋는 기집애 같은 발언을 관둔 이후 우린 바비와 켄 인형처럼 커플로 지냈다.

음, 클렘이 다른 남자애들과 달랐던 이유가 있다. 그 애는 똑똑했다. 수업 중에 클렘이 입을 열면 우리는 전부 '쟤는 대체 뭔 소리를 씨부리고 있노'라는 눈길로 서로를 쳐다봤다. 우린 정말 그 애가 횡설수설 지껄이는 말을 하나도 알아들을 수가 없었다. 수업 시간이면 매번 그랬다. 클렘은 우리보다 한참 위에 있었다. 학업과 관련해서 말이다. 클렘이 말하길 지난 학교는 완전히 딴판이었단다. 다들 자기 일을 알아서 잘했고 열심히 공부했단다. 수업 시간에 딴 짓 하는 법도 없었단다. 뻥치시네! 하지만 나는 개가 재잘재잘 지껄이는 게 좋았다. 내가 알 필요도 없는 것들에 대해 쉬지 않고 조잘대는 소리를 듣는 게 좋았다. 클렘이 수업 시간에 목청을 높이고 있을 때 어느새 나는 개가 내 타입의 남친이라 마냥 즐거워하는 애처럼 있었다. 누가 보면 그런 마음이 혹시 자부심이냐고 말할 수도 있겠지만 나는 그렇게 생각하지 않는다. 클렘이 내내 무슨 말을 하는지 전혀 감도 못 잡는 선생님들도 있었다. 클렘은 선생님들을 당황하게 만들었다. 정말 그랬다.

그 와중에 나는 클렘이 좀 안됐다는 생각도 들었다. 여기선 친구가 아무도 없었으니까. 6학년 남자애들 몇몇이 개한테 말을 붙이고 같이 얘기하기 시작했지만 그 애들은 클렘이 번드르르하게 말을 많이 하는 애라고 생각했을 것이다. 그중 어떤 애가 메신저 상에서 클렘을 깔아뭉개고 있는 걸 본 적이 있다. 그 애야말로 뽕 맞은 놈처럼 멍한 녀석이라는 게 웃겼을 뿐이다. 대체로 여기 남자애들은 비꼬거나 그럴 줄 모르는데. 어쨌거나 나와 클렘이 같이 시간을 보내기 시작한 건 동정 차원이 아니었다. 말하자면 나는 클렘을 좋아했다. 우린 죽이 잘 맞았다. 둘 사이에 많은 부분이 통했다.

우린 별의별 얘깃거리로 수다를 떨었다. 별 희한한 것들에 대해서도. 가령 누군가가 영화에서 너를 연기한다면 어떤 배우가 어울리겠느냐, 이런 거. 그 배우는 우리랑 외모도 좀 닮아야 하고 사고방식도 비슷해야 하니까 주드 로나 안젤리나 졸리는 절대 아니겠다, 뭐 이런 대화. 나는 영화 〈브릭Brick〉에 나오는 남자가 클렘 역에 제격이라고 찍었다. 그리고 어느 날 등굣길에 밴드 이름에 대해 얘기하던 것도 기억난다. 무지하게 추운 날이었다. 우리 둘 다 냉기를 맞으며 재미로 동그란 입김을 만들었다. 내가 만든 입김이 더 크고 더 근사했다. 클렘이 만든 건 아기 수준이었고. 아무래도 클렘은 뭔가 걱정이 있었는지 잘생긴 입김을 만드는 데 집중하지 못했던 것 같다. 나는 최대한 시시껄렁한 것들에 관해 이야기하기 시작했다. 못 배운 티 팍팍 내는 멍청한 얘기. 하지만 그런 게 딱 내 모습이었다.

"당신이 밴드에 들어갔습니다. 자, 그 밴드 이름을 뭘로 하실 겁니까?" 내가 물었다.

"몰라."

그쯤에서 나는 '인마, 너의 순발력은 어디로 갔니?' 하고 생각했다.

"웃기시네! 너, 생각하고 있는 거 있잖아. 이 게임 안 하는 사람이 어딨냐? 얘기해 봐, 응? 밴드 이름이 뭐야?"

그 순간 클렘이 재빨리 머리 굴리는 게 보였다. 걔가 생각한다는 게 보일 때 나는 왠지 그 모습이 좋았다. 왜 그런 거, 깊은 생각에 빠진 모습. 하지만 이번에는 클렘이 뭔가 다른 생각을 하고 있었다. 그때 걔가 무슨 생각을 하고 있었는지 지금은 안다. 그런데 사실 그때도 알 것 같았다. 어쩌면 나는 빌어먹을 심리학자나 정신과 의사, 뭐 그런 게 되어야 한다. 솔직히 그 둘의 차이점이 뭔지는 몰랐다. 물론 클렘은 확실히 알고 있었겠지.

"좋아. 어프로치즈 투 러닝 Approaches to Learning." 클렘이 답했다.

순간 내 입에서 우우 하는 야유가 쏟아졌다.

"헐, 진짜 구리다."

"그래?"

"그래. 완전!"

"그래, 너 잘났다. 그럼 네 건 뭔데?" 그가 물었다.

"몰라. 그딴 거 생각해 본 적 없어."

내가 클렘을 놀려먹은 건가? 아마도. 코라의 밴드 이름은 '얼라우드 푸시캣 Aloud Pussycat'이었다. 코라는 '걸스 얼라우드 Girls Aloud'와 '푸시캣 돌스 Pussycat Dolls'를 섞어 보려고 했다. 두 팀 다 어처구니없을 정도로 끔찍하다. 재미도 감동도 없는 그 팀명은 딱 그 수준의 노래들과 같이 가는 법이다. 솔직히 그 두 이름이 얼라우드 푸시캣보다는 훨씬 나았다. 코너의 밴드 이름은 '라스트 오브 해피멘 The Last of the Happymen'이었다. 말 다 했지 뭐. 나는 밴드 이름 테스트가 재미있었다. 시간 때우기 좋은 방법이었다.

숨막힐 듯 긴 침묵을 깨기에 더없이 괜찮은 방법. 물론 클렘과 있을 때도 어느 순간 대화가 끊겨 뻘쭘한 순간이 있었다.

"치사하게 그러지 마. 내 건 얘기해 줬잖아."

"좋아. 웃지 마!"

"맹세할게."

"알았어." 그리고 대답했다. "베드룸 버스커 Bedroom Busker야."

탁월하지 않은가? 예전에 어느 순간 베이스 기타를 사서 밴드를 꾸린 다음 그 밴드 이름을 '베드룸 버스커'라고 불러야지 싶었다. 그런 마음을 먹고 실제로 악기점에 가서 기타를 하나 사려고까지 했다. 하지만 무슨 기타가 좋은지, 기타 줄 상태가 어떤지 전혀 감이 없었다. 혹시 기타 줄 굵기에 대해 아는가? 거의 아기 팔 두께만 해서 이건 뭐 손가락이 오이 굵기는 되어야 연주할 수 있을 것 같았다. 하지만 나는 정말 베이스 기타를 사고 싶었다. 여자 베이시스트는 전부 다 쿨해 보인다. 그룹 픽시즈 The Pixes의 베이시스트이자 데이빗 보위 David Bowie의 음악을 연주하는 아프로 헤어스타일의 킴 딜 Kim Deal 같은 여성 말이다. 진짜 멋진 베이시스트다. 그리고 비록 드러머이긴 해도 벨벳 언더그라운드 The Velvet Underground의 모 터커 Mo Tucker 역시 짱 멋진 뮤지션이다. 베드룸 버스커 밴드에서 멋지게 기타 줄을 튕기고 있는 내 모습이 그려졌다. 밴드 이름 앞에 정관사 the를 붙이는 게 좋을까? 아, 고민 되네.

"진짜 완전 별로다." 클렘이 말했다.

"뭐라고?"

"밴드 이름이 그러면 난 그 밴드 음반은 절대 안 사겠다."

"뭘 제대로 알지도 못하는 게!"

그런 다음 한참 동안 정적이 흘렀다. 클렘의 머릿속은 뭔가 지독한 공포감으로 가득 찬 것 같았다. 그는 마치 손을 씻을 때처럼 두 손을 마구 비벼댔다. 한쪽 손에 있던 땀을 다른 손으로 옮기는 것처럼 보이기도 했다. 클렘이 한 손을 나한테 건네긴 했지만 도저히 잡을 수가 없었다. 진득거리고 차갑고 고약한 냄새가 났다. 절대 못 잡지. 클렘은 무슨 대단한 대결을 앞두고 집중력을 높이고 있었던 모양이다. 웃긴 건 학교까지 가는 동안 내가 입도 빵긋 안 하고 조용히 있었다는 사실이다. 어떻게 그랬는지 모르겠다.

아까 말한 영화배우 얘기 기억나는가? 클렘은 내 배역으로 엘렌 페이지를 골랐다. 나는 '엘렌 페이지인지 뭐시깽인지는 대체 누구야?'라고 생각했다. 그때까지 〈주노Juno〉라는 영화를 본 적 없었으니까. 사실 나는 클렘이 위노나 라이더영화 〈가위손〉의 여주인공-편집자나 주이 디샤넬영화 〈500일의 썸머〉의 여주인공-옮긴이 같은 배우를 말해 주길 은근히 바라고 있었다. 그렇지만 클렘이 고른 여자가 못생기거나 그런 배우가 아니어서 솔직히 나는 무지 기뻤다.

# 골드스미스 선생의 의견

유일한 판단 기준이라고 해봐야 고작 일 년에 두 차례, 15분간 진행되는 학부모의 밤이 전부라면 정확한 의견을 내기가 당연히 어려울 수밖에 없다. 하지만 그 학부모들의 자녀를 통해서는 꽤 상세하고 구체적인 결론과 가정을 도출해 낼 수 있다. 클렘의 부모님인 커랜 부부는 인상적인 커플이었다. 클렘은 외아들이었고 그 부부는 자기들의 독특함을 고스란히 클렘에게 전해 준 게 분명했다. 어떤 부모들은 자녀 교육에 관해 만만찮은 소모전을 치를 것이다. 알다시피 많은 부모들이 자신은 지금보다 더 나은 직업을 가질 수 있었다고 믿는다. 적어도 보다 건설적인 일을 할 수 있었다고 말이다. 자기 자식한테 특별히 필요한 부분을 채워 줄 수 있는 일.

보다시피 우리는 전부 전문가다. 전문가적 입장에서 보면 클렘의 부모는 어딘가 달랐다. 그들은 학교에 전폭적인 지지를 보냈다. 학교 교직원들이 시행하는 전략, 전술도 전적으로 신뢰했다. 그들은 도처에 존재하는 사회 통념인 '나는 더 잘나갈 수도 있었어' 같은 태도를 보이지 않았다. 일부 부모들이 지니고 있는 그런 태도를 클렘의 부모한테선 찾아볼 수 없었다. 그렇다고 그들이 클렘의 교육에 대한 학교 측의 입장에 아무 의문도 품지 않고 수

동적으로 받아들였다는 뜻은 아니다. 그들은 관련 사항을 궁금해하고 아들의 학업 향상에 관해 꼼꼼하게 질문했다. 간단한 논의를 하는 동안 그들은 클렘이 법학이나 의학 공부를 했으면 좋겠다는 뜻을 넌지시 비쳤다. 엘리트 직업군 말이다. 아, 오해하지 말고 듣길 바란다. 솔직히 클렘의 부모들은 엘리트가 아니었다. 대개의 부모들처럼 그들 역시 자기 자녀한테 최고를 바란 것뿐이다. 하지만 클렘과 직접 대화를 해보니 정작 그 학생은 부모가 원하는 학과에 마음이 없었다. 보아하니 법학이나 의학을 공부한다는 생각만으로도 클렘이 아주 몸서리를 친다는 분위기까지 느낄 정도였다. 아, 아니다. 절대 아니다. 내가 클렘의 부모를 설득해서 아들한테 거는 기대와 꿈을 단념하라고 말할 입장이 아니었다. 교사로서 나의 역할은 학부모에게 그 댁 자녀가 특정 분야에서 고무적인 모습을 보이고 있으며 해당 분야에 계속 매진해 더 나은 성과를 얻을 수도 있다는 의견을 내는 것이다. 학부모의 의지에 반하는 의견을 내거나 희망을 꺾는 건 교사의 소관이 아니다. 또한 내가 얘기하는 이런 권한은 기껏해야 고분고분한 수준에서 행사될 뿐이다. 우리 교사들은 학교라는 공간에서 청소년을 상대하는 사람들이므로 교실이라는 상황 속에서 이 아이들의 감수성이 사라지게 놔둬서는 안 된다. 겉보기로는 학생들이 더없이 현명하고 성숙해 보일 수도 있으나 이들은 여전히 정서적으로 사춘기 단계에 있음을 잊으면 안 된다. 아마도 이 무시무시한 에피소드를 설명하려면 시간이 꽤 오래 걸릴 것이다.

우리 교사들이 개인적인 입장에서 움직이지 않았다는 점이 유감이다. 우리는 화기애애하되 실무적인 분위기에서 면담을 진행했다. 내가 아는 바로는 지역 내에서 그 부부의 입지가 괜찮았다. 사람들에게 호감을 사는 부부였다. 클렘의 부모가 인정이 많아 자선 사업을 펼치거나 그런 건 아니었지만 시간을 내서 사람들을 도왔던 것 같다. 내가 보기에 그 부부는 예의 바르고 정직한 사람이었다.

그 사건 이후에 여기저기 퍼진 뒷말을 피하기란 사실상 불가능하다. 이런 일이 벌어질 경우 추측 내지 억측을 메뉴 삼아 한판 축제가 벌어지는 건 당연하다. 하지만 분명히 말하는데 나는 꾸며낸 말과 허위 사실에는 결코 동의하지 않는다. 이번 일을 감싸려고 하는 무의미한 객소리에 관여하고 싶지 않다는 의미에서 나는 침묵 서약을 했다. 그게 내 입장이다. 수많은 억측과 꾸며 낸 말이 제멋대로 날뛰기 전에 하루 속히 진상이 드러나야 한다.

클렘은 여름 학기가 시작되고 첫 주밖에 안 지났을 때 자기가 곧 다른 데로 가게 됐다고 교사들에게 알렸다. 학교에서 만난 클렘과 우리와의 인연이 갑작스럽게 끝난다는 느낌이었다. 사실 클렘이 글래스고로 갈 거라는 사실을 우리한테 알렸을 때 나는 다소 충격을 받았다. 뭐랄까, 어딘지 앞뒤가 맞지 않는 얘기를 들은 기분이었다. 시험 성적, 장래 계획, 취업 전망 등의 측면에서 보면 클렘한테 아주 중요한 해였기 때문이다. 클렘의 부모가 자식 교육을 얼마나 중요시하는지를 생각하면 이렇게 학업의 흐름을 뚝 끊어 버리려는 게 영 이상하게 보였다. 솔직히 말해서 그 집에 뭔가 난처한 일이 일어났구나 싶었다. 그건 어디까지나 내 생각이었다. 동료들과는 그런 얘기를 나누지 않았다.

　나는 교사로서 의무를 다했고 최대한 클렘을 격려하고 지원했다. 특히 질풍노도의 과도기라고들 하는 그 시기를 잘 보내도록 지도했다. 학업과 관련된 의문 사항이나 고민거리가 있으면 교사로서 도움을 주었다. 요즘 같은 과학기술의 시대에 관련 기록을 찾아내는 건 그리 어려운 일도 아닐 것이다. 합법적인 테두리 안에서 말이다. 집안 사정 같은 문제로 학부모에게 이의를 제기하는 건 학교가 할 일이 아니다. 짐작컨대 클렘의 아버지 커랜 씨가 스코틀랜드에 새 일자리를 잡았거나 기존 회사에서 전근 제안을 받았을 것이다. 요즘처럼 불안정한 시기에는 피고용인이 자기 입맛대로 뭘 까다롭게 고를 수가 없다. 그런 시절은 지나갔다. 그 부분은 정치인들과 은행가들이 합작한 결과이다. 클렘은 그저 신용규제의 피해자가 되었을 뿐이다. 이로 인한 피해자가 어디 클렘뿐이겠는가? 무수한 피해자 목록에 클렘도 끼었던 것이다. 이는 인적 자원의 낭비이자 창창한 젊은이의 삶을 파괴하는 것이나 마찬가지다. 이렇게 본다면 이 시점에서 책임 운운하는 얘기는 내게 그다지 중요하게 작용하지 않는다. 많은 부분에서 우리 모두에게 책임이 있다.

## 코라 켈리가 느낀 고립감

　그나저나 나는 크롤 선생님한테 정말 짜증이 났었다. 그 선생님이 여드름투성이 공부벌레 그룹을 어떻게 차지했는지에 대해 다들 말들이 많았다. 클렘도 거기 가겠다고 했다. 크롤 선생님이 클렘한테 뭘 어떻게 했다고 떠들어 대는 3학년 남자애들도 있었다. 그 뭐냐, 책상 밑으로 뭘 어쨌다지만, 대충 에누리해서 듣길 바란다. 아니, 천둥벌거숭이 3학년 애들 얘기니까 깡그리 무시하든가. 걔들이야 허구한 날 쓰잘머리 없는 소리나 하는 멍청이들이다. 사실 로지가 좀 안됐다는 생각이 들었다. 사람들 말로는 크롤 선생님이 로지 남친을 좋아한다고 했으니까. 그게 말이지, 나는 크롤 선생님이 처음부터 그랬다고 생각했다. 그런데 한두 달 뒤에 보니까 그 선생님은 다른 이유에서가 아니라 클렘이 반에서 가장 똑똑한 애라서 좋아하는 것 같았다. 크롤 선생님 눈에는 클렘 빼고 나머지 우리들이 전부 바보로 보였을 것이다. 선생님은 교탁 앞에 서서 고급 웨스트엔드 억양으로 이렇게 딱딱거리곤 했다.

"코라 켈리, 어쩜 어휘력이 이렇게 부족할 수가 있니? 정말 믿기지가 않는구나."

'예, 예, 쌤 말이 맞네요. 괜히 말싸움하지 마입시다.' 나는 이렇게 대답했겠지.

그 선생님은 머리가 좀 돈 것 같았다. 아마 그 점 때문에 로지가 크롤 선생님을 미워했겠지. 에고, 모르겠다. 미워하는 거랑 싫어하는 거랑 차이가 뭐지? 어쨌든 로지는 그 선생님을 안 좋아했다. 그걸로 끝. 많은 학생들이 어떤 선생님들을 딱 찍어 놓고 미워했다. 그게 죄는 아니다. 혹시 누군가 수업 시간에 휴대폰을 꺼내거나 가방에서 벨소리가 들리거나 문자를 보내다 들키기라도 하면 그 선생님은 미친 사자처럼 길길이 날뛰었다. 나는 수업 시간에 수도 없이 걸렸다. 그때마다 '벌체'를 더럽게 많이 했다. 악몽이 따로 없다.

음……, 벌체는 벌로 하는 체육을 줄인 말이다.

나는 크롤 선생님한테 별 신경을 쓰지 않았다. 단지 내 눈에 너무 화려해 보인 게 흠이랄까. 남자들한테 잘 보이려고 딱 붙는 옷을 입고 다니는 꼴이 진짜 싫었다. 가슴을 있는 대로 내밀고 맨날 샐샐 웃고 다니고. 학창 시절에 어땠을지 금세 상상이 갔다. 장담하는데 그 선생님은 영화 〈사운드 오브 뮤직〉에서 툭 튀어나온 계집애 같았을 것이다. 둘째가라면 서러울 새침데기 양. 이 학교로 와서는 여기서 벌어지는 일을 잘 안다는 듯 군다. "난 너희 고향 친구나 다름없어. 너희 입장 다 이해해." 아이고야, 말도 안 되는 소리. 어디서 말 한 마디로 대충 때우려고 드나.

　물론 나는 로지가 행복해서 좋았다. 로지가 클렘을 좋아한 첫날부터 나는 그 마음을 다 알고 있었기 때문에 둘이 사귀기 시작했을 때 모든 걸 이해했다. 클렘은 괜찮은 애였다. 나도 걔를 꽤 좋아했지만 말을 걸어 본 후 내가 애를 좋아할 일은 절대 없겠구나 싶었다. 지나치게 공부를 잘해서 내 취향은 아니었다. 하여간 나는 걔가 주로 뭘 하고 시간을 보내는지 전혀 몰랐다. 중요한 건 로지가 클렘을 좋아하고 클렘이 로지를 좋아했다는 사실이다. 친구한테 남친이 생기면 다 그렇지 않나? 대체 내가 어떻게 했길 바라는지. 곁다리로 껴서 시중꾼처럼 서 있었을까 봐? 아니면 혼자 쓸쓸히 거리를 방황하거나 그랬을까 봐? 대체 날 뭘로 보고. 아무튼 나는 어떤 남자애를 만나고 있었다. 우리 학교 애는 아니고 대학생인가 그렇다. 코너 더피도 엄마 찾는 꼬마처럼 쫄랑쫄랑 내 주위를 서성거렸다. 하지만 걔는 곧 내쫓겼다. 자기가 손가락만 딱 치면 내가 강아지처럼 졸졸 따라다닐 거라고 생각했나? 쳇, 걔는 자기한테 특별한 재능이 있는 줄 안다. 뭐 나쁘지 않은 애지만 클렘이 전학 왔을 때 코너는 괜히 날뛰며 성질을 부렸다. 클렘이 자기보다 잘생겼고 자기한테 향하던 관심이 몽땅 클렘한테 쏠려서였다.

그러나저러나 내 일은 내가 알아서 한다. 다른 사람이 상관할 바가 아니다. 뭐가 어떻게 돌아가고 어떤 관련이 있는지 모르겠다. 모든 사람들이 나에 대해 이러쿵저러쿵 떠들면서 새빨간 거짓말을 하고 다녔다. 그냥 대놓고 솔직하게 나한테 물어 봐라. 그러면 내가 시원하게 얘기해 줄 테니까. …… 누구나 자기가 하고 싶은 걸 할 수 있다. 나는 그 일에 관해서 아무 말도 안 할 거다. 어쨌거나 나와는 전혀 상관없는 일이니까 지금이라도 나는 가고 싶으면 그냥 가 버릴 거다. 얘기하고 자시고 할 것 없이…….

로지와 클렘은 늘 붙어 다녔다. 심지어 점심시간에도 같이 있었다. 예전에 나랑 로지는 점심시간에 식당에 가서 롤과 칩을 사 먹고 담배도 피우고 음료수도 마시고 그랬다. 하루도 빠짐없이. 비가 억수같이 쏟아지는 날에도. 그런데 어느 날 클렘이 등장하자 갑자기 로지는 우리가 잘 가던 전용 구역 대신 샐러드바에 꽂혀 버렸다. 로지가 할리우드 스타일의 빼빼 마른 애들이 먹는 음식을 먹고 싶다면 먹는 거지 뭐. 그것 때문에 나랑 로지 사이가 틀어졌다거나 그렇지는 않다. 상황이 그렇게 됐다고 내가 뭘 어떻게 해야 하나? 그냥 받아들이면 된다. 그게 인생이다. 로지는 불같은 사랑에 빠졌던 거다. 클렘도 마찬가지고. 적어도 내가 보기엔 클렘도 그랬던 것 같다. 혹시나 그게 아니라면 클렘은 정말 천재적인 거짓말쟁이였다. 사실 이 모든 상황을 보면 확실히 그런 것 같다는 생각이 드는 건 어쩔 수 없다. 걔는 굉장한 거짓말쟁이였나 보다. 하지만 로지는 아주 오랫동안 나와 친구였다. 로지가 나한테 거짓말했던 건 단 한 가지도 떠오르지 않는다.

신용? 어려운 말이군. 어쨌든 맞다. 나하고 로지는 모든 걸 털어놓고 얘기하던 사이였다. 내가 로지한테 내 얘기를 다 하고 로지도 자기한테 일어난 일을 다 얘기해 주곤 했다. 아니, 나는 모든 일을 세세하게 다 얘기하진 않았다. 굳이 알 필요 없는 것도 있으니까. 장담하는데 로지도 마찬가지였을 거다. 하지만 그게 거짓말은 아니잖나? 다 얘기하지 않는 거랑 거짓말은 완전히 다르다. 내가 로지한테 클렘을 사랑하느냐고 물어보자 로지는 온갖 실없는 얘기를 들려줬다. 사랑은 정의하기 어렵다느니, 너무 추상적이라서 감히 이해할 시도조차 할 수 없다느니 뭐 이런. 나는 '추상적'이 대체 무슨 뜻이냐고 물어봐야 했다. 어쨌거나 로지는 정말 말도 안 되게 맹꽁이 같은 얘기를 했다. 그래서 다시 물어봤다. "너 걔를 사랑하는 거야, 아니야?" 그러자 로지는 그렇다고 답했다. 클렘이 너를 사랑하느냐고 묻자 로지는 또 사랑이란 추상적이네 뭐네 하면서 조잘조잘 떠들더니만 결국에는 뭔가를 털어놨다. 비록 클렘이 로지 얼굴을 보고 그렇게 얘기하진 않았지만 클렘이 자길 사랑한다고 생각한단다. 로지가 그걸로 충분하다면야……. 나 역시 괜찮다. 로지는 그런 일에 관해서라면 빈틈이 없었으니까. 우리 학년 여자애들 얘기를 들어보면 가관이다. 글쎄, 겨우 진한 키스 한 번 하고 나서 자기가 어떻게 열렬한 사랑에 빠졌는지 떠드는 애들이 있다. 그런 애들은 사랑이 뭔지 쥐뿔도 모른다. 나는 잘 안다고 얘기하는 게 아니다. 적어도 나는 SNS로 대화 한 번 했다고 "어머, 난 지금 완전 사랑에 빠졌어." 내지는 "죽을 때까지 사랑해." 이따위 말은 안 한다.

친구들은 꼭 붙어 있기 마련이다. 내가 알기로 클렘은 시험이 끝나면 왔던 데로 다시 돌아갈 예정이었다. 로지한테 들어보니 걔는 저기 남부에 있는 대학에 가고 싶어 했다. 생전 듣도 보도 못한 대학. 나는 지리에 약하다. 뭐가 어디에 붙어 있는지 잘 모른다. 어쨌든 나는 클렘이 뭘 공부하고 싶어 하는지도 몰랐다. 아마 법학이나 의학? 걔가 다시 남쪽 동네로 돌아가면 그때가 바로 로지가 다시 날 곁에 두고 싶어 할 순간이 될 것이다. 나를 더 필요로 할 순간. 그러면 나는 늘 로지 곁에 있어 줄 생각이다. 그런 게 친구니까.

로지가 클렘과 같이 있을 때 나를 싹 무시하거나 그랬던 건 아니다. 그냥 내가 예전만큼 로지를 자주 만나지 않았을 뿐이다. 수업 중이나 이따금 로지가 예술한다고 조용히 박혀 있을 때만 봤다. 그래도 우리는 여전히 신나게 웃고 떠들었다. 로지가 공부하러 잉글랜드로 갈 생각이었는지는 나도 모르겠다. 거기에 대해선 나한테 아무 얘기도 안 했다. 나는 로지가 여기 위쪽 지방 대학에서 미술이나 디자인 같은 창의적인 공부를 하고 싶어 한다고 생각했다. 로지가 그렇게 얘기했으니까. 로지는 나한테 저기 남부 지역 대학에 지원했다는 얘기를 한 적이 없다. 그게 어디라고? 맞다, 브라이턴. 사실 나쁘지 않다. 그런데 말투 때문에 고생깨나 하겠지. 왜 사람들은 하루 스물네 시간 누군가의 곁에 있고 싶어 할까? 아무리 애를 써도 그 마음을 이해할 수 없다. 내 얘기에 미친 듯이 화가 난다면 그냥 화를 내라. 어쩔 수 없다. 그나저나 웃긴 게 있다. 만약 우리 학교의 그냥 평범한 남자애였다면, 코너의 친구들 중 아무나였으면 로지는 죽었다 깨나도 남자를 따라서 다른 지역으로 갔을 리가 없다. 절대로. 왜 그런 말이 있지 않나? 누군가한테 푹 빠져서 그 사람을 절대 시야에서 벗어나지 못하게 하는 상태. 얼빠지다? 맞다, 그거. 로지는 걔 때문에 완전히 얼이 빠져 있었다. 클렘을 위해서라면 뭐든 할 수 있었을 것이다. 실제로 다 하기도 했고. 하지만 나는 그렇게 멍청하지 않다. 어떤 남자애가 끝내 주게 멋지고 다른 남자들과 아주 다르다는 이유만으로 강아지처럼 그 남자를 졸졸졸졸 따라다니는 짓은 절대 하지 않는다. 그러고 살기에는 인생이 너무 짧다. 그래도 어쨌든 '오, 난 사랑에 빠졌어. 죽도록 사랑해.' 모드보다는 그렇게 졸졸 쫓아다니는 게 훨씬 낫다.

## 커닝햄 선생의 의향

제정신인 교사라면 근무 시간이 지난 후 굳이 학교에 남아 있으려고 하진 않는다. 선택의 여지가 없는 경우가 아니라면. 이를테면 학부모의 밤 같은 그런 날 말이다. 내가 지금 얘기하는 건 교사가 같이 참여하는 봉사활동이나 특별활동 등이다. 그런 업무에 대해서 금전적으로든 뭐로든 교사들은 아무런 보상도 받지 않는다. 나는 그런 업무에 참여하는 교직원들의 진의가 무엇인지 시시때때로 의심했다. 그럼에도 불구하고 학교라는 환경에서 교사들이 과외활동을 담당해서 축구팀이나 음악 동아리, 연극반 활동에 참여하는 것은 아주 중요한 역할을 한다. 때때로 학교는 학생들에게 유일한 위로의 공간이 된다. 나는 몇 년 전에 창작 글쓰기 수업을 운영했다. 의미는 있지만 참 생색이 나지 않는 일이다. 교사로 일하다 보면 학생들 때문에 자주 실망할 수밖에 없다. 경험상 어느 지점에서는 정이 뚝 떨어질 만큼 철저하게 실망하게 된다.

방과 후 특별 수업의 가능성이 처음 제기됐을 때 선뜻 발 벗고 나서는 교사가 없었다. 유급으로 책정된 활동이었는데도 말이다. 솔직히 말해 얼마 되지도 않는 수당 조금 받겠다고 화, 목 저녁에 남아 있을 사람이 있겠는가. 보모 노릇이나 다름없는데. 당연히 그 자리를 채우기가 힘들었다. 야간 학습 담당을 찾아 자리를 채우는 건 내 책임이었다. 평소 같으면 이제 막 부임한 초보 교사한테 그 일을 맡으라고 하진 않는다. 첫째, 경험이 없으니까. 둘째, 부담이 큰 새로운 일을 시작해 적응하려면 할 일이 산더미처럼 많으니까. 이런 이유 때문에 나는 신입 교사들에게 그 자리를 맡으라고 부탁하지 않았다. 그런데 제안 내용을 듣고 자기 발로 나를 찾아온 사람은 폴린 크롤 선생 본인이었다. 나는 동료 교사와 의논한 다음 야간 수업 운영 임무를 크롤 선생한테 맡기자는 결론을 냈다. 학생들이 의무적으로 받아야 하는 수업이 아니었기 때문에 구태여 깐깐하게 굴 필요가 없었다. 크롤 선생은 그 수업을 통해 학생들한테 동화되려는 일념을 확실하게 보여 줬다. 자기가 맡은 일이 요구하는 바를 완전히 소화해 내려는 열정을 증명한 셈이다. 그래도 지나친 열정은 언제나 조심해야 한다. 열의가 부적절하게 발현되거나 동료들한테 오해를 살 수 있어서다.

모름지기 교사란 예민한 종자들이다. 인기와 관련해서 자기 서열이 내려가는 것을 싫어한다. 학생들 사이에서 인기가 하늘을 찌르는 교사는 교무실에서는 배척당하는 자신을 발견하게 될 것이다. 그게 곧 이 바닥의 균형 잡기 절차이다. 처음에 폴린 크롤 선생과 관련해서 걱정했던 부분은 그 사람이 자기 태도나 방식을 어느 정도 바꾸지 않는다면 고립되는 건 시간문제라는 점이었다. 크롤 선생은 동료들에게 인정받고 그들의 마음에 들기 위해 어느 정도 열정을 억누르고 노력할 필요가 있다. 이게 참 골치 아픈 문제이긴 하다. 말이 났으니 말인데 나는 그 선생이 옷차림을 좀 바꿔야 한다고 생각했다. 그녀는 약간 도발적으로 옷을 입고 다녔다. 솔직히 학교라는 공간에 부적절한 차림새였다. 내가 보기에 그 선생의 옷차림은 그 사람에 대해 오해하게 만드는 가장 큰 요인이었다. 남자든 여자든 학생이든 크롤 선생이 옷 입고 다니는 모습을 보고 오해할 소지가 다분했다. 교실 안팎에서 쏟아질 엄청난 비난의 포화에 자신을 노출시킨 꼴이었다. 크롤 선생한테 야간 수업 감독을 맡기는 결정에 내가 마지못해 동의했던 건 아니다. 신뢰 가는 부분이 있어 맡긴 건 사실이지만 어느 정도 주의를 주었다. 기꺼이 수업을 맡겠다고 한 의지는 받아들이되 약간의 경고를 잊진 않았다.

미리 주의를 준 수고가 무색하게시리 뭔가 부적절한 일이 순식간에 진행되었다. 교사로 일하다 보면 진실과 지어낸 이야기를 구분하고 걸러 내는 방법을 배우게 된다. 나쁜 소문, 아니, 이번 경우에는 자극적인 소문이라고 하는 편이 맞다. 교내에 퍼진 이런 선동적인 소문은 불난 곳에 기름을 부은 듯 걷잡을 수 없이 퍼진다. 삽시간에 소문이 쫙 퍼져 나간다. 하지만 나는 이런 종류의 사건이 저절로 벌어지는 것을 봐 왔다. 이건 그 남학생과 동급생들 사이에 문제가 생겨 촉발됐을 것이다. 다들 부디 솔직해졌으면 한다. 뒤이어 일어난 사건을 보라. 나는 영어과 주임으로

서 이번 사안에 신중하게 접근해야 했다. 불만 가득한 네드 패거리처럼 돌진할 때가 아니었다. 확실히 드러난 사실이 없었다. 진상을 모른 채 소문만 듣고 상황을 밀고 나갈 수는 없다. 나도 다른 사람들처럼 학생들한테서 그 얘기를 들었다. 내가 가르쳤던 6학년 남학생들. 좋은 애들 말이다. 축구, 음악에 대한 관심은 넘치지만 학업을 위한 에너지는 그다지 비축하지 않은 학생들. 그러나 분명히 말하는데 믿을 만한 녀석들이다. 다행히도 교내에서 네드파 분위기에 휩쓸리지 않는 아이들이었으므로 그 학생들이 추정한 내용은 나름대로 타당했고 얼마간 영향력도 있었다. 사실 교내에서 무슨 일이 벌어지는지 6학년 남자애들보다 더 잘 알고 있는 사람은 6학년 여학생들이었다.

엄밀한 의미의 조사는 하지 않았다. 당신 같으면 그런 일에 과연 어떻게 접근하라고 제안하겠는가? 나는 당사자를 붙들고 취조하는 대신 촉각을 곤두세워 폴린 크롤 선생을 보다 면밀하게 관찰했다. 문제의 그 남학생을 내가 가르치진 않았지만 탁월한 재능을 지닌 학생이라는 사실은 알고 있었다. 전학이야 늘 힘든 법이지만 사람들 말에 따르면 그 학생은 다른 애들과 제법 잘 어울렸다. 그 애가 로지 패럴과 붙어 다니는 커플이라는 건 나도 알고 있던 바다. 로지를 3, 4학년 때 가르쳤는데 좋은 학생이었다. 유별난 구석이 있긴 했어도 또래들과는 확실히 다른 개성이 두드러지는 괜찮은 애였다. 로지가 이 일과 관련됐다는 생각은 전혀 하지 않았다. 대리로 연루되든 뭐든 간에 절대로 상관없을 거라 생각했다. 이번 일을 통해 뭐든 백퍼센트 확신할 일은 없다는 점을 깨달았다.

물론 우리 교사들이 두 손 들고 우리 몫의 책임을 받아 안아야 한다. 아마 감당할 수 없는 수준으로 일이 커지기 전에 몇몇 교직원들이 보다 확실한 판단을 내리고 조치를 취할 수도 있었다. 한데 유감스럽게도 사건이 실제로 그렇게 벌어지고 말았다. 당연히 지금 나는 폴린 크롤 같은 동료들에 대해 얘기하는 중이다. 그 남학생과 가까웠던 선생. 소문의 출처가 된 장본인. 이번 경우에 나는 솔직한 말로 처음부터 그 소문을 믿었다고 말해야겠다. 나는 그 둘이 놀아난 게 이번 사건에 직접적인 영향을 끼쳤다기보다는 다소 얄궂은 방식으로 연계될 수 있었다고 얘기하고 싶다. 결국 모든 일에는 원인과 결과가 있는 법이다.

🝆

## 코너 더피의 묘안

내는 코라 때문에 처음으로 그 일에 관심이 갔다 아이가. 덩치 리암 때문이기도 했고. 글마가 그 여자 영어 수업 시간에 있었으니까. 사실 덩치 리암이 그다지 똑똑한 녀석은 아이니까 그 선생이 가한테는 전혀 관심을 안 뒀을 기다. 그런데 덩치 리암은 그 선생이 수업 시간에 지한테 홀딱 빠져 까무러치곤 했다 카대. 내가 보기엔 그놈이 그냥 샘을 낸 기다. 맴이 변했다고 생각한 거제. 그 선생이 수업 후 범탱이들 수업 시간에 그 녀석한테 온갖 애정공세를 퍼부었다고 그라대. 리암 여동상이 가끔 그 시간에 가는데 자기가 느끼기론 오붓하니 데이트하는 두 사람을 방해하는 것 같았다 하더라고.

어떤 놈이 크롤 선생하고 그 뭐꼬…… 키스하고 싶어 하지 않았겠노? 클렘 글마는 한동안 휴게실 뒷담화 주인공이었다. 생각해 봐라. 지금도 갸는 휴게실에서 신나게 씹히는 안주거리 아이가. 그때 쪼매난 코라가 뭔가 수상쩍다고 얘기했제. 그 여자가 뭐꼬, 그놈 물건을 향해 전속력으로 돌진하려던 게 사실이라면……. 고마 로지한테 얘기해 뻔다고. 나 역시 그 여자가 그랬을 거라고 생각한다.

클렘은 소문을 전부 다 꿰고 있었다. 우리 중 언놈이 그것에 대해 물어볼라치면 그놈은 늘 우리가 이해 못할 희한한 말을 씨부리고 확 뛰쳐나가 버리대. 눈에서 레이저가 나올 것처럼. 내는 그렇게 변덕시리 행동 안 한다. 근데 말이제 그 소문이 진짜믄 그놈은 엄청난 거짓말쟁이데이. 갸가 로지하고 노상 자석맹키로 딱 붙어서 학교를 돌아댕겼으니. 하모, 로지도 들었데이. 분명 들은 게 있다. 이 학교에서는 뭐든 비밀로 숨카 둘 수가 없다 카이. 우린 말이다, 그 뭐꼬, 가시나들 생리가 언젠지도 안다. 우쨌든 비밀은 없다 이 말이다. 세상이 엄청시리 좁다 아이가. 낮말은 새가 듣고 밤말은 쥐가 듣는다 안 카나. 로즈도 분명히 알았을 기다. 근데 웃긴 건 코라가 로지한테 말한 게 아이라는 기다. 지금 생각하면 억수로 희한하데이. 나 같으면 말이지 내 절친이다 카면 즉시로다가 말을 해줬을 기다. 그런데 코라는 암말도 안 했데이. 아마 우리가 모르는 것을 코라는 알았나 부지. 아직도 사람들이 그카는데 로지가 뭔가 낌새를 챘을 거라 카대. 갸가 그래 바보가 아이거든. 로지 패럴 갸가 뭐 공사가 다망할지는 몰라도 하여튼 둔한 아가 아니다. 혹시 다 아는데도 고래 입 딱 다물고 있는 거였으면 갸가 머시마한테 얼마나 푹 빠졌는지 보여 주는 기다. 어쩌면 머시마가 로지를 막 협박했을지도 모른데이. 그러니까 로지가 암것도 안 했제. 모르겠다. 이거 완전 미친 짓 아이가? 내는 아직도 머가 먼지 모르겠다. 머리가 안 돌아가.

내가 생각하기엔 그놈이 여기를 억수로 싫어했던 것 같다. 크롤 쌤 빼고는 선생님도 학생들도 몽땅 다 싫어했을 기다. 네드 패거리가 갸 말투 갖고 되게 괴롭혔다 아이가. 밤낮으로 아를 깔아뭉개면서 더러븐 인상을 팍팍 심어 줬으니까. 그놈들이 갸 옷 갖고도 아주 잘근잘근 씹어댔데이. 정작 그놈아들이 하나같이 허연 운동화에 트레이닝복 쪼가리 걸쳐 입고 쪼로로 앉아 있는 걸 생각하면 클렘 옷 갖고 씨불씨불하는 게 참말로 웃기지도 않는다. 사실 내는 클렘 옷이 쌔끈하다고 생각했데이. 갸는 약간 가수처럼 보였다. 옷가게에서 고대로 끌고 온 놈처럼 보인 건 아니고. 그것보다 더 멋있었다 안 카나.

어쨌든 갸가 어리석은 기다. 방과 후에 쥐 터져 곤죽이 될지도 모르는데 누가 그놈아들한테 입이나 뻥긋하긋나. 내는 갸를 탓할 수가 없다. 그러니까 내 생각에 갸는 네드 패거리한테 벗어날라꼬 방과 후 수업을 들은 기다. 잘한 건지 모르겠다. 내는 갸가 참말로 안됐다는 생각이 들었데이. 밸로 나쁜 아도 아인데. 그때 내한테 묘안이 딱 떠올랐다. 축구 하고 있는 네드파 한 놈한테 가서 내가 그랬다. 쪼매 고마했으면 좋겠다꼬. 아 좀 고마 내비두라꼬. 이기 실수였던 기라. 내가 잘못했제. 내는 그냥 가 좀 너그럽게 봐달라꼬 했는데. 그놈이 딱 돌아서더니 요래 말하대. "한 번만 더 조동아리 고딴 식으로 놀리믄 턱주가리를 고마 뿌사쁜다. 이 건방진 좆만아!" 맞다, 프랜 맥보이었제. 아이쿠야, 내는 이제 큰일났다 싶대. 금마들이 방과 후에 내를 기다릴지도 모르니까. 두 주 정도 그놈들 때문에 엄청 겁먹고 댕겼데이. 클렘 혼자 전장에서 전투를 벌이든 말든 고마 내비 둬야 했제. 근데 가는 온 사방 골치 아픈 일로 힘들었던 기다. 크롤 쌤 일에, 네드 패거리에. 그래도 갸가 엄청 용감한 머시마였다. 그건 의심할 바가 없다. 그런 상황에서 아무것도 안 하는 놈은 내가 딱 무시해 버릴 기다.

　가끔 요런 생각은 든다. 어쩌면 친구놈들하고 내가 뭔가 더 할수 있진 않았나, 가를 위해 도움을 줄 수도 있었을 텐데, 뭐 이런 생각. 가를 우리 쪽으로 데불고 올 걸 그랬나. 언젠가 우리하고 같이 댕기자고 할 수도 있었는데. 시내도 가고 콘서트도 가고 쇼핑도 가고. 근데 안 될 일은 안 되는 기다. 손발이 맞아야 뭘 해묵제. 세모난 걸 똥글뱅이 속에 집어연다고 쎄빠지게 한들 뭐가 되긋나.

# 로지 패럭이 느낀 굴욕감

　내가 정신이 어떻게 됐을 수도 있지만 그렇다고 바보는 아니다. 아니, 그 반대인가? 내가 그 근처를 걷다가 아무것도 못 들었을 거라고 생각하나? 물론 다들 뭐라고 얘기하고 다니는지 나도 들었다. 내 베프까지 그 얘기를 하고 다녔으니까. 뭐, 정확히 그렇게 얘기하진 않았지만 개도 뒷담화에 가담하긴 했다. 코라가 그 뒷담화 무리 가운데 떡하니 자리 잡고 얘기에 불을 붙이고 있었다는 걸 나는 알고 있다. 나중에 개가 말하길 그 애들 입 좀 다

물게 하려고 자기가 애를 썼다고는 하는데 내가 그 말을 믿었는지는 모르겠다. 우린 그저 이기는 사람 하나 없는 쓸데없는 말다툼을 벌였을 뿐이다. 내가 코라한테 이랬다.

"뭘 친구가 그러냐? 한마디도 안 했다고?"

"무슨 소리야? 난 아무 말도 안 했어. 네 이름 오르내리지 않게 하려고 내가 얼마나 애썼는데!"

"아, 예. 그러셨어요."

"그렇다니까."

"뭔 일인지 나한테 말했어야지."

"내가 암말도 안 한 거에 고마워해야 돼, 너."

"내가 너한테 고마워할 일은 절대 없을 걸."

"그러든가."

"그래, 그럴 거다."

이런 식으로 끝도 없이 말꼬리가 이어졌고 말다툼의 승자는 없었다. 나머지 얘기 더 해봤자 듣는 사람 지루할 테니 그 싸움 얘기는 그만 하자. 그날 밤에 모든 일을 찬찬히 복기해 보니 코라가 무슨 말을 하는지 알 수 있었다. 그래도 열통이 터지는 건 어쩔 수 없었다. 하지만 머릿속으로 상황 정리를 하면서 내가 왜 화가 날까 곱씹어 보는데 나는 코라한테 화가 난 게 아니었다는 생각이 들었다. 클렘한테 화가 난 것도 아니었다. 뭐가 뭔지 깨닫지 못한 나 자신한테 화가 났다. 어떤 일이 벌어지고 있다는 느낌이 들었지만 속으로 싹 무시하고 있었던 것 같다. 뭐, 사람들이 진실을 인정하고 싶지 않을 때 다들 그러지 않나? 예전에 읽은 심리학인지 정신의학인지 아무튼 그런 책에서 그랬다. 정신병 어쩌고라고. 어쨌든 그 책에서 그러는데, 실제 상황에 개입하지 않음으로써 의식적으로 그 사건을 머릿속에서 지워 버리고 있다고 했다. 하지만 애써 잊으려고 노력하면 할수록 그 사안에 대해 더 많이 생각하게 된다. 내가 하루 종일 그 생각을 계속한다는 게 정말 이상했다. 밤낮으로 내내. 수업에 전혀 집중할 수 없었다. 하다못해 그림도 그릴 수 없었다. 미친 것 같았다. 정말 정신이 어떻게 됐었다.

그때 나는 완전히 편지……, 뭐더라, 그래, 편집증 환자였다. 복도를 걷고 있으면 전교생이 멍하게 날 쳐다보는 느낌이 들었다. 특히 멍청이 지존들인 네드 패거리 앞을 지나갈 때 코라는 "무슨 말이라도 하는 게 어때?"라고 계속 얘기했지만 나는 아무 말도 할 수 없었다. 혹시 내가 클렘한테 뭘 물어보면 그 순간 그 자리에서 날 차 버릴 거라고 생각했다. 그때 나는 클렘과 사랑에 빠져 오로지 행복한 연애만 생각하고 있었다. 그냥 클렘한테 솔직하게 물어볼 수가 없었다. 두려웠다. 하지만 변화가 찾아왔다. 내 안에 다른 내가 나타난 것 같았다. 미래를 함께할 생각이라면 상대를 믿어야 한다, 서로를 신뢰할 수 있어야 한다, 이렇게 말해 주는 느낌이었다. 사실 클렘은 주변에서 기분 나쁘게 키득대는 소리와 온갖 뒷담화에도 전혀 신경 쓰지 않았다. 뭔가 클렘에게 안 좋은 일이 벌어지고 있다는 생각이 들었지만 그 애는 그냥 똑같았다. 아무것도 변하지 않았다. 돌이켜 생각하면서 차분히 스스로에게 물어보자. 클렘의 행동이 어딘가 이상하게 달라졌다는 조짐이 보였나? 전혀 아니다. 클렘은 전이랑 똑같았다. 하지만 비눗방울인지 구름인지 그런 것들이 머리 위를 둥둥 떠다니며 얄궂게 괴롭히는 기분이었다. 도저히 생각을 멈출 수가 없었다.

　그때 나는 정말 나쁜 짓을 했다. 정말 몹쓸 나쁜 짓이 아니라 딱 찝찝한 기분이 들 만큼만 나쁜 짓. 그 일을 두고 머리 쥐어뜯으며 후회하지는 않는다. 다만 '로지, 네가 그랬다니 믿을 수가 없어. 네가 그랬다는 게 도저히 안 믿긴다.' 이 말만 머릿속에서 계속 맴돌았다. 하여간 늦게까지 미술실에 박혀서 작품집 작업을 시작한 날이었다. 그릇, 컵, 과일 같은 걸 두고 정물화를 그리고 있었다. 그리기 쉬운 물건들을 두고 스케치를 했다. 하지만 그건 전부 일종의 위장이었다. 그림 작업은 하는 둥 마는 둥 조금밖에 안 했다. 실제로 포트폴리오 작업을 시작해야 했지만 그런 건 집에서도 거뜬히 할 수 있는 일이었다. 나는 한 발짝 물러나 기회를 보고 있다는 사실을 클렘한테 말하지 않았다. 클렘이 듣는 특별 수업이 언제쯤 끝나는지 알았기 때문에 나는 그 수업이 끝나기 10분 전까지 기다렸다가 밖에서 걔가 나오는지 지켜봤다. 딱히 걔를 기다린 건 아니다. 걔가 날 안 봤으면 싶었다. 만나기로 약속한 게 아니었으니까.

　사실 나는 길 건너에서 기다리던 중이라 클렘이 나왔을 때 잽싸게 차 뒤로 숨을 준비가 돼 있었다. 거기서 덜덜 떨었다. 내가 그러고 있다는 게 무지 부끄럽고 당황스러웠다. 원래 나는 그런 짓을 안 한다. 뭐, 확실히 내가 한 일이긴 하지만. 여하튼 학교 정문에서 나오는 클렘이 보인다. 그런데 혼자가 아니다. '너 이 뻔뻔한 자식…….' 게다가 교문 앞에서. 이쯤에서 나는 길길이 날뛰었다. 완전히 열 받은 나는 단숨에 그리로 달려가서 당장 아작 낼 참이었다. 하지만 다행히도 그러지 않았다. 그래도 그 순간 분노가 나를 꿀떡 삼킬 것 같은 기분을 느꼈다. 두 손에 땀이 흥건했다. 손톱자국이 날 만큼 두 주먹을 꽉 쥐었다. 그 와중에 웃겼던 건 머릿속에서 조그만 목소리가 들렸다는 거다. '로지야, 뭐하고 있냐? 너 지금 바보 짓거리 하고 있어. 걔가 널 보기라도 하면 넌 죽음이야.' 차 뒤에 숨어 있는데 그 둘이 내 쪽으로 다가왔다. 나는 속으로 '아, 젠장! 아, 젠장!' 이러고 있고. 그러다 내가 지금 선생님들이 차를 주차하는 곳 한복판에 있다는 걸 깨닫고 몸을 더 낮게 웅크렸다. 거리가 하도 가까워서 둘이 하는 얘기가 들린다. 클렘이 질문을 하네. 에세이를 쓸 때 인용문을 얼마나 써도 되느냐고. '제발, 제발 이리로 오지 마!' 이쯤에서 나는 그들이 날 볼까 봐 주차된 차 주변을 돌아 다른 데로 가고 있다. 둘은 나를 못 봤다. 저 아래 바로 옆에 있는 차 근처에 둘이 서 있다.

그때 뭔가 괴상야릇한 일이 벌어졌다. 둘은 아무 말이 없었다. 그냥 입을 꾹 다문 채 거기 서 있기만 했다. 그러고서 한참을 있었다. 마치 몇 시간이나 흐른 기분이었다. 나는 서둘러서 가야겠다 싶었다. 쪼그리고 차 뒤에 숨어 있느라 다리가 아파 죽을 지경이었다. 크롤 선생님이 침묵을 깨기 전까지 둘은 계속 말이 없었다. 선생님이 "어디로든 태워다 줄까?" 하고 물었다. 그리고 또 얼마간의 침묵이 흐른 뒤 클렘이 정적을 깼다. "아뇨, 괜찮아요. 어쨌든 고맙습니다." 그 모습을 보며 나는 속으로 그렇지, 역시 내 남자야, 이랬다. 그러고 나서 클렘은 집으로 갔고 선생님은 자기 차를 몰고 갔다. 차종이 뭐였는지는 기억 안 난다. 나는 차 모델에 대해 빠삭하게 꿰고 있는 타입이 아니다. 집에 온 나는 내가 한 짓 때문에 얼굴이 화끈거려 죽을 지경이었다. 그러다 밤이 되자 일단 온갖 쓸데없는 생각은 머릿속에 구겨 넣고 억지로 잠을 청했다. 나쁜 짓이긴 했지만 그래도 좋은 의도에서 나온 나쁜 짓이었다. 내 말이 이해가 갈는지 모르겠네. 하여튼 그 일로 나는 모든 걸 확인했다.

　그 뒤로는 기분이 아주 좋아졌다. 좀 희한한 방식으로 나와 클렘이 더 가까워진 기분이었다. 클렘을 믿고 싶었다. 그 애도 나를 믿을 것이다. 무성한 소문은 여전히 여기저기 떠돌아다녔지만 상관없다. 실은 왜 누구 하나 그 선생님한테 아무 말도 하지 않는지 궁금했다. 다른 선생님들 말이다. 대체 왜 그 선생님이 아직도 학교에 오는지 알 수가 없었다. 애초에 학교에 있어선 안 될 사람이었어, 이런 게 아니다. 딱히 잘못한 게 없으니까. 나는 그저 시종일관 나를 조롱하는 사람들을 견딜 수 없었다. 정말 스트레스를 받아서 확 돌아 버릴 지경이었다. 이 스트레스를 그 여자한테 고스란히 넘겨 줘야 했다. 얼굴에 철판 깔고 뻔뻔하게 학교에 계속 나타나는 그 용기가 대단하다 싶었다. 음…… 모두들 곤욕을 치르고 있다. 에, 그러니까 모두는 아니지만 암튼 그렇다. 모든 게 변했다.

처음에 클렘은 아무 말도 하지 않았지만 걔가 힘든 시간을 보내고 있다는 느낌이 왔다. 뭐, 새로울 것도 없다. 남들과 약간 다르게 굴 배짱이 있는 사람, 특정 음악을 좋아하거나 특정 패션 감각을 보여 주는 사람, 또는 남들과 다른 헤어스타일을 하고 다니는 사람은 본의 아니게 곤란을 겪기 마련이다. 남들과 다르다는 건 금기 사항이나 다름없다. 편히 살려면 똑같은 것을 좋아하고 똑같은 것을 하고 똑같은 곳에 가고 똑같은 의견을 내비쳐야 한다. 똑같은 것에 관심을 보이고 똑같은 수준으로 못되 처먹은 모습을 보여 줘야 한다. 학교란 똑같은 모습의 복제 인간들만 있는 기괴한 집단이다. 이 얼마나 억압적인가? 내가 특이해지려고 아등바등 애를 쓴다는 얘기가 아니다. 이게 그냥 내 모습일 뿐이다. 나는 내가 특이하다거나 다르다고 생각하지 않는다. 내가 다른 애들 같지 않아서 그렇게 보이는 것 같다. 쓰레기 같은 TV 프로그램이나 보면서 거기에 집착하는 다른 애들처럼 굴지 않아서. '댄싱 위드 더 스타'에서 누가 우승했는지 알게 뭐람. 누가 신경이나 쓰나?

클렘은 다른 사람들과 전혀 달랐다. 단순히 그 애의 말투 얘기가 아니라 다른 애들에 비해 훨씬 똑똑했다는 말을 하는 것이다. 쉽게 바닥날 지성이 아니다. 애들이 줄곧 클렘을 씹고 다니는 게 놀랍지도 않았다. 주로 남자애들이 그랬다. 코너 더피하고 그 패거리를 비롯해 6학년 남학생들 전부가 시작한 짓일 거다. 자기들 원하는 대로 '일당'이라 불러도 좋고, 아무튼 걔네 무리가 시작했다. 멍청이 같은 놈들. 클렘의 말투를 흉내 내면서 자꾸 놀려 댔다. 걔네들이 무슨 짓을 하는지 코라가 나한테 다 얘기해 줬다. 앙심을 품고 하는 짓거리라기보다는 철없는 남자애들이 다른 사람 등 뒤에서 쓸데없는 얘기를 지껄이는 것에 가까웠다. 클렘 면전에서는 뭐라고 한 마디 내뱉을 배짱도 없는 것들. 왜냐하면 클렘이 말발로 쉽게 이기고도 남았을 테니까. 클렘의 혀는 아주 예리했다. 면도칼처럼 매우 날카로웠다. 클렘은 걔들 때문에 신변에 위협같은 건 전혀 느끼지 않았다. 걔들은 절대 위험한 존재가 아니었다. 그런데도 자기들끼리는 대단한 패거리라도 되는 양 으스댔다. 자기들이 학교를 장악했다나 뭐라나. 가소로운 것들. 자기들이 무슨 비벌리힐즈의 아이들인 줄 알았나 보다. 그 끔찍한 미국 TV 프로그램 말이다.

그래도 클렘한테 제일 겁을 준 애들은 네드 패거리였다. 클렘은 복도에서 걔들 곁을 지나가거나 같은 교실에 있는 것 자체를 싫어했다. 클렘이 그전 학교에서 무슨 일을 겪었다는 생각은 안 든다. 내가 알기론 실제로 별일 없었기 때문에 클렘이 나한테 할 얘기도 없었을 테지. 그러니 이 동네로 왔을 때 클렘 입장에서는 난생 처음 겪는 일들을 만났던 게 분명하다. 나는 네드라는 말이 무슨 뜻인지 클렘한테 설명해 준 적도 있다. 걔는 그 말이 아주 우습다고 생각했다. 네드파 애들 머리에 얹혀 있는 바보 같은 모자는 말 그대로 하늘을 찌를 듯했고 클렘은 그걸 보면서 정말 사악해 보인다고 했다. 한심하다는 뜻이다. 처음에는 순전히 농담으로 네드파 얘기를 했는데 알다시피 그런 패거리는 뭐 하나 건수가 생기기를 벼르고 있던 종자들이다. 클렘을 잡을 건수. 걔들 입장에서 당장 뭘 어떻게 하고 싶어서 구실이 필요했던 건 아니다. 나는 클렘한테 그 애들을 가까이하지 말라고 누누이 말했다. 문제는 클렘이 이 학교를 낯설어하고 글래스고라는 지역에 익숙하지 않은 데다 누군가를 자기편으로 둘 애도 아니라는 점을 걔들이 알았다는 사실이다. 그래서 걔들은 내심 뭐든 해도 되겠다 싶었을 것이다. 클렘이 응수할 수 없을 거라 여겼겠지. 그게 바로 그런 애들의 사고방식이다. 얼마나 생각이 모자란 애들인지 여실히 드러난다. 그런데 걔들 생각이 옳았다는 게 슬픈 일이다. 대체 누가 걔들한테 맞서려고 했겠는가? 학교? 경찰? 그럴 가능성은 없었다. 처음엔 클렘이 그 무리에 신경 쓰는 것 같지 않았다. 걔들이 주로 무슨 얘기를 하는지 클렘이 전혀 감을 못 잡았던 게 고비였다고 생각한다. 이 동네 사람들이 하는 말도 클렘이 이해하기가 힘들 텐데 네드파 애들은 한 술 더 떠 자기들 나름의 특별한 방식으로 말을 한다. 입 안 가득 레몬을 물고 얘기하는 멍청이들의 대화를 듣는 것 같다. 마치 누군가가 계속 코를 꽉 쥐고 있는 듯 모든 대화를 코로 하는 것처럼 들린다. 나도 종종 걔네들 말을 못 알아듣는다. 다들 일진이 끼는 절대반지인지 뭔지를 끼고 다닌다. 시내에서 파는 싸구려 반지다. 부랑자들이 따로 없다. 문제는 그 반지를 브라스 너클격투기를 할 때 손가락에 끼는 쇳조각-옮긴이로 사용해 주먹질 무기로 써먹는다는 점이다. 예전에는 애들이 사람들을 두들겨 패면서 학교를 돌아다녔다. 반지 낀 주먹으로 애들을 두들겨 패서 멍 자국에 반지 표시가 그대로 새겨졌다. 그 표시가 얼굴에 났다고 생각해 봐라. 클렘의 눈에는 네트파 애들의 머리부터 발끝까지 그 차림새가 아주 희한하게 비쳤다. 클렘은 그 옷차림을 네드파 교복이라고 불렀다. 글래스고 곳곳이 온통 그런 패션이다. 무슨 전염병 같다. 관광객 입장에서 그 광경에 맞닥뜨렸다고 상상하면 어떤가?

클렘의 눈에는 글래스고라는 곳이 과연 어떻게 비쳤을까?

네드 패거리가 하는 짓거리를 유튜브에 올리면 어떨까? 걔들이 어디 공원이나 어느 얼간이 집에 모여 춤추고 담배 피우고 술이나 벌컥벌컥 들이켜는 모습 말이다. 다들 어깨동무를 하고선 툭하면 가운뎃손가락을 쳐들어 보일 거다. 아니면 엉덩이를 까고 보여 주거나. 진짜 또라이 같은 짓거리들. 그중에 최악은 음악이었다. 네드파를 따라다니는 음악. 온통 덩청하고 명청하고 명청한 쓰레기 같은 음악뿐이었다. 그런 음악을 듣고 있자면 아마 머리통에서 귀를 잡아 뜯고 싶어질 거다. 유튜브에 보면 네드파 애들의 영상이 가득했다. 걔들이 잘 가는 식당에서 그런 쓰레기 같은 음악이라도 틀어 주지 않았으면 음악이 뭔지 알지도 못했을 놈들. 그룹, 밴드, 노래, 앨범 등에 관해 쥐뿔도 아는 게 없는 놈들. 그 자식들이 클렘을 괴롭혔던 이유 중 하나가 바로 음악이었다. 클렘이 학교에서 악기를 뚱땅댄다고 그놈들이 애를 맹렬히 비난했다. 그놈들 머리론 호모들이나 그런 걸 한다고 생각했겠지. 그 녀석들이 클렘의 음악 취향을 대처 어떤 의미로 해석했는지 누군들 알겠는가.

## 골드스미스 선생의 해명

그 가족이 왜 스코틀랜드에서 살기로 했는지 판단하는 것은 내 몫이 아니었다. 내가 기억하기로 그 가족은 글래스고에 연고도 없었다. 솔직히 이스트본에 친인척이 있는지도 확실치 않다. 글래스고는 문화적인 측면에서 이스트본과 한참 거리가 있는 곳이다. 정확한 평가를 할 수 있을 만큼 내가 글래스고에서 충분한 시간을 보낸 건 아니지만 내가 아는 바로는 그렇다. 맞다. 나는 클렘네가 이사 가는 것이 약간 염려스러웠다. 생활적인 변화보다는 클렘의 교육에 대한 걱정이 주였다. 하지만 생활과 교육은 상호 배타적이지 않다. 그러니 전반적으로 다 걱정될 수밖에.

내가 얘기했다시피 클렘은 이 학교에 있는 동안 우수한 모습을 보여 줬다. 나는 부디 그 탁월함이 지속되기를 바랐다. 큰 변화를 겪으면서 그 똘똘한 기운이 뿌리째 사라질까 봐 몹시 걱정스러웠다. 하지만 이것도 다 교사가 겪는 일 아닌가 싶다. 학생들이 오기도 하고 가기도 하고. 어떤 교사들은 학생에게 감정적 애착이 생길 수 없다, 혹은 애착을 갖지 말아야 한다고도 한다. 하지만 사람인 이상 그게 말처럼 쉽지는 않다. 특별한 상황이라는 게 있다. 예전에 가르친 제자들 중에는 지금까지 꾸준히 연락을 주고받고 가끔 학교에도 찾아오는 아이들도 있다. 학생들이 보다 나은 방향으로 나아갈 때 우리 교사들은 성취감을 느끼며 더 나은 환경을 조성하려고 애쓰기 마련이다.

내가 알기로 클렘의 아버지는 부유하지 않았다. 소위 노동 계층의 후손이었다. 클렘은 우리 학교에서 장학금을 받았다. 각 학년에 두 종류의 장학금이 지급되는데 비교적 가정 형편이 좋지 않은 학생들이 이 장학금을 받을 수 있다. 각 지원자는 에세이를 쓰고 면담 과정을 거쳐야 한다. 아, 특별한 건 아니다. 지원자의 신청 동기를 물어보면서 속내를 심층적으로 알아보려는 절차일 뿐이다. 사실 허물없는 담소 수준에 가깝다. 실제로 이런 대화는 아주 유용한 심사 과정이 된다. 예전에 아주 훌륭한 에세이를 제출한 학생들이 있었는데 막상 입학 심사 위원회와 마주했을 때 우리 학교에 적합한 지원자가 아니라는 점이 바로 확인된 경우가 많았다. 우리는 클렘에 대해 만장일치로 찬성했다. 학교의 구조와 기풍에 잘 맞는 것은 물론 학교의 위상을 높여 줄 만한 학생이라고 믿었다. 클렘은 개인적 측면, 학업적 측면에서 골고루 보여 줄 부분이 많았다. 우리 교사진이 여태껏 진행해온 의사결정 과정에 의문을 품게 된다. 눈가림에 속지 않는 능력이 우리에게 있는지 점검해 볼 시점이다. 물론 누구 하나 감히 문제를 제기하지 못할 것이다. 허나 교무실 내에는 다 알고 있다는 시선이 교차했다.

클렘이 학교를 떠났을 때 그 이유가 집안 사정이라고 들었다. 클렘의 아버지가 실직했고 새 직책을 맡기 위해 가족을 데리고 스코틀랜드로 갔다고 했다. 내 생각에 그 분은 일종의 외판원처럼 일하는 판매업에 종사했던 것 같지만 일단 그 부분은 어느 정도 설명이 필요하지 싶다. 다들 힘든 시기 아닌가. 불행히도 실직한 가장 입장에선 가정을 지키기 위해 어떤 조치든 취해야 했다. 클렘의 아버지가 그런 상황이었다. 여기 남부 지역의 인력 시장이 보다 안정돼 있었더라면 일이 어떻게 됐을까 이런 생각을 해 보는 사람도 있을 것이다. 이상적인 상황이었다면 아마 클렘은 이 학교에서 우리와 함께 학업을 이어갔을 테지만, 애석하게도 우리 학교 장학금에는 기숙사비까지 포함돼 있진 않다. 앞으로는 그 부분도 재고해 봐야 할 것이다.

클렘이 이 학교에 왔을 때 적응을 아주 잘했다고 생각한다. 그래도 확실히 특이한 구석이 있는 학생이어서 클렘 같은 상황의 학생들이 일으킬 만한 문제는 늘 조심하고 있다. 그런 까닭에 우리 교사들은 클렘 주변의 학생들을 예의주시해야 한다. 클렘이 학급에서 고립되거나 배척당하지 않게 해야 한다. 장학생들은 특별한 취급을 받으라고 선발된 학생이 아니다. 물론 왕따를 말하는 것이다. 왕따는 종합 중등학교 <sub>학생들을 수준별 구분 없이 모두 모아 교육하</sub> <sub>는 영국의 중등학교 - 옮긴이</sub> 에 나타나는 양상과 마찬가지로 여기에도 존재하는 일종의 질병과 같다.

누군가는 학교에서 일어나는 이 문제가 상당히 엄청난 영향을 끼친다고 말하기도 한다. 학생들은 자기보다 열등하게 보이는 아이들에게 뿌리 깊은 상처를 주는 심리적 특징을 보인다. 다들 그런 쪽으로 영리하게 구는 머리가 있다. 돈 있는 집에서 태어난 어떤 애들은 평생 동안 그런 특징을 발현하고 산다. 그 자체가

끔찍한 불행이다. 이러한 고통 유발 인자와 자만심이 결국에는 그들을 몰락시키고 말 것이다. 많은 경우에 실제로 그렇게 됐다는 사례를 확인할 수 있어서 어쩌면 다행이다 싶다.

클렘은 왕따니 뭐니 그런 문제에서 자유로웠다. 그 애가 누구 때문에 괴로워했었나? 클렘 커랜과 관련해 한 가지 확실한 건 그 학생이 어리석은 짓을 묵인하지 않았다는 사실이다. 있는 대로 분노를 발산하는 애들은 순식간에 자기 자리로 돌아갔다. 사실 학구적인 면에서 클렘은 또래들보다 훨씬 앞서 나갔다. 그런 점에서 아이들은 클렘을 우러러봤다. 클렘은 많은 이들에게 희망의 상징 같은 존재였다. 풍부한 지성과 개성을 어떻게 갖출 수 있는지 보여 주는 귀감. 알다시피 돈으로 모든 것을 살 수는 없다. 상황이 호전되었다 해도 이따금 놀리는 건 계속됐다. 심각하거나 난처하게 골리는 건 없었지만. 그 와중에도 클렘은 한결같은 성품을 보여 줬다. 나는 그 학생이 면밀히 계산된 모습을 보여 주는 사람이었다고 말하는 게 아니다. 클렘은 그저 평범한 소년이었다. 남들과 섞이길 꺼리는 개인주의자가 아니었다. 오히려 외향적인 아이였다. 또래들과 적당히 거리를 두고 지냈지만 붙임성 있고 호감 가는 학생이었다. 그는 자기 삶의 방향을 잘 알고 있었다.

딱 한 가지 사건이 문득 떠오른다. 사실 그다지 중요하지 않아서 언급할 가치도 없다. 한번은 클렘이 다른 아이를 때려서 꾸중을 들은 적이 있다. 실제로는 손바닥으로 찰싹 때리는 정도여서 말했다시피 별로 언급할 것도 없다. 내 생각에 상대 학생이 먼저 클렘의 혈통에 대해 캐물었고, 그다음으로 성적 성향을 따지고 들었던 것 같다. 분명 이런 괴롭힘이 한동안 계속됐고 클렘이 한 계점에 이르러 당연히 그 학생한테 달려들어 한 대 칠 수밖에 없었다. 분노가 이성의 자리를 대차게 빼앗은 순간이었다. 그 사건 이후 이런저런 말이 쑥 들어갔다. 클렘의 이런 행동 덕분에 다른 아이들이 가한 맹렬하고 조직적인 수준의 도발을 잠재우고 그의 불명예를 씻을 수 있었다.

전문가답지 않다고 말하는 학자들도 있겠지만, 그런 상황에서 희생자가 되는 학생들한테 교사인 나는 두 가지 선택 사항을 들려주면서 조언을 건넨다. 하나, 선생님에게 알리기. 이는 괴롭힘이나 왕따 짓을 지속시킬 뿐 아니라 그 상황을 점층 확대시킬 공산이 크다. 둘, 가해자한테 경고를 줘도 좋고 안 줘도 상관없는 상태에서 있는 힘껏 한 방 먹이기. 내가 믿는 바로는 이 두 번째 방법이 괴롭힘과 차별을 끝내 버리는 확실한 처방이었다.

그렇다. 그 당시 내가 클렘에게 건넸던 조언은 후자였다. 이후 클렘은 두 번째 방법을 택했다. 괴로운 문제는 즉시 사라졌고 학교는 다시 즐거운 공간이 되었다. 내가 제안한 방법이 다소 특이하거나 독불장군 스타일이라고 해석된다면 나는 이렇게 묻고 싶다. 과연 내가 틀렸을까? 무슨 일이 벌어졌는지를 감안하면 누군가는 나의 판단이 약간 한쪽으로 쏠렸다고 말할 수도 있다. 나는 이 점에 대해 몇 번이고 곱씹어 보았다. 이번에 벌어진 일에 대해 내가 책임감 비슷한 것을 느끼고 있나? 나는 책임을 면제받는가? 구체적으로 말하자면, 그렇다. 철학적으로 보자면, 아니다. 실존주의적으로는, 그렇다와 아니다 사이에서 왔다 갔다 한다.

물론 설명 및 해명이 더 필요한 부분이 있긴 하다. 이 모든 사건에서 학교의 역할은 무엇이었나? 왜 교사들이 아무도 이 위험 상황을 예견하지 못했나? 클렘과 관련된 그 여학생의 혈통은 어떤가? 그 여학생의 진의는 무엇이었나? 제대로 된 철저한 조사가 이뤄진 후 틀림없이 이런 의문점이 모두 밝혀질 것이다.

## 로지 패럴의 엄마가 염려한 점

로지와 클렘이 커플이 되었을 때 내가 마냥 기뻐했을 거라고 오해하지 않으면 한다. 내가 보기에는 걔들은 그저 흔한 남자 여자 고등학생들의 풋풋한 로맨스라기보다는 말 그대로 정식 연인 관계였다. 사이좋게 찰싹 붙어 다니는 연인.

엄마라면 항시 자기 가족에 대해 걱정하는 법이다. 나한테 자식이 하나밖에 없으니 당연히 걱정이란 걱정은 온통 로지에게 쏠렸다. 로지로선 억울할 수도 있다. 나도 안다. 그래서 뒤로 물러나 로지가 자기 길을 갈 수 있게 해주려고 했다. 자기가 실수를 해보며 배울 수 있도록. 하지만 엄마가 딸을 그렇게 두고 옆에서 지켜보기만 할 경우 그것 참 가슴 찢어지는 노릇이다. 그렇다고 하나부터 열까지 일일이 개입하고 싶은 생각은 없었다. 내가 로지한테 숨 쉴 공간을 주면 우리 사이가 약간 더 가까워질 거라고 생각했다. 맞다. 어떻게 보면 내가 클렘을 질투했던 것 같기도 하다. 클렘은 내가 원했던 역할을 맡고 있었다. 내가 맡았어야 했던 역할. 아, 이렇게 얘기한다고 이상하게 받아들이진 말라. 내가 딸내미랑 둘이 앉아 성교육이나 해주고 싶었던 건 아니다. 요즘 십대들은 그렇게 어수룩하지 않다. 아마 걔들이 나보다도 많이 알 것이다. 어쩌면 우리 로지도 나한테 한두 가지 가르쳐 줄 정도일 텐데. 부모로서 종종 궁금해질 때가 있다. 내 자식이 혹시 어느 쪽 성향인지…… . 특히 로지한테 궁금했던 부분이다. 로지가 생전 남자애들 얘기를 하거나 집에 남자애를 데려올 생각을 비친 적이 없어서 솔직히 예전에 몇 번 그런 생각을 한 적이 있다. 그러니까 얘가 어쩌면…… . 어느 날 밤인가 내가 속이 터져 큰 소리를 내기도 했다. 로지처럼 매력적인 아가씨가 혹시 남자가 아닌 동성을 좋아하는 그런 거라면 그건 정말 엄청난 손실이라고 생각했기 때문이다. 하지만 설령 로지가 그렇다고 했어도 괜찮았다. 내가 로지를 사랑하지 않을 것도 아니니까. 이런 상태였으니 어느 날 클렘이 나타나 둘이 진짜 커플이 되었을 때 내가 얼마나 기뻤을지 상상이 되는가? 제대로 된 연인 관계 말이다. 나는 진심으로 기뻐했다. 그제야 안도하며 마음을 쓸어내릴 수 있었다.

　이상한 점은 전혀 느끼지 못했지만 확실히 많은 부분에 변화가 찾아왔다. 어떤 면은 더 좋아졌고 어떤 부분은 더 나빠졌다. 로지는 예전보다 더 행복해 보였고 집에서 말도 더 많이 했다. 한층 쾌활해졌다. 하지만 나는 둘 사이에 말다툼이 있었는지 어쨌는지 알아챌 수 있었다. 아, 그럴 때는 아예 옆에 가지 말아야 했다. 한번은 둘이 깨졌구나 싶은 때가 있었다. 로지가 흡사 장례식장 가는 사람처럼 잔뜩 풀이 죽어 집 안을 휘적휘적 돌아다니기만 했었다. 다행히 그 모습이 오래가진 않았다. 내가 로지한테 "엄마가 뭐든 해줄 게 있으면 말해. 나한테 얘기하고 싶은 거 있으면 다 해." 이렇게 말하면, 로지는 나를 멀쭝히 쳐다보며 "엄마가 뭘 알아?"라고 했을 것이다. 그래서 로지 상태가 안 좋다 싶으면 그냥 조용히 곁을 떠나 있었다. 애한테 아무 말도 안 했다. 그러다 한두 시간쯤 지나면 분위기가 확 달라졌다. 그렇게 들쭉날쭉 일관성 없는 모습을 상대하기가 나로선 너무 힘들었다. 내가 어느 타이밍에 등장하고 사라져 줘야 하는지 도통 알 수가 없었다. 그건 로지 역시 몰랐을 것이다. 어쨌거나 로지와 내가 그나마 종교가 다르지 않아서 다행이었다. 우리 시대엔 그게 여러모로 상황을 쉽게 만들어주는 요인이었으니까.

그쯤에서 내 고민이 다른 쪽으로 향했다. 로지와 클렘이 지나치게 많은 시간을 함께 보내는 게 아닌가 싶어 염려스러웠다. 오해하지는 말길. 물론 나는 그 애들 둘이 같이 있는 게 좋았지만 그 나이에는 다른 친구들도 필요한 법이다. 로지가 클렘한테 너무 의존하게 되는 건 바라지 않았다. 쟤네 둘은 내내 붙어서 대체 무슨 얘길 하는 걸까, 이런 생각을 한 적이 있다. 나와 전남편이 예전에 어쨌는지가 떠올라서 그랬다. 그 사람과 나는 망할 놈의 텔레비전 앞에 들러붙어 앉아 밤새 서로 한마디도 안 하면서 멍하게 화면만 보다가 그대로 잠자리에 들곤 했다. 그다음 날도 똑같이 그러고 살았다. 그런 생활이 나를 야금야금 갉아먹어 끝내 파멸시켰다. 하지만 로지하고 클렘은 늘 키득대거나 뭔가를 '논의'하고 있었다. 주로 음악, 영화 뭐 이런 얘기를 했다. 땅꼬마 코라가 참 안됐다 싶었다. 별안간 내쫓긴 신세가 됐으니까. 아마 그 시점에서 내가 클렘에 대해 조심하게 됐을 것이다. 나쁜 식으로가 아니라 엄마 입장에서 신중해졌다는 뜻이다. 클렘은 저기 남쪽에서 여기 위쪽 지역까지 덜렁 가족하고만 왔으니 친구도 없고 글래스고 어디를 둘러봐도 아는 사람 하나 없는 처지였다. 그래서 우리 로지하고 항상 같이 시간을 보냈다. 로지와 로지 친구들 사이를 갈라놓으면서. 어떤 사람들 눈에는 그렇게 비쳤을 것이다. 딱 한 번 이런 찜찜한 생각이 든 적 있다. 클렘이 우리 로지를 바보로 만들고 있는 건 아닌가, 매사 모든 게 클렘 생각대로 흘러가는 건 아닌가 싶었다. 어떤 얘기를 할지, 어디로 놀러갈지, 무슨 음악을 들을지 전부 다 클렘이 정하는 것 같았다. 그 애가 우리 딸을 너무 심하게 통제할까 봐 걱정스러웠다. 내가 클렘을 싫어했다는 말이 아니라 내게 1순위인 존재, 로지한테 신경을 쓰는 게 중요했다는 얘기다. 나는 클렘을 차별 대우하거나 로지를 과잉보호하진 않았다. 혹시나 내가 그랬다간 로지가 즉시 알아챘을 게 뻔하다.

클렘에 관해 내가 받아들이기 힘든 부분이 있었다. 나쁘거나 불길한 건 아니었다. 감지하기 힘들 정도로 작은 부분이라 딱 꼬집어 설명하긴 힘들지만 뭔가 미묘한 게 있었다. 아, 진짜 느낌을 말로 설명하기는 힘들다. 뭐랄까, 그 애가 나를 쳐다보는 눈빛이 좀 그랬다. 아니, 아니, 이상한 상상은 하지 갈라. 왜 그런 거 있잖은가. 꿰뚫어 보는 듯한 특유의 눈빛. 사람 마음 불편하게 만드는 뭔가 묘한 시선. 그런 걸 뭐라고 부르던데? 아, 맞다. 천리안. 클렘의 눈이 그랬다. 어쩔 때는 나 혼자 이런 생각도 했다. 쟤가 진짜 저 나이일 리가 없어. 그 애가 하는 말이나 행동거지를 보면 애가 혹시 할아버지는 아닌가 싶을 때도 있었다. 가끔 걔가 하는 쓸데없는 소리는 좀처럼 해독이 안 되었다. 아니, 쓸데없는 소리가 아니라 온통 지적인 얘기였다. 책에 관한 얘기 이런 거. 나로선 그런 대화가 전혀 내키지 않았다. 그런데 그 애는 내가 관심이 있다고 생각한 모양이다. 아니면 나한테 잘 보이려고 애를 쓰는 거였든가. 애들이 다 그렇지. 나도 어릴 때 똑같았다. 남자 친구 부모님이나 형제자매한테 잘 보이려고 무진 애를 썼다. 처음엔 클렘한테 좋은 인상을 받았지만 점점 거슬리기 시작했다.

그렇다고 로지한테 뭐라고 한마디 하거나 티를 낸 적은 없다. 분명 로지는 내가 되게 쿨한 엄마라고 생각했을 것이다. 나는 그 이미지를 망치고 싶지 않았다. 누군가는 나한테 솔직하지 않다고 뭐라 할 수도 있지만 나는 로지를 내 곁에 두기 위해 나름대로 무진장 노력했을 뿐이다. 일단 로지가 나한테 오면 그 어떤 것도, 어떤 사람도 우리 사이에 끼게 가만 놔두지 않았을 것이다.

맞다. 나는 잠자코 있었다. 무엇보다도 분별력을 잃지 않으려 애썼다. 로지한테 가서 네 남자 친구를 백퍼센트 믿지는 못하겠다, 차마 이렇게 말할 수는 없었다. 그렇게 할 수 있는 엄마가 있으면 어디 나와 보라고 해라. 만에 하나 내가 딸내미한테 그런 말을 했다면 여지없이 "당장 나가! 내 일에 관심 좀 꺼!" 이런 말이나 들었을 게 분명하다. 만약 우리 엄마가 나한테 그랬어도 나 역시 똑같이 했을 것이다. 로지가 내 뱃속에서 나왔으니 안 봐도 비디오다.

이번 사건에 내가 어떤 반응을 보였냐고? 맙소사, 내가 어땠을 것 같나? 처음 그 소식을 접했을 때 우리 로지 생각밖에 안 했다.

우리 애 기분이 어떨까, 그게 처음 든 생각이었다. 우리 딸을 보호해야겠다. 로지가 괜찮다는 걸 알고 난 뒤 클렘한테 관심이 갔다. 처음 그 일에 대해 들었을 때 클렘이 사건의 중심에 있었겠구나 하고 직감했다. 거 봐, 내 말이 맞았어……. 내 촉이 맞았어.

돌이켜 보면 누가 봐도 클렘은 외로운 아이였다. 고독한 소년. 클렘의 부모가 참 안됐다 싶다. 새 출발하기 위해 여기 윗동네까지 와서 이것저것 맞닥뜨리고 해결해야 하는 상황이 안타깝다. 사실 이번 일은 우리 모두에게 닥친 상황이다. 한순간의 광기가 순식간에 희생자를 줄줄이 낳았다. 평생 동안 상처를 안고 살게 될 희생자들이다.

엄마는 자기 딸을 잘 안다. 나는 우리 로지가 그 일에 휘말렸을 리가 없다는 걸 안다. 절대 그럴 리 없다. 모든 게 만천하에 드러나면 전부 다 해결될 거라는 확신이 있다. 조만간 진실이 밝혀질 테니까 나는 별로 걱정하지 않는다. 이곳에선 뭘 쉬쉬하면서 비밀로 묻어 둘 수가 없다. 솔직히 나는 지금 우리 로지가 학교에 계속 붙잡혀 있으면서 날마다 질문 세례를 받아야 하는 게 너무 싫다. 심지어 나도 수없이 많은 질문을 받았는데 애는 오죽하겠는가. 얼굴이 새파랗게 질릴 때까지 했던 얘기 또 하고 했던 얘기 또 하고 그러고 있으니. 불쌍한 우리 딸내미.

그나저나 이 판국에 그 애 부모는 대체 어디 있는 건가? 제발 그거나 알았으면 좋겠다. 무슨 일이 있는지는 모르겠지만 어쨌든 우리 로지가 아무 관련 없다는 걸 아는 마당에 왜 코빼기도 비치질 않는지. 일에 연루된 사람들이 이 모든 일을 잊어버릴 것 같은가? 그럴 리가 없다. 그 사람들 진짜 나쁘다. 이 말은 꼭 해야겠다. 이사를 가든 해야지, 원. 그것 말고는 대안이 없다. 다른 동네, 아니면 다른 도시로 가려고 벌써 알아보고 왔다. 사람들 시선과 수군거림을 견디면서 살 자신이 없다. 솔직히 말해 여길 떠나면 차라리 속이 시원할 거다. 나나 로지한테 새 출발할 기회가 될 테니까.

어쩌면 잉글랜드로 갈 수도 있다. 바닷가 근처 어디로. 그것 참 괜찮겠네.

## 로지 패런은 생리 중

화장실 마지막 칸에 있었다. 창가와 가까운 그 칸은 다른 데보다 훨씬 깨끗하다. 탐폰을 바꿔 끼우고 있는데 희미하게 "로지야" 하고 부르는 소리가 들린다. 나는 아무 말도 안 했다. 그러자 또 한 번 "로지야" 하는 속삭임인지 외침인지가 들렸다. 클렘이었다. 나는 얼어붙었다. 그리고 또 한 번의 "로지야". 아 진짜, 여

108

자한테는 편하게 탐폰 갈 자유도 없냐고! 이건 너무하잖아. 그런데 한 술 더 떠서 이번엔 클렘이 여자 화장실 안에까지 들어와 있는 게 아닌가! 여.자.화.장.실! 안.에! 망할 놈의 여자 화장실 안에 말이다.

나는 그대로 얼음이 되었다. 그대로 조각상이 된 듯. 꼬맹이 때 하던 얼음 땡 놀이하듯. 클렘이 화장실 칸마다 확인하는 소리가 들렸다. 나는 좌변기에 앉아서 발을 들어 올려 문을 지지했다. 아무 소리도 안 나게 무지 조심하면서. 나의 빨간색 디아도라 운동화는 어떤 출입구든 단단히 막을 준비가 돼 있었다. 혹시라도 클렘이 감히 이리로 들어오려 한다면 있는 힘껏 거시기를 차줄 준비도 완료. 문짝에 아로새겨진 낙서가 눈에 들어왔다. '코라 켈리는 어부보다도 더 많이 잡았다. 고래를.' 불쌍한 코라. 그나마 내 빨간 운동화가 첫 부분과 마지막 부분을 가리고 있어서 '리는 어부보다도 더 많이 잡았다.'가 되니 내용이 훨씬 나아진다.

내 심장이 점점 더 빨리 요동치는 게 느껴졌다. 혹시 이 심박동 소리가 내 위치를 알려줄까 봐 한층 더 긴장됐다. 속삭이는 소리가 또 들렸다. 자꾸 들렸다. 저 멍청이는 마치 독백하듯이 이 미칠 듯한 속삭임을 계속하고 있었다. 조심스레 귀를 기울여 보니 클렘이 화장실 문마다 적혀 있는 낙서를 죄다 읽고 있는 모양이었다. 스미스의 노래 가사를 중얼중얼 읽는 소리가 들렸다. 저 낙서가 내 작품인 걸 알까? 아마 알 것 같다. 클렘이 나한테 미친 영향을 자기 눈으로 확인하게 만들고 싶진 않았는데. 인증샷도 아니고 이게 뭐야.

두 다리가 덜덜 떨려서 긴장을 풀어 줘야 했다. 하나님, 저 지금 상태 진짜 엉망이에요. 젠장! 만에 하나 쟤가 이 안을 훔쳐봤다면 클렘은 그걸로 끝장이다. 이 변태 짓 때문에 순식간에 학교 밖으로 내쫓겼을 테니까. 머리에 담요가 뒤집어 씌워진 채 꽁꽁 결박당해서. 아마 내가 강도야! 강간범이야! 변태야! 이렇게 소리쳤을지도 모른다. 내가 클렘을 좌지우지할 상황이었다. 문을 밀고 있던 빨간 운동화를 벗고 냄새나는 바닥에 발을 대고 긴장을 풀고 있는 순간 화장실 출입문이 벌컥 열렸다. 저 대담한 클렘이 대체 뭔 짓을 한 거야? 그 애가 어딘가로 쏜살같이 들어갔다. 맙소사! 바로 내 옆 칸으로 들이닥친 거였다. 클렘의 숨소리까지 알아들을 지경이었다. 나는 혼자 히히대고 조그맣게 웃었다. 너 딱 걸렸어! 바닥을 울리는 또각또각 발소리. 싸구려 구두에서 나는 소리였다. 그 또각또각 소리도 싸구려였다. 딱 들어보면 안다. 아마 프라이마크나 던스 제품일 거다. 또각또각 굽 소리가 클렘 바로 옆 칸으로 들어갔다. 내가 있는 데서 두 칸 옆. 마마스 앤 파파스가 꼼짝없이 화장실에 갇힌 꼴이었다. 나는 쥐죽은 듯 조용한 엄마였고 클렘은 겁먹은 아빠였다.

익숙한 소리가 들렸다. 스스슥 속옷 내려가는 소리. 제발 똥은 싸지 마라. 나는 속으로 계속 되뇌었다. 그때 쉬이이이이이

하는 소리가 발사됐다. 내 귀에 음악 같은 소리. 그나마 다행이었다. 그 사달이 난 와중에 클렘은 무슨 생각을 했을까. 설마 흥분하거나 그랬을까? 사실 말도 못하게 피상야릇한 상황 아닌가. 그게 오줌 싸는 소리라는 걸 인정할 수밖에 없는 상황. 나는 이 일을 퍼뜨리고 다니지 않았다. 내 기억이 맞다면 거기 있는 애는 낯 두꺼운 코라였다. 확실하다. 코라였다. 손도 안 씻고(무슨 이유에선지 코라는 절대 손을 안 씻었다.) 끔찍한 오아시스의 노래 〈Wonderwall〉을 콧노래로 부르며 나가는 걸 듣고 확신했다. 그 곡은 코라가 좋아 죽는 노래니까. 코라는 시도 때도 없이 그 곡을 콧노래로 불렀다. 돼지 멱따는 소리라 감히 노래는 못 부르고.

코라가 화장실에서 나가자마자 클렘도 갑자기 도망쳐 나갔다. 그제야 나는 안도의 숨을 크게 내쉬었다. 이 상황은 마음에 묻어두고 일단 오랫동안 변기 안에 숨죽이며 좁겨 있던 그것을 시원하게 내려 보냈다. 얼른 물을 내리고 잽싸게 화장실 칸에서 나왔다. 코라를 찾아가서 개 오줌 소리가 어땠는지 말해 줄까 생각했다. 더럽기 짝이 없는 그 계집애한테 휴지로 네 거길 닦은 다음엔 손 좀 씻으라는 말도 해줄까 싶었다. 코라가 어디 있는지 찾기 힘들 것 같지도 않았다. 그 순간 굉장한 예술적 아이디어가 팍 떠올랐다. 클렘의 표현대로 외설스러운 화장실 낙서 위에다가 미묘하고 건설적인 그래피티 예술을 행할 수 있을 것 같았다. 유명 그래피티 아티스트 뱅크시Banksy가 남길 법한 학교 세대를 위한 예술. 화장실 왼쪽 벽에는 좋은 내용을 쓰고 오른쪽에는 나쁜 것을 써놓으면 어떨까. 화장실 테니스라고 불러도 되겠다. 끝내주는 아이디어다! 바꾸기에 너무 늦었을까? 일단 거기에 대한 생각은 잠시 보류했다. 화장실에서 나왔는데 희한한 계집애와 마주쳤다. 미래의 네드파 꼴을 갖춰 가는 별종.

"언니가 로지 패럴이가?"

"그건 알아서 뭐해?"

"언니가 로지 패럴이가 아이가?" 걔가 퉁명스럽게 되받아쳤다.

"밸로 어렵지도 않은 질문 아이가?"

"그렇다면 어쩔래?"

"그 잉글랜드 머시마가 언니야 니를 찾고 있다."

"클렘이?"

"그렇다꼬. 가 이름 디게 웃기대."

"걔 어디서 봤는데?"

"3, 4학년 여자 화장실 근처에서 돌아댕기대."

"걔가 무슨 말 했어?"

"암말도 안 했다. 기냥 언니가 거기 있는지만 물어보대. 급해 보이드만."

"화장실이?"

"아니, 언니 찾는다꼬."

"걔 지금 어디 있는지 알아?"

"몰라."

"그래, 암튼 고마워."

"내가 들은 긴데 가가 영어 쌤하고 잤다 카대?"

"누구?"

"왜 아인나, 가슴 빵빵한 금발."

"그런 얘기 첨 들었어."

"내가 지금 언니한테 얘기해 주고 있다 아이가."

"누가 그런 소리했어?"

"내가 우예 아노."

"쓸데없는 소리하고 다니지 마."

"댐비지 마라." 그 애가 말했다.

미래의 네드파 짱한테 내가 호기롭게 덤빈 꼴이었다.

"걔 지금 어디 있어?"

"애초부터 가는 와 여자 화장실 근처를 어슬렁거렸노?"

"몰라. 네가 물어봐."

"진짜 이상한 놈이데이."

"암튼, 걔 어느 쪽으로 갔어?"

"낸들 아나."

"하여간 진짜 고마워."

"내는 그냥 가가 언니 찾고 있었다꼬 말해 주야 할 것 같길래."

"그래, 고마워."

"프랜 맥보이가 가를 개 패듯이 패준다 카는 소리도 들었는 데이."

"네가 잘못 들은 거겠지, 그치?"

"아, 억수로 성가시네."

"근데, 너 수업 중 아니야?"

"글치. 그게 모?"

"무슨 수업인데?"

"알 게 모꼬."

"대단하네. 어쨌든 너 이름이 뭐야? 만나서 반가웠다."

"내도. 이름은 됐다 마."

얘기를 마친 내가 자리를 떠나 걸어가는데 복도 저 쪽으로 돌아 내려가기 전에 그 애의 외침이 나를 향해 날아왔다.

"이지다."

"뭐라고?"

"내 이름, 이지라꼬."

"알았어. 고마워."

말은 이렇게 했지만 그 쬐그만 계집애 때문에 심장이 덜컥 내려앉는 줄 알았다. 걔가 들려준 클렘 얘기 탓에. 너무 그럴 듯해서 사실 같지가 않았다. 뭔가가 가로막고 있다는 느낌이 왔다. 아니면 누군가. 나는 냉정하게 현실적으로 생각했다. 클렘과 내가 존 레넌과 오노 요코처럼 지내고 있는 와중에도 내 머릿속에는 현실감이 늘 뿌리박고 있었다. 곧 폭탄이 터질 거라고 말해 주면서. 사실을 말하자면, 좋은 건 좋은 대로 편하게 만끽하지 못하고 늘 부정적으로 생각하는 나 자신한테 화가 나고 진절머리가 났다. 진짜 짜증이 났다. 이런 성격 때문에 항상 신경이 곤두서 있었고 방어적으로 굴었다. 그 당시 나는 좋은 사람 역할을 한 것 같지 않다. 크롤 선생님 일은 아무것도 아니었다. 비교적 아무 일도 아닌 축에 드는 일.

하지만 거기에 대해서 할 말이 있긴 하다.

## 코라 켈리가 자신의 음악 취향을 에둘러서 말하다

그 일이 벌어지기 전에 로지를 마지막으로 본 사람은 나였다. 로지가 뭔 일을 할 작정이었으면 나한테 제일 먼저 얘기했을 거다. 내가 로지의 절친이니까 분명 그랬을 거다. 진짜로.

만약 로지가 아무 말도 안 했다면, 어쨌든 내가 뭔가를 금방 알아챘을 것이다. 실제로 로지는 아무것도 얘기하지 않았다. 진짜로.

그날 로지는 생리 중이었던 것만 빼면 평소와 똑같았다. 알다시피 우리 여자들은 한 달에 한 번 하는 그거 때문에 지독히 일진 사나운 날을 보내기도 한다. 딱히 우리를 미치게 하는 것도 없는데. 진짜로.

그날 로지를 정말 화나게 한 장본인은 클렘이었다. 걔가 진짜 멍청이처럼 굴었다. 나는 항상 클렘이 똑똑한 녀석이라고 생각했는데, 그 날은 이상했다. 사실 걔는 자기가 되게 쿨하고 끝내주게 잘생겼다고 생각했다. 스스로 머리가 좋다고 여겼기 때문에 대놓고 우리를 깔봤다.

클렘 때문에 로지의 마음이 비뚤어졌다. 로지는 클렘을 만난 뒤로 온갖 희한한 음악을 듣기 시작했다. 머리를 엉망진창으로 만드는 음악 말이다. 미국을 한번 봐라. 그놈의 정신 나간 음악 때문에 무슨 일이 벌어졌는지. 학교에서 엄청 많은 사람들이 마구 죽고 그러지 않나? 독일에서도 그렇고! 아니, 내가 지금 이 모든 걸 음악 탓으로만 돌리는 게 아니다. 하여튼 원래 로지는 미치광이 음악에 나오는 걸 믿고 그러는 사람이 아니었다. 평화를 사랑하는 사람이었다. 평화 이런 걸 믿는 사람. 말하자면 평화주의자.

나는 화장실에서 마지막으로 로지를 봤다. 그 사람들이 로지 엄마 말고는 아무도 로지를 못 만나게 했다.

# 코너 더피가 통찰력을 제시하다

내는 첫날부터 얘기했다. 멀찍이 떨어져 있으라꼬. 그놈아들 가까이엔 가지 말라꼬. 그런데 클렘하고 크롤 선생님에 관한 실없는 얘기 때문에 갸들이 클렘한테 눈길을 줬는갑다. 다들 그라는데 그 일이 터졌을 때 클렘이 완전히 빡 돌았을 기라대. 내가 듣기론 로지 어무이가 딴 데로 이사 갈 거라 카대. 그기 최선이지 싶데이. 특히 여기선 살기 힘들 기다.

뭘 믿어야 할지 모르겠제? 오만 얘기가 다 들리는 통에. 덩치 리암이 아는 아가 즈그 형이 갱찰서에서 일하는 사람을 안다 카대. 아무튼 누가 알겠노? 어제 들은 얘기랑 오늘 들은 얘기랑 영판 다른 식이다. 들리는 얘기가 갈수록 가꾼이데이. 다 쓰레기다 아이가. 내는 지금 누구 욕을 하는 게 아이다. 우쨌든 언제고 분명히 터질 일이긴 했제.

내가 안됐다고 느끼는 아는 로지다. 진심으로 그 가스나가 안쓰럽데이. 갸가 그런 일을 겪을 이유가 없는데.

# 분노를 억누른 커닝햄 선생

어쩌면, 진짜 어쩌면 남자 친구의 애정을 되찾으려는 로지 패럴의 속임수가 삐딱하게 발현됐고 그로 인한 결과가 이 무시무시한 사건으로 이어졌을 것이다. 이른바 치정에 얽힌 범죄 말이다. 조롱거리가 된 십대의 마음속에서 무슨 일이 벌어지는지 누가 알겠는가? 그건 나도 모르고 오로지 신만 안다. 교단에서 애들을 가르친 지 꽤 오래되었는데도 우린 여전히 이 일을 하며 매주 새로운 것들을 배운다. 폴린 크롤 선생도 이 점을 숙지하면서 신중하게 행동했을 것이다. 하지만 그날 벌어진 일은 지독히 수치스러운 사건이 아닐 수 없다. 셰익스피어의 비극 중 어딘가에서 툭 튀어나올 만한 이야기다.

물론 우리 학교는 교직원과 학생들 모두를 위해 상담 과정을 준비했다. 전체적으로 우리 모두 이번 사건의 교훈을 가슴에 새기고 앞으로 나아가야 한다.

# 로지 패럴이 마음의 짐을 털어버리다

아니, 나는 안 갔다. 그 수업에 들어갈 일은 절대 없었다. 어차 피 시험은 통과할 테니까. 세상 물정 모르는 공부벌레들이랑 시 가 어떠니 셰익스피어가 어떠니 그딴 거 같이 떠들 필요가 없었 다. 졸업하고 영문과 갈 것도 아니고……. 나는 예술학교를 가고 싶었다. 디자인이나 건축 같은 거 공부하고도 싶었고. 사실 뭘 해 야 할지 잘 모르겠다. 그렇지만 대학 가서 이딴 두꺼운 책이나 들여다보며 시간을 보내지 않을 건 확실했다.

크롤 선생님이 그 스터디 그룹을 맡는다는 사실하고는 전혀 상 관없었다. 그 선생님에 대해서는 별 생각이 없었다. 그 분이 그냥 나를 괴롭혔을 뿐이다. 의도치 않게 날 불쾌하게 만들었다고 보 면 된다.

어느 날 내가 꼭두새벽에 학교에 간 적이 있다. 수위 아저씨가 교문을 열어 줘야 했을 정도로 아주 일찍. 미술 작업을 시작하려 고 좀 서둘렀던 날이다. 갖고 온 미로 그림 달력을 바라보며 한 참을 서 있었다. 영감을 끄집어 내려고. 괜히 예술가인 척하는 개 똥같은 짓이지 뭐. 감정을 건드리는 기억과 반성 어쩌고. 쳇, 온 갖 허튼소리. 몇 주 전에 시내 미술점에서 미로 달력을 샀다. 처 음엔 그걸 클렘한테 줄 생각이었다. '글래스고에 오신 걸 환영합니다' 뭐 이런 의미의 선물이랍시고. 그런데 그냥 내가 갖고 있었다. 클렘은 자기가 좋아하는 밴드나 계속 붙들고 있어도 될 것 같았고. 글래스고 정착 환영 선물로 스페인 화가의 그림 달력을 주는 게 웬 말인가 싶기도 했다. 그렇다고 잭 베트리아노<sup>Jack</sup> Vettriano. 스코틀랜드 출신의 화가. 욕망을 그리는 화가로 유명하다. 대중의 찬사와 평단의 비판을 한몸에 받는다. - 옮긴이 그림을 줄 수도 없는 노릇이었다. 보통 음침해야지.

그래서 예술의 신이 왕림해 확실히 얼굴 좀 보여 주길 기다리면서 휑한 미술실 중간에 덜렁 놓인 레몬처럼 서 있었다. 거의 넋이 나간 상태로. 아무 소리도 안 들렸고. 그런데 그 순간 교정에서 무슨 소리가 났다. 따각따각하는 소리. 창 밖을 내다보니 크롤 선생님이 보인다. 하이힐을 신고 교정을 가로지르고 있다. 킬힐은 아니지만 선명한 구두 굽 소리가 날 만큼은 뾰족한 힐이다. 내가 속으로 '저 여자 멋있네'라고 했지 아마. '그런데 학교에 오면서 어떻게 저리 헤프게 입고 다니냐?' 이런 생각도 했다. 만약 저 여자가 화요일 아침에 급히 행차하는 차림이 저런 모습이라면 주말엔 저 여자를 보고 싶지 않을 것 같다. 얼마나 요란할까. 대체 누구한테 잘 보이려고 저러는 거지? 찝찝한 생각에 사로잡혀 있는데 어느 순간 발자국 소리가 조금 더 크게 났다. 미술실 밖 긴 복도를 따라 걸어오는 그 소리는 아까 들은 또각또각 그 소리였다. 크롤 선생님이 영어과 교무실에 가려면 그 길로 가야 했다. 그런데 갑자기 발소리가 느려졌다. 한 걸음 한 걸음 딛는 사이 정지하는 간격이 길어졌다. 그 소리는 내가 있는 곳과 가까운 데서 났다. 내 머릿속은 온갖 쓰레기 같은 예술적 아이디어로 가득했다. 부추로 만든 머리카락, 브로콜리로 만든 코, 긴 호박으로 만든 손가락, 기타 등등 별 그지 같은 아이디어. 그때 갑자기 소리가 멈춘다. 그냥 딱. 쥐죽은 듯.

이젠 목소리가 들린다. 사람들이 엿듣지 못하도록 최대한 낮춰서 말하는 목소리. 나는 속으로 중얼댔다. '젠장, 대체 누구야?' 호기심이 사람 잡는 법. 그래서 몰래 훔쳐본다. 이게 웬 걸, 정말 거짓말처럼 저 두 사람이 보이네. 클렘과 크롤 선생님. 쓸데없는 잡담? 그냥 가벼운 대화? 워워, 그게 아니네. 그 여자 손이 클렘의 얼굴에 가 있다. 얼굴에 말이다! 애무하듯이! 저 헤픈 년! 저 나쁜 새끼! 그러더니 그 여자가 클렘한테 더 가까이 다가간다. 맹세코 나는 그 여자가 클렘한테 두툼한 주둥이를 갖다 대려는 줄 알았다. 정말 그렇게 생각했다. 문 유리창을 덮고 있는 포스터에 조그만 구멍이 나 있었는데 거기로 이 모든 광경을 목격했다. 나는 당장에라도 문을 벌컥 열고 나가 두 사람한테 득달같이 달려들 준비가 돼 있었다. 악악 고함을 치며 소란을 피울 만반의 준비를 끝냈다. 피가 거꾸로 솟았다. 문을 확 뜯어 버리고 뛰쳐나가 두 년놈의 모가지를 잡아 비틀 태세였다. 그 와중에 클렘은 누가 볼까 봐 자꾸 주변을 두리번거린다. 나는 문 뒤에서 "이 비열한 새끼"라고 되뇐다. 이를 악물고 중얼댄다. 숨소리가 점점 거칠어지고 머리에서 김이 나는 기분이었다. 머리에 땀이 송골송골.

클렘이 어디서 다툼을 벌였는지 어쨌는지 그 선생이 걱정하는 것 같았다. 그러더니 손이 또 클렘 얼굴로 간다.

저 놈의 손모가지가.

아까 만졌던 그 부위로.

두 인간이 위험천만한 짓거리를 하고 있었다.

평일 오전 학교 복도에서!

내가 저 추잡한 년의 일자리를 손쉽게 쫑낼 수도 있었다.

저 여자 밥줄이 내 손아귀에 있었다.

저 여자의 직장.

저 여자의 인생.

이걸 확 신문에 터뜨려서 돈이나 왕창 벌 걸 그랬나?《더선 The Sun》지가 어떤 허튼소리든 찍어내겠지. 얘기를 지어내든가. 돌이켜 보면 그때 나한테 그럴 힘이 있다고 생각했다니 미칠 듯 흥분된다. 휴대폰 카메라 한 방이면 그 여자는 끝이었다. 쫑. 바이바이. 클렘도 마찬가지였다. 이제 브라이턴은 꿈도 못 꿀 일. 해변의 나날도 물 건너간 일. 얼마나 어울리는 나쁜 년놈들인가. 자기들이 그러는지 아무도 몰랐을 거라고 생각했을까? 끝내 주는 바보 멍청이 한 쌍이 아닐 수 없다. 그 천치 같은 네드파 애들도 그렇게까지 안 했을 텐데. 내가 이런 생각을 하는 사이에 어느 순간 문질문질하던 손길이 멈추더니 각자 다른 방향으로 걸음을 옮겨 갔다. 아마 무슨 소리를 들었던 모양이다. 누가 오는 낌새를 챘든가. 아니면 클렘의 바지 속에서 뭔가 신호가 왔을 수도 있고. 이런 식으로 말해서 좀 뭐하지만 클렘은 그 분야에서 절대 올림픽 챔피언 감이 아니었다. 클렘을 목 졸라 죽여 버렸을 수도 있다. 내 손으로. 그 순간 나는 문 뒤에서 가쁘게 숨을 몰아쉬고 있었다. 성질나는 대로 악악대며 미친년처럼 소리를 지르고 싶었다. 그냥 모든 걸 다 쏟아 내고 싶었다. 크롤이 미웠다. 빌어먹을 그년이 죽도록 싫었다. 그 몸뚱아리, 머릿속, 눈, 입술 전부 다 싫었다. 미술실 안에 있는 정물이며 이젤이며 몽땅 걷어차 버리고 싶었다. 교실에 있는 작품들을 모조리 깨고 부수고 뭉개고 싶었다. 벽에서 다 떼어 내 잘근잘근 으깨 엉망으로 만들어 버릴까? 수년에 걸쳐 모인 학생들의 작품. 전부 괜찮은 것들인데. 창 밖으로 내던져 버릴까? 이제 나와 끝난 클렘을 던져야 하는 걸지도. 하지만 나는 심란한 마음을 가라앉혔다. 코로 숨을 들이쉬고 입으로 내뱉었다. CD 플레이어에 'Yeah Yeah Yeahs'를 넣고, 있는 대로 볼륨을 높였다. 귀가 먹먹할 정도로. 바로 그때 갑자기 그분이 오셨다. 뭘 그려야 할지 영감이 떠올랐다. 매춘부, 창녀, 갈보들의 초상화를 그릴 수 있을 듯했다. 물론 추상화로 표현해서. 고맙다, 크롤 선생.

쉬는 시간이 되었는데도 클렘을 찾을 수 없었다. 여기저기 살

살이 뒤졌다. 이 사람 저 사람을 붙들고 물어도 봤다. 혹시 2차 접선이 진행되고 있는가 싶어 그 나쁜 년이 수업하는 교실 근처에서 어슬렁대기까지 했다. 거기에도 없었다. 애들이 모여 담배 피우는 데로 갔다. 클렘이 거기 있을 리 없다는 걸 뻔히 알면서도. 나를 이렇게 걱정하게 만드는 클렘이 너무 미웠다.

하지만 이제 나는 모든 상황을 합리적으로 차분히 설명할 수 있다. 그 순간 미술실에서는 크롤 선생이 죽도록 싫었다. 그녀에 관해서라면 머리부터 발끝까지 다 치가 떨렸다. 그러나 그런 마음은 혼자만의 비밀로 꽁꽁 숨겨 두었다. 그러니 내가 내내 그 선생을 싫어했다고 떠드는 사람들은 완전히 머리가 돈 게 아니고 뭔가! 그건 나만의 비밀인데 왜 다들 그렇게 얘기하는지 도무지 모르겠다. 정말 당황스럽다. 쥐뿔도 모르는 인간들. 대부분의 남자애들처럼 그 여자가 나한테 말 걸 때 마음이 울렁울렁하고 속에서 뭐가 불뚝 솟는 느낌이 안 든다고 해서, 또는 다른 여자애들과 마찬가지로 '아, 나도 저 선생님처럼 되고 싶다' 이런 소원을 빌지 않는다고 해서 내가 그 여자를 증오했다는 뜻은 아니잖은가. 그 여자는 뭐가 그리 자신만만한지 늘 으쓱거렸다. 그리고 집적거리는 데 도사였다. 다른 사람들이 뭐라고 하는지 내 알 바 아니다. 그 여자가 느끼하게 계속 쳐다보기만 해도, 눈 한 번 깜빡 안 하고 질문을 던지기만 해도 남자애들은 다리 힘이 스르르 풀렸을 것이다. 그 여자는 그러고도 남았다. 그것 때문에 나하고 코라는 말도 못하게 불안하고 초조했다. 마치 눈빛으로 남자들을 다 꼬셔 버리는 것 같았다. 설상가상으로 빵빵한 가슴을 자랑하고 싶은지 무지하게 딱 붙는 옷을 입고 가슴을 한껏 내밀며 수업에 들어오곤 했다. 나로선 무엇보다 슬프고 씁쓸한 부분이었다.

클렘이 그 여자를 좋아했으면 어쩌지? 그 애한테는 선생을 좋아할 자유가 있다. 우리에겐 어떤 점에 대해 의견을 달리 할 자유가 있다. 클렘의 마음에 대해 왈가왈부하며 이의를 제기했다는 말은 아니다. 반대하고 자시고 할 게 없었다. 클렘이 그 여자를 좋아하긴 했지만 다른 남자애들처럼 굽실굽실 비굴하게 굴지는 않았다. 아까 얘기했다시피 그때 복도에서 그 여자가 클렘의 얼굴과 눈을 만졌다. 온통 멍투성이 얼굴을. 전속력으로 팽팽 도는 세탁기 속에서 이리저리 패대기쳐진 꼴이었으니까. 그 선생은 클렘을 걱정했다. 나는 그게 신경 쓰였다. 그 두 사람은 내내 붙어서 내가 생전 듣도 보도 못한 책이며 소설가며 시인이며 이딴 얘기를 하고 또 했다. 어쨌거나 영어는 클렘이 제일 좋아하는 과목이었다. 클렘은 나중에 좀 더 크면 책을 쓰고 싶다는 얘기도 그 선생한테 했다. 아마 그 여자는 그런 점 때문에 괜히 뭉클했을 것이다. …… 어쩌면 클렘 자체가 그 여자한테는 인상 깊은 존재였겠지. 감격에 겨워 그 순간 가슴을 더 쳐들었을지 알 게 뭐야. 나는 문학 어쩌고 하는 건 죽어도 관심이 없었다. 두 쪽짜리 에세이 쓰는 것도 지겨워 돌아 버릴 판이었으니. 혹시 누군가가 커닝햄 선생님한테 제가 나중에 책을 쓰고 싶어요, 이런 얘기를 하면 그 선생님은 대놓고 웃을 게 뻔하다. 그러고 보면 그 여선생이 좀 괜찮은 면도 있긴 하다. 그나저나 주구장창 크롤 선생님 얘기만 하고 있어서 될 게 아니다. 알다시피 우린 할 얘기가 따로 있다.

2부

클렘이 말하길

이사

어머니가 "저 침대 시트 좀 봐라" 하고 말할 때 그 말은 침대 시트가 정말로 더러워서 뜨거운 물로 빡빡 세탁을 해야 한다는 뜻이 아니다. 물론 우회적으로 그런 말을 한 거지만 사실은 침대란 자위나 하는 곳이 아니며 침대 시트는 고환에서 나온 배설물이나 닦는 데가 절대 아님을 강력히 전달하는 것이다.

나는 사춘기니 자위니 호르몬이니 성욕이니 그런 것에 대해서 부모님과 따로 이야기하지 않았다. 심지어 사랑에 대해서 말해 본 적도 없다. 나란 아이는 그저 혼자 힘으로 살아가도록 방치된 존재였다. 쾌락주의적인 풍경과는 다른 식으로 표류한 삶이었다. 인생이라는 물결을 따라 수면 위아래로 간닥거리며 이 경험에서 저 경험으로 둥둥 떠다녔다고 보면 된다. 좋기도 하고 나쁘기도 했다. 그래서인지 나는 지금껏 셀 수 없이 많은 실수를 저질렀다. 작동 중인 세탁기처럼 달달달달 떨면서 키스하기, 흥에 겨워 아무 거리낌 없이 숱한 여성의 상반신을 멋대로 더듬거리기(순수주의자 내지는 관찰자 입장에서 보면 그 여성들은 자기가 겪은 일이 실제로 성폭력이었다면서 법정 증언을 해도 됐을 정도다), 너무 생소한 부위라 당하는 사람은 물론이요 나까지도 썩 기분이 좋지 않은 곳에 손이며 손가락을 들이밀기 등등. 전적으로 나의 순진함을 탓해야 한다. 아니면 우리 부모님을 탓하든가.

열여섯, 순진한 나이임에도 불구하고 나는 그 분야에서 저지를 미래의 실수를 이미 차고 넘치도록 저질렀다. 실수 과잉 상태였다. 바라건대 아직 저지를 실수가 더 남아 있기를. 과잉이라는 단어를 이번에 새로 알게 되었다. 사실 문맥에 맞게 이 단어를 사용한 건 이번이 처음이다. 알맞게 사용했는지는 확실치 않지만 옳다고 믿어 주기로 했다. 이렇게 유용한 단어를 어디서 소개받았더라? 골드스미스 선생님 영어 시간인가? 다른 데였나?

"선생님, 저한테 주신 책 다 봤어요."

"다 읽었다고?"

"네, 마지막 페이지까지 다요."

"그러면 다른 책을 추천해 줘야겠구나."

"사실 다른 책들 좀 살펴봤는데 괜찮은 게 없어요."

"아, 그런가. 커랜 군?"

"그런 것 같아요, 선생님."

"그건 말도 안 되지. 네 취향에 어울릴 만한 책이야 널리고 널렸지. 남아돌아요. 과잉 상태야, 과잉."

이렇게 과잉이라는 단어가 탄생했고 처음으로 이 단어를 소개받아 내 어휘 목록에 올리게 되었다. 골드스미스 선생님에 대해 인정해야 할 점은 제대로 인정하고 싶다. 그 분은 나를 자랑스러워하셨다. 그게 이 일과 대체 무슨 상관이 있는가? 아무 상관없다. 단지 나는 지금 기억을 붙들고 있으려 애쓰는 중이다. 아까 말한 침대 시트 문제가 일어난 건 우리 가족이 스코틀랜드로 간다는 소식을 들은 아침이었다.

스코틀랜드!

정확히 말하면 '글래스고.'

글래스고라니!

엄마는 미리 알고 있던 눈치인데도 나만큼 충격 받은 얼굴이었다. 사실 제대로 충격 먹은 사람은 나였다. 엄마는 그냥 어리병병했을 뿐이다. 그래도 나는 퍼뜩 정신을 차렸다. 엄마가 그 멍멍한 단계에서 벗어나기까지 훨씬 오랜 시간을 보내는 사이 나는 별개의 감정을 느꼈다. 침대 시트 사건으로 인한 당혹감을 받아들이려고 여전히 무진 애를 썼다. 부디 더 이상 그 일을 언급하지 않기를 바라면서.

그날 밤 학교에서 집으로 걸어오는데 목전에 닥친 장면이 실현

되는 게 너무 겁이 나 덜덜 떨었다. 머릿속으로 자꾸자꾸 그 장면을 돌려 봤다. 부자지간에 벌어질 고통스러운 대화가 미리 눈앞에 그려졌다. 아버지는 어설픈 비유를 들어 가며 부질없는 노력을 기울이고 나는 그 얘기를 들으며 무기력하게 고개를 끄덕이겠지. 허약한 시도와 미미한 융합. 그거면 됐다. 무엇인가가 이 두려움을 하찮은 것으로 만드는 것 같았다. 대수롭지 않은 무수한 것들 사이에 두려움이 밀려 들어가는 느낌이었다. 이 점에 대해선 끊임없이 고마울 뿐이다. 희한한 마음의 기능. 사실 고맙다기보다는 아주 기쁘다. 이마의 땀을 훔쳐 내고 숨을 크게 내쉬었다. 휴우! 물론 내 머릿속에는 온갖 대사가 확실히 준비돼 있었다. 그보다 더 솔직하고 명백할 순 없었을 것이다. 하지만 나는 터놓고 얘기할 수 없었다. 예상되는 반응이나 빤한 결과가 가슴에 확 와 닿았으니까.

글래스고? 왜 하필 글래스고야? 하고 많은 곳 중에 갈 데가 그렇게 없었나? 도대체 누가 글래스고에 가려고 하겠냐고. 내가 스코틀랜드 사람이나 글래스고 주민들에게 반감이 있다는 말이 아니다. 민족이나 국가 차원에서 반기를 드는 것도 아니다. 그냥 뭐랄까, 여기 이스트본과 글래스고는 천지 차이다. 겉보기에도 두 도시는 완전히 정반대다. 평소에 별 생각이 없던 사람 눈에도 그렇게 보인다. 뭐라고 진부한 표현을 생각해 봤자 결론은 하나다. 대체 내가 글래스고에서 뭘 하겠는가? 우리 가족이 글래스고에서 뭘 하겠는가? 젠장, 도대체 왜 글래스고에 가는 거지? 글래스고에서 우리 같은 사람들이 할 게 뭐가 있다는 거야? 거기서 쫓겨나지는 않을까? 다시 한 번 말하지만 이턴 내용을 절대 입 밖에 내지 않았다. 전부 다 머릿속에 담겨 있던 대사들이다.

"일 때문이다." 아버지가 말했다.

"네 아버지 일 때문이야." 엄마가 다시 한 번 되풀이했다.

"근데, 아버지 직장은 여기에 있잖아요."

정적.

"아버지 일이 여기에 있는 거 아니에요?"

가시 돋힌 정적. 무안할 정도로 아주 날선 침묵.

"아버지 직장이 여기 있는 거예요, 아니에요? 네?"

"그렇긴 하지. 그런데 회사가 사업을 축소하고 있다."

"그래서 아버지가 할 일이 없는 거예요?" 내가 물었다.

"클렘, 요즘 상황이 그래. 경제 상황 말이야." 엄마가 아버지를 변호하듯 이렇게 말했다.

갑자기 모든 게 명확해졌다. 1대 2. 나와 투모님의 대치 상황이었다. 그런데 왜 다들 하나같이 '경제 상황' 탓만 하지? 할 말 없으면 애먼 경제만 들먹이는군. 왜 사람들은 자기 행동에 책임지질 못하는 거야? 이럴 거면 나를 왜 낳았냐고. 버르장머리 없는 애새끼처럼 굴게 이 모양으로 낳아달라 했냐고!

"일자리를 잡았다. 여기서 하던 일하고 다를 뿐이지."

"그러니까 좌천되신 거네요." 내가 말했다.

"아이고, 그런 말은 하면 안 되지, 아들. 아버진 이 힘든 취업 시장에서 다른 직장을 찾으신 것뿐이야. 아버지한테 잘된 일이니까 우리가 축하해 드려야지."

"힘든 취업 시장이요?"

제기랄, 자아실현을 못한 가정주부로서 우리 엄마가 맡은 역할이 이거야? 여차하면 다우존스니 케인스 회복 이론이니 이런 것도 인용할 기세네. 어쨌든 나는 여전히 충격에서 헤어나질 못했던 모양이다. 글래스고라는 단어가 머릿속에서 윙윙, 맴맴, 뱅뱅 돌았다.

"아버지한테 잘 된 일이라 축하해 드려야 한다고요?"

아, 내가 정말 기뻐서 황홀할 지경이네요.

"회사가 똑같은 자리를 제안했다. 여기랑 똑같은 직위야. 이스트본 영업을 마감하는 거지 글래스고는 아니다."

"그래서 우리한텐 선택의 여지가 없는 거예요?"

"유감이지만 달리 선택의 여지가 없다."

"다른 방법은 찾아보셨어요?"

"그럼, 네 아버지가 안 찾아봤겠니? 넌 아빠 엄마를 어떻게 생각하는 거야? 우리가 충동적인 사람 같아?"

"설마 그럴 리가요."

"어쩔 수 없다." 아버지가 말했다.

"그러니까 완전히 확정된 거예요?"

"그래."

"달리 대안이 없어." 엄마가 말했다.

"언제 가요?"

"다음 주말." 엄마가 답했다.

"다음 주말이요?"

"다음 주말." 아버지가 말했다.

"학교는 어떡해요?"

"글래스고에 아주 좋은 학교를 찾아 뒀다." 아버지가 답했다.

"그런 데가 존재하긴 해요?"

"아들, 비꼬지 마." 엄마가 말했다.

"그럼 유머 감각도 여기다 두고 떠나는 거예요? 최소한 제 건 챙겨가도 돼요?"

"클렘, 이건 모두한테 힘든 일이야. 이왕 벌어진 일, 좀 수월하게 가자." 아버지가 말했다.

"여기서 졸업하고 갈 순 없어요?"

"안 된다." 아버지의 단호한 대답.

"불가능해. 시장 상황 때문에 우리도 어쩔 수 없어." 엄마가 말했다.

우리 엄마 또 시작이다. 그놈의 시장 상황.

"다음 주말이라고요?"

"그래, 다음 주말."

"아들, 다 괜찮을 거야. 거기 가서 금세 자리 잡고 적응할 거야. 두고 봐. 엄마가 들었는데 그쪽 사람들 정말 좋다더라."

"내가 듣기론 그쪽 동네 흉기 범죄율이 유럽에서 최고 높다던데요."

"긍정적으로 생각하자." 아버지가 말했다.

"내 말이." 엄마가 거들었다. "그리고 혹시 알아? 그쪽 은행들은 뭔 일이 생기면 우리가 생각하는 것보다 훨씬 빨리 파바박 전열을 가다듬을지."

"아, 네. 행운을 빌어야겠네요. 그죠?"

나는 양손을 들어 중지와 집게손가락을 포개면서 말했다. 상황이 그쯤에서 종료된 게 아니지만 이야기가 너무 지루하고 시시하니까 이 시점에서 그만하는 게 좋겠다. 그게 최선이다. 뇌가 흐물흐물 녹아내릴 만큼 지루한 시간을 보낸 뒤 드디어 풀려나 내 방으로 갈 수 있었다. 짐 싸는 임무에 돌입해야 했다. 다른 건 몰라도 침대 시트만큼은 깨끗했다. 것 참, 십대의 삶이란 어쩜 이리 예측 불가능한지. 그래도 고마운 점이 몇 가지 있었다. 첫째, 침대 시트 사건이 완전히 묻혀 버려 고마웠다. 엄마의 메시지는 아주 분명하게 접수됐다. 맹세코 다시는 그런 굴욕적인 비난 앞에 무방비 상태로 놓일 일을 만들지 않을 테다. 부디 그 일은 늘 욕실에서 치르길 바란다. 혼자 있을 때. 아파트 동거인이 있다면 상호간의 동의가 있어야 한다. 혹은 그 누구도 침대 시트 갈러 내 침대 근처에 못 가게 확실히 단속하든가. 둘째, 이스트본에 여자 친구를 남겨 두고 가지 않아서 기뻤다. 혹시 마음의 짐이라도 있었다면 그건 감당하기 너무 힘들었을 것이다. 감정의 응어리를 글래스고까지 힘들게 지고 갈 생각은 없었다. 내 인생에 특별한 의미가 될 만한 사람이 이스트본에 아무도 없어서 다행이었다. 셋째, 내 인생에서 이쯤이면 배경을 바꿀 때도 됐다 싶었다. 이스트본이 내 열정을 갉아먹고 있었으니 이제 그만 거기서 벗어날 필요가 있었다. 완벽한 기회였다. 아, 감정 격한 십대라는 이름에 걸맞게 꾸준히 기대치를 충족시켜 줘야 했다. 그건 사춘기 청소년의 의무이다. 부모님은 죄책감을 안고 잠들겠지만 나는 수혜자가 될 것이다. 음하하하!

우리 아버지가 인력 시장에서 능력이 부족한 존재로 평가받는다고 하니 희한하게 나는 아주 기뻤다. 노동과 고용이 실제로 무슨 뜻인지 내가 이해할 시기부터 아버지는 갖가지 일을 섭렵했다. 아버지의 일자리는 전부 다 남부 해안 ㅈ방에 있었다. 배경이 죄다 거기서 거기인 까닭에 아버지가 다음 직장으로 옮겨간다고 해서 세상이 바뀌는 것 같은 변화를 느끼진 않았다. 언제나 나는 아버지가 뭔가 특별하고 중요한 일을 한다ㄱ 생각했다. 항상 셔츠에 타이 차림이었으니까. 아버지 본인도 그렇게 느꼈을 것 같다. 허나 그동안 내가 얼마나 잘못 생각했던가. 직장 생활 내내 아버지는 개똥같은 일자리를 여기저기 전전하는 뜨내기 노동자였으며, 이 일 저 일 사이를 돌아다니는 인간 메뚜기였다는 사실을 부인할 수 없다. 하지만 이번에 이스트본에서는 아버지가 전과 다르게 일을 잘하고 있었다. 내가 부모님의 처지를 헤아리지 않았던 건 아니다. 멍청한 십대의 무례함을 너무 오랫동안 연기할 생각도 없었고. 좋게 생각해 글래스고를 일종의 실험 무대로 여기게 돼 기뻤다. 다 덤벼! 영국 남성의 평균 수명이 77세라고 가정하면 내게는 아직 61년이라는 인생이 남아 있었다. 인생사 새옹지마 앞일은 모르는 법. 까짓것 글래스고에서 1년 보낸다고 해서 세계 제패라는 나의 계획이 박살날 것도 아니고.

나는 우리 아버지를 윌리 로만이라고 불렀다. 대놓고 아버지 면전에서 그런 게 아니라 머릿속에서 그렇게 불렀다는 말이다. 『세일즈맨의 죽음』 초반 열 페이지를 읽고 골드스미스 선생님이 주인공 윌리 로만에 대해 설명하는 순간 딱 이거다 싶었다. 우리 아버지가 윌리 옷차림으로 그의 대사를 읊고 그가 먹는 음식을 먹는 장면이 곧바로 그려졌다. 순식간에 모든 게 분명해졌다. 아버지는 윌리 로만의 현신이었다. 영혼과 정신이 바로 그 인물 자체였다. 손에 넣기 힘든 무언가를 쫓고 있는 가련한 사내. 공장과 공장, 가게와 가게를 전전하고 집집마다 돌아다니며 이 사람 저 사람에게 물건을 파는 사내. 그런 하루하루, 한 해 한 해는 세상에서 가장 강한 사내라도 너끈히 무너뜨리고도 남는다. 우리 아버지도 윌리처럼 무너져 버렸다. 최소한 윌리는 몰락하기 전에 외도도 하면서 재미 볼 용기와 진취성이라도 있었지. 그에 비하면 우리 아버지는 의지가 약해빠져 사람들이 자기를 밟고 지나가게 내버려 두고 명령과 지시에 군말 없이 따르고 살았다. 최신 유행하는 양복을 쫙 빼입고 자기 말고는 아무것도 모르는 신참들 때문에 잔뜩 움츠러들어서 굴욕의 나날을 살아가는 아버지였다. 이제 막 졸업하고 사회에 뛰어든 그 햇병아리들 때문에 나는 이가 갈렸다. 하지만 지금 처한 상황, 이게 현실이다. 가련하고 한심한 존재. 혹시나 자기 부모님의 실수를 통해 자극을 받아 뭔가 배울 점을 찾는다면 확실히 딱 한 가지 있다. 졸업생들은 그 누구도 먹고살기 위해 불알이 빠지도록 애쓰지 않았다는 사실. 그들은 지갑을 살찌우기 위해 악마의 똥구녕이나 핥느라 바빴다. 그 영악한 졸업생들은 절대 우리 아버지처럼 굴지 않았다. 글래스고 같은 데로 가려는 졸업생은 아무도 없었다.

# 글래스고

과연 차 뒷좌석에서 느낄 감정이랄 게 있을까? 그런 건 없다.

뒷좌석은 그 차에서 가장 영향력이 적은, 제일 중요하지 않은 사람임을 상징하는 자리다. 그리고 스코틀랜드로 운전해 가는 우리 식구들은 그 자체로 아버지 회사에서 가장 하찮은 사람임을 상징적으로 보여 주었다. 서로 간에 아무 대화도 없었다. 앞좌석에서 간신히 들리는 음악이 뒷좌석에선 요란하게 울려 퍼져 대화가 수월하지 않았다. 싸구려 자동차에서 자주 있는 일이다. "볼륨 좀 낮춰 주실래요?" 수준의 대화 그 이상을 넘지 못했다. 그렇다고 책을 읽을 수도 없는 노릇. 엄마가 이번에 새로 한 멋들어진 파마머리 뒤통수에다 토사물을 뿜어 댈 위험이 있으니까. 나처럼 구질구질 못난 여행객도 없을 것이다. 모든 풍경이 한 무더기의 회색, 녹색, 흰색 덩어리로 휙휙 지나가기만 했다. 차창에 들러붙은 죽은 파리 한 마리에 시선을 고정했다. 차가 무지 더러웠다. 그만하니 다행이라고 생각하는 게 속 편할지도. 내가 저 놈의 파리 신세가 아닌 게 어디야. 적어도 나는 살아 있고 뭐든 시작하고 싶어 몸이 근질거리잖아.

M6는 내가 여태껏 잉글랜드에서 가 본 곳 중 가장 북쪽이었다. 거기를 지나가는데 어쩐지 북쪽 같다는 감이 왔다. 남쪽의 속물 근성이 저지른 분열에 대해 들어본 적 있을 것이다. 남쪽 사람들이 스스로 신사입네 하면서 북쪽 사람들을 향해 발산하는 그 속물근성이 빚은 분열 말이다. 하지만 좀 더 북쪽으로 갈수록 그 분위기는 무뎌졌다. 40년, 아니 20년 전만 해도 용광로, 굴뚝, 공

장에서 내뿜는 연기로 하늘이 시커맸을 텐데 지금은 비구름 때문에 군데군데 잿빛을 띠는 정도였다. M6를 쌩 하고 지나치고 스코틀랜드에 가까워지자 양떼마저 비구름에 대해 단념한 분위기를 풍겼다. 국경 북쪽에 뭐가 있는지 예감하는 느낌. 양들은 스코틀랜드에 자기네 가족이 있다는 걸 알았다.

얼마 후 표지판이 보였다. '스코틀랜드에 오신 걸 환영합니다'라는 문구의 표지판이 우리를 향해 다가왔다. 아니, 우리가 표지판을 향해 다가갔다. 우리 가족은 단체로 환호성을 질렀다. 정말 기뻐서라기보다는 의식 절차를 따르는 마음으로. 그런 다음 언제 그랬냐는 듯 다들 도로 조용해졌다. 비밀스럽게 각자의 생각 속으로 다시 빠져들었다. 장담하는데 '하나님, 맙소사!' 등의 감탄사를 속으로 읊조렸을 거다. 어쨌든 내가 그랬으니까. 어떤 식으로 표현할지는 각자의 몫이지만, 잉글랜드를 떠나자마자, 혹은 스코틀랜드에 들어서자마자 글래스고를 가리키는 표지판이 잇따라 눈에 들어왔다.

스코틀랜드 시골을 벗어나는 데 한 시간 가량 걸렸다. 그러고 나자 이제 조금만 가면 글래스고에 도착하겠구나 하는 느낌이 왔다. 저 멀리 고층 아파트 건물들이 보였다. 마치 각 잡힌 군인들이 차렷 자세로 줄 맞춰 서서 우리의 움직임 하나하나를 면밀히 주시하는 모습이었다. 전진하는 우리를 보호하면서 모든 움직임을 감독하듯. 도시의 환영인사가 상당히 위협적이었다. 이

곳에는 대체 얼마나 많은 사람들이 들어차 있는지 궁금했다. 건물을 마치 도열한 군인들처럼 보이게 만든 잔혹 행위 이면에는 대체 얼마나 똑똑한 건축 철학이 도사리고 있는 걸까? 이 거대한 콘크리트 구조물 안에서 어떤 불법 행위가 자행되고 있을까? 다닥다닥 붙은 작은 상자 안으로 어떤 생명체가 날아들까? 그야말로 이 도시에 딱 어울리는 붙박이 건물들이구나 싶었다. 이스트본과는 하늘만큼 땅만큼 다른 이곳. 냄새도 다르고 기온도 달랐다. 더 추웠다. 차 뒷좌석에서 느끼는 바로는 우리와 아주 멀리 떨어진 공간 같았다. 새로운 환경, 낯선 구역에 들어선 우리는 한마디도 내뱉을 수 없었다. '이런 제길, 불구덩이에 들어왔어. ⋯⋯오, 하나님 우릴 구하소서. ⋯⋯젠장.' 실제로 이런 말이 들리진 않았지만 차 안에는 분명히 이 같은 느낌이 둥둥 떠다녔다. 엄마가 그 혼란스러운 침묵을 깨기 전까지.

"자, 다 왔네."

"응." 아버지가 말했다.

"진짜 크다." 엄마가 말했다.

"응."

"이스트본하고 조금 다르네." 엄마가 분위기를 가볍게 만들려고 애쓰며 말했다.

"응."

정말이지 아버지 뒤통수를 한 대 때리고 싶었다.

"아들, 분명 음반 매장이랑 서점이 많이 있을 거야." 엄마가 말했다.

"예, 엄청 기대되네요."

이렇게 내뱉자마자 어린애처럼 유치하게 군 나를 금세 탓했다. 이번에는 내 머리를 한 대 치고 싶었다.

"그래, 이것저것 할 게 아주 많을 거야. 그냥 그렇다구."

이런 경우 나는 엄마를 사랑할 수밖에 없다. 속으로 엄마한테 정식으로 사과했다. 엄마는 이런 웃기지도 않은 사과를 받은 적이 없다. 당연하다. 내가 입 밖으로 내질 않았으니. 핸들에 손이 붙은 듯 미동도 않는 남편 곁에 앉아 있는 모습은 결코 엄마의 꿈이 아니었다.

미동도 없고 감정도 없는 아버지.

그 순간에도 엄마는 미소를 지으며 자기 안의 긍정성을 유지했다. 속내를 드러내지 않은 채 글래스고의 먹구름이 깔리는 걸 그냥 놔두지 않았다. 나는 엄마 같아질 필요가 있었다. 꼭 빼닮은 판박이 같은 자식 뭐 이런 거. 나한테는 그런 부분이 부족했다. 엄마의 아들이었는데도. 내가 안쓰러워하는 대상이 바로 엄마였다. 닮고 싶다는 마음이 간절해지는 대상도 바로 엄마. 아버지는 자꾸 가족으로부터 도망 다니며 늘 하던 일에만 열중했다. 생계 유지 말이다. 나한테는 학교가 있었다. 그렇다면 엄마한테는 뭐가 있었지? 만약에 내가 없다면 엄마는 애초에 이 차에 앉아 있었을까? 아니면 자기 길이 잘못된 걸 깨닫고 훌쩍 떠나갔을까? 엄마는 본인의 상황에 대해 남몰래 나를 탓했을까?

글래스고의 동남쪽에 있는 새 집으로 가는 동안 우리 가족은 내내 풀 죽은 표정이었다. 어디로 눈을 돌리든 획일적인 모습으로 서 있는 건물들, 튼튼한 다세대 주택들이 보였다. 주택계의 지독한 골칫거리 같은 녀석들. 악천후도 감히 이 녀석들을 함부로 건드리지 못했다. 거리의 발달을 방해하며 이 도시를 자신의 뜻대로 움직이는 것만 같은 실팍한 건물들. 다세대 아파트가 우리 가족의 새 보금자리였다.


# 월요일

분명히 말하지만 여기 위쪽으로 오는 건 내가 결정한 사안이 아니다. 어린 자식들로선 어디로 갈지, 언제 떠날지 전달만 받을 뿐이다. 결정권이 없다. 부모에게 귀속된 노예나 다를 바 없다. 그나저나 글래스고에 대한 소문은 들어봤나? 칼부림, 갱단, 폭력, 파벌주의, 모닝 맥주. 전부 상투적인 시덥잖은 이야기. 그게 다 사실이면 나는 기꺼이 그 모험을 환영했다. 인류학적 고찰. 여기에 그리 오래 있진 않겠구나 싶었다. 길어 봤자 1년. 길어 봤자!

그런 다음 남쪽으로 다시 복귀. 하지만 이스트본 말고 다른 데로. 이스트본은 절대 안 되지. 브라이턴 정도? 알 게 뭐야. 하여튼 1년은 견딜 수 있었다. 나는 문제아가 아니니까.

말투가 은근히 듣기 좋았다. 개성 넘치고 에너지 가득하고 굉장히 멋진 말투라고 생각했다. 마치 도시 전체에서 대규모의 언쟁이 지속적으로 펼쳐지는 것처럼 들린다. 나는 이곳 사람들이 하는 말을 이해하려고 부단히 애를 써야 하는 입장이다. 내가 만나는 사람 넷 중 한 명의 말은 도대체 알아들을 수가 없다. 나는 그냥 고개만 끄덕이고 있다. 그래도 파키스탄 사람들은 양호한 편이다. 그들은 이 위쪽 지역에서 글래스고 말씨와 파키스탄 말씨를 섞은 멋진 말투를 쓴다. 말에 선율이 있다. 이 근방에서 울리는 음악 같이 들린다.

뭔가 아주 다른 소리가 났다. 복도를 관통해 온 사방에서 날아들어 내 귀를 공격하는 소리. 분간할 수 있는 소리가 아니었다. 내 주변에서 뭐라고 떠드는지 하나도 알아들을 수 없었다. 모든 목소리가 뒤섞여 전혀 지각할 수 없는 거대한 소음으로 다가왔다. 물론 빤히 쳐다보는 눈빛도 있었다. 이건 내가 준비해 둔 부분이었다. 이 구역에 새로 온 녀석. 신참 패주기. 어제와 다른 오늘. 그날의 화두. 내가 과대망상증인지는 몰라도 모든 시선이 나를 향하는 듯했다. 머리부터 발끝까지 나를 철저히 수색하는 눈빛. 여자애들은 자기들끼리 뭘 자꾸 묻는다. 아닌가? 남자애들의 물음. "이 새끼 뭐야?", "얘랑 쨉이 되냐?", "내가 얘랑 치고받아도 되겠습니까?" 아이팟을 켰다. 모든 소리를 차단했다.

나한테 친구가 없는 건 걱정거리가 아니었다. 과도기라는 게 있는 법이지만 사실 나한테는 친구가 필요 없었다. 나의 계획은 간단했다. 남들 관심 끄는 짓을 피하고 학교 성적이나 잘 받아서 여길 떠나는 것. 좋은 대학에 가기. 멀리 멀리. 그렇다고 새로운 사람들을 만나는 가능성을 아예 차단했다는 얘기가 아니다. 나는 그저 요즘 유행하는 것들에 관심이 없을 뿐이다. 컴퓨터 게임, 플레이스테이션, 엑스박스, 페이스북, 마이스페이스, 트위터, 벨소리 다운받기, 최신 휴대폰으로 온갖 어플 다운받기 등등은 관심 밖의 일이다. 말하자면 나는 디지털 세대 속에서 아날로그 감성으로 사는 사람이다. 영화를 보고 책을 읽고 음악을 듣고 기타를 연주한다. 특별할 건 없다.

예전 학교에서는 럭비를 했었다. 딱히 스포츠광도 아닌데 웬 럭비 하겠지만 선택의 여지가 없었다. 아마도 나는 또래 남자애들 사이에서 그다지 주목 받는 사람이 아니었을 것이다. 충분히 인식하고 있는 부분이다. 나는 매력이 없었다. 웬만해선 나의 날선 비난과 재치 있는 공격을 감수하려는 사람이 없었다. 아무리 봐도 썩 좋은 친구감이 아니다.

새로 전학 오게 된 학교는 딱 번화가 같았다. 곳곳의 복도와 출입구가 마치 미로 같았다. 나는 길을 잃었다. 아이팟 음악 목록을 획획 넘기며 스미스의 〈Meat is Murder〉 앨범을 찾아서 'The Headmaster's Ritual'을 선택한 다음 볼륨을 한껏 높였다. 이 얼마나 적절한 선곡인가. 학교 입구 쪽 안전한 곳을 찾아 털썩 주저앉았다. 새로운 환경을 받아들이는 과정.

이 학교 학생들은 지난번 학교 애들과 달랐나? 사실 그랬다. 달랐다. 우선 여학생들이 있는 점이 달랐다. 아주 많은 여학생들이 있었다. 학교에 대한 첫인상은 '규율이 안 잡혀 있구나'였는데, 내 앞에 놓인 것들을 빠르게 훑어봤더니 유치한 뜀박질, 적개심 가득한 괴롭힘, 떠밀기, 괴상하게 침 뱉기, 팔에 마비가 올 만큼 세게 때리기, 뒤통수 후려치기, 언어폭력, 가방 던지기 등 가지각색의 역동적 활동이 드러났다.

예전 학교 같으면 오전 이 시간에는 으스스할 정도의 적막이 흘렀다. 모든 학생들은 복도에서 한 방향으로 걸어다녀야 했다. 군대 스타일. '죽은 시인의 사회' 스타일. 아주 엄격한 드라콘 스타일. 교복도 얼룩 하나 없이 깨끗하게 입어야 했다. 풀을 먹여 빳빳한 칼라. 다림질로 칼 주름 잡은 바지. 하지만 나는 이 학교 드레스 코드가 훨씬 마음에 들었다. 많은 학생들이 원래 옷을 예술적으로 고쳐 입은 게 좋았다. 이곳에 대해 많은 것을 알려주는 부분이었다. 사람들의 성향도 가늠이 됐다. 교복을 입고 다니는 애들이 많지 않았다. 하층민 복장 같은 교복 대신 트레이닝복에 모자를 조합한 패션을 선호했다. 왠지 혐오감을 일으키는 패션이었다. 보다 자의식 강한 부류는 트레이닝복 밑단을 하얀 양말에 쑤셔 넣은 멋스런 패션을 뽐냈다. 와우! 나도 교복을 고쳐 입어야 할지도. 어쩌면 나도 정신을 살짝 놓은 다음 단추 하나를 풀거나 보다 과격한 행동을 할 수도 있다. 가령 넥타이를 돌려서 얇은 꼬리 쪽이 위쪽으로 올라가게 하기. 인습타파주의자가 따로 없겠군!

끼리끼리 모이는 각 무리의 특징이 한눈에 들어왔다. 공부벌레파, 록 스피릿파, 고딕 패션파, 밴드 카이저 치프스 덕후들, 각각 톱맨, 톱숍, H&M, 리버아일랜드 옷만 입는 패션족 기타 등등. 나는 가만 앉아서 이 학교는 날 어떤 그룹에 쑤셔 넣을까 생각해 봤다. 누가 가장 먼저 나한테 분류표를 붙여 줄까. 확실히 나는 마이너 그룹에 속하고 싶었다. 영감 분위기 물씬 풍기는 영어 기인 그룹이 그중 하나였다. 하지만 '기인'이라는 단어가 영 미심쩍었다. 들어가면 안 될 그룹 같았다. 영어 바보 그룹. 나한테는 괜찮은 모임으로 들렸다. 이 학교 학생 중 몇 명이나 스미스의 음악을 들었을까? 그게 밴드인지 뭔지나 알까?

한 장소에서 이렇게 많은 여자애들을 본 적이 없었다. 동시에 전부 다 본 건 아니지만 어쨌든 월요일 아침 시간에 이런 광경을 보는 날이 오다니. 줄줄이 늘어서서 다양한 스타일과 몸매, 매력을 보여주는 흥미로운 볼거리였다. 나는 내가 특별히 매력이 있지도 없지도 않다고 생각했다. 그렇지만 전학생이라는 신분은 확실히 제법 강력한 매력 포인트로 작용했다. 아마 내 억양 때문에 마음이 찌릿찌릿해지는 여자애도 있을 것이다. 찌릿 수준을 넘어 쿵쾅댈지도 모를 일. 아무튼 나는 일단 긍정적인 부분에 집중해야 했다. 긍정적인 점이 한두 개는 아니겠지.

## 학교

누군가 내 옆을 지나간다. 그 사람을 보려고 돌아보기 전에 과연 몇 단계의 과정이 필요할까? 혹은 마음속으로 몇 초를 세어야 할까? 절대 원치 않는 장면은 그 사람과 내가 동시에 돌아보고 서로의 눈이 마주치는 것이다. 다른 데로 시선을 돌리기 위해 눈을 깜빡이려는 찰나 영원히 지속될 것만 같이 서로 눈이 마주치게 되는 상황은 피하고 싶다. 애초에 돌아본 이유와 너무 어울리지 않는 어색한 느낌. 마음은 굴뚝같았지만 나는 돌아보지 않았다. 멀리서 응시하기만 했다. 교실 뒷자리라는 안전 구역에서 빤히 쳐다보기. 매점에서 샌드위치를 가림막 삼아 멍하게 바라보기. 그걸로 족했다.

하루하루가 관음증 실전 연습 시간이었지만 그거야 호르몬 넘치는 십대가 학교에서 갖춰야 할 기본자세 아닐까? 친구로 삼을 만한 사람은 누구인지, 접근 금지 영역에 속한 사람은 누구인지 관찰하는 재미가 있었다. 아슬아슬하면서 점점 실망스럽기도 했다. 처음에는 내가 너무 몰라서, 시간이 지나면서는 너무 잘 알게 되어서였다. 누군가에게 모욕을 주려는 생각은 추호도 없었다. 내가 모욕당할 일도 만들고 싶지 않았다. 내가 그렇게 사람들을 엿보고 다닌다 해서 여자 친구를 간절히 원했던 건 아니다. 그저 십대로서 내 역할을 충실히 수행했을 뿐이다. 발정 난 수컷처럼 누군가를 찾아 돌아다니기. 단, 변태처럼은 안 되고 딱 사춘기 소년이 품을 만한 흥분으로 배회하기.

내 인생 처음으로 고립감을 느꼈다. 그래 봤자 한두 주 지속된 감정이었다 해도 타격이 컸다. 학교에 가야 한다는 생각만으로도 극도의 불쾌감이 들기 시작했다. 학교에서 벗어나 깨어 있는 시간은 줄기차게 책을 읽거나 기타를 뜯었다. 학교에서는 수업을 따라잡는 데 신경 썼다. 학업과 관련해서 공부 자체는 별로 부담스럽지 않았다. 내가 훌륭하게 대처할 수 있는 분야였으니 그거야 식은 죽 먹기였다. 그런데 공부 말고 학교에 문제가 있어 보였다. 처음에는 조금 그렇게 느꼈다. 아무도 나한테 말을 걸지도, 날 환영하지도 않았다. 내가 어디서 왔는지 묻는 애도, 점심 먹으러 같이 가자고 권하는 애도 없었다. 내 말투에 대해 이러쿵저러쿵 하지도, 놀리지도 않았다. 그야말로 아무런 반응이 없었다. 나는 투명인간이었다. 음악 시간에는 기타에 손을 얹을 수조차 없었다. 서열상 한참 아래에 있는 존재가 나였다. 어쩔 수 없이 앉아서 낡은 키보드로 오아시스, 프라텔리스, 망할 놈의 쿡스의 곡이 지겹게 연주되는 걸 참아 내야 했다. 시간만 나면 여기저기 한가롭게 걸어다니면서 사람들이 날 빤히 쳐다보고 내 얘기를 하고 나한테 흥미를 느끼는 모습 하나하나를 감지했다. 허나 그걸로는 부족했다. 불가피하게 복도에서 마주치는 경우 어색한 순간이 찾아왔다. 갑자기 눈을 깜빡이며 다른 데를 본다거나 고개를 푹 꺾어 바닥을 본다거나 심지어 상스럽게 갑자기 방향을 홱 바꿔 다른 데로 가 버리는 아이들이 많았다. 내가 과대망상인지는 모르겠지만 마치 전교생이 나를 따돌리려고 애쓰면서 희한한 규칙에 복종하는 분위기를 풍겼다. 심지어 선생님들까지도. 흑표범단의 연차 총회에 끼어든 유일한 백인이라도 된 기분이었다.

말했다시피 이건 어디까지나 내 생각이었다. 현실이라기보다는 나의 편집증이 빚어 낸 판단이랄까. 그렇다 해도 나를 둘러싼 이들의 행동 때문에 실망감을 느낄 수밖에 없었다. 글래스고에 오기 전에 들은 얘기가 있었으니까. 스코틀랜드 사람들, 특히 글래스고 사람들이 친절하고 괜찮은 주민이라는 소문에 그나마 위안을 얻었더랬는데 이건 뭔가. 굳이 학교 일을 증거로 대지 않아도 이 사람들은 영 괜찮지가 않았다. 그런데 아버지는 "새 직장에서 아주 잘 지내고 있다. 새로 만난 동료들 덕분에 기분 최고 야." 하고 말했다. 나는 아버지 말을 믿지 않았다.

### 말

며칠이 지나자 로지가 눈에 띄었다. 영어, 이태리어, 종교 수 업을 나와 같이 듣는 애였다. 로지가 그 과목들에 대단한 재능 을 드러내진 않았지만 그렇다고 내 눈에 그 애가 지성이 떨어지 는 모습으로 비친 건 아니다. 그 과목 공부에 관심이 없다고 보 는 게 더 정확하다. 로지는 수업 시간에 늘 조용했다. 선생님이 뭘 시킬 때만 입을 열었다. 뭔가 자기만의 세계가 있는 여학생이 었다. 다른 여자애들 사이에서 유독 두드러져 보이는 애. 쟤가 왜 저렇게 눈에 띄는지를 두고 머리를 쥐어 짜낸 결과 한 가지 결론 에 도달했다. 외모가 중요한 부분을 차지한다 하더라도 단순히 외모만이 아니라 그 애의 태도와 몸가짐이 어딘가 특별했다. 그 게 진짜 이유였다. 로지가 다른 여자애들과 확연히 달라 보이는 이유.

로지가 처음으로 내 눈에 들어왔을 때 그 애 표정이 인상적이었다. 나 오늘 일진이 사나워, 이런 표정. 금방이라도 으르렁거릴 듯 심술궂은 얼굴. '나 좀 가만 내버려 둬'라는 신호를 강하게 뿜어 내는 표정이었다. 그 순간 그 표정만으로도 나는 로지한테 더욱 흥미를 느꼈다. 다른 이들과는 다르게 그 애의 그런 눈빛 뒤에는 뭔가 오묘한 구석이 있었다. 로지의 표정을 해독하자면 이 학교 남자애들은 다 지루하고 유치하고 따분하다고 생각하는 것 같았다. 이스트본에서의 나였다면 로지가 왜 그러는지 관심 갖지 않았을 것이다. 여하튼 로지 주변을 어슬렁거리는 애들이 별로 없었다. 그래서 나는 로지한테 대시하려는 애들이 로지가 발산하는 분위기, '행여 꿈도 꾸지 마!'라는 메시지를 확실히 접수했다고 믿었다.

로지를 보고 있으면 영화 〈조찬클럽 The Breakfast Club 존 휴즈 감독의 1985년 작품. 십대 시절을 잘 그려낸 청춘 영화-옮긴이〉의 알리 쉬디 Ally Sheedy 캐릭터가 떠올랐다. 쉬디는 관능적인 눈빛과 멋진 옷차림, 독자적인 음악 취향을 보여 주는 음울하고 불가사의한 분위기의 인물을 연기했다. 내 기억에 지난 번 학교에서 몇몇 남자애들이 그 영화를 처음 보고 다들 몰리 링월드 Molly Ringwald의 캐릭터를 극찬했었다. 상냥하고 순진한 옆집 소녀 같은 타입. 솔직히 말해 몰리 캐릭터는 나름대로 매력적이지만 특별히 내세워 언급할 만한 구석이 전혀 없었다. 빨간 머리는 말할 것도 없고. 당연히 나는 알리 쉬디 편이었다. 로지는 그런 알리 쉬디를 생각나게 하는 애였다.

외모 면에서 훨씬 나은 버전의 알리 쉬디. 어떤 의미에서 로지는 집이 생각나게 하는 아이이기도 했다. 묘한 편안함?

괜히 다른 애들의 숨은 욕정을 일깨울까 염려돼 나는 절대 로지 곁에 다가가지 않았다. 어떤 식으로든 쓸데없이 거절이나 당하고 그럴 기분도 아니었고. 쉽게 말해 쪽팔리기 싫었다. 머리 위에 굴욕의 구름을 드리운 채 새 학교 생활의 첫 장을 열고 싶진 않으니까. 멀리서 날 비웃는 소리를 듣기 싫었다. 그렇다고 냉정하게 행동한 것도 아니다. 그저 안전한 거리를 두고 순수하게 한 소녀를 동경했을 뿐이다. 그러다 이태리어 수업 시간에 뭔가 시작되었던 것 같다.

"로지, 클렘하고 짝 해라."

우리 둘 다 침묵. 내 심장이 쿵쾅댔다.

"5분 정도 줄 테니까 '길 묻기' 프린트물 훑어보도록."

심박동이 더 빨라졌다.

"원하면 프린트물은 치워두고 여기 스코틀랜드에서 길 묻기로 해도 좋아. 아니면 클렘이 어디서 왔는지 이런 거 물어도 되고."

내 심장이 전속력으로 쿵쾅댔다.

"클렘, 어디서 왔는지 다시 말해 줄래?"

"이스트본이요."

왜 질문에다 '다시'를 넣어서 묻는지 궁금했다.

"잘했어. 좋아, 빨리빨리."

나는 의자를 옮겼다.

"안녕. 난 클렘이야." 이거 말고 대체 무슨 말을 할 수 있었겠나.

"로지." 퉁명스럽지만 귀여운 대답.

"있잖아, 나 이태리어 그렇게 잘하는 거 아냐. 그냥 예전 학교에서 작년에 잠깐 했어. 혹시 내가 실수하면 좀 봐 줘."

"난 이태리어 완전 꽝이야. 네가 뭘 실수를 해도 난들 알 수가 없지."

"좋아, 시작할까?"

"그러세요, 아미고."

"그건 스페인어야."

"뭐라고?"

"아미고 말야. 그거 이태리어가 아니라 스페인어라고." 아차 싶었다. 적절한 발언이 아니었다. 멍청하긴. 쓸데없는 소리나 하다니.

"나도 알아. 너, 대체 날 뭐라고 생각해? 엄청 멍청한 애로 보는 거야?"

"절대 아냐."

"그럼 됐고."

"좋아, 다시 시작할까?"

"그래, 너부터 해. 아.미.고."

"알았어." 내가 말했다.

"얼른 해."

"응."

"아 놔, 빨리 해!" 로지의 목소리가 높아졌다.

나는 크게 숨을 들이쉬었다.

"스쿠지, 두베 엘 라 삐아짜 쁘린치빨르?"

"뭐라고?"

"두베 엘 라 삐아짜 쁘린치빨르?"

"먼저 영어로 말해야지."

"그러면 이태리어 연습이 아니잖아."

"알 게 뭐야. 지금 여기서 사는데 나한테 이태리어가 필요할 것도 아니잖아. 영어 마스터하겠다고 아등바등하는 사람들도 아직 많은 판에. 그 사람들한테 이태리어는 생판 외국어일 뿐이야."

뭐라고 대구해야 할지 몰랐다. 그 순간 내가 이 여자애한테 끌리는구나 하고 깨달았다. 정말 그 애한테 끌렸다.

"그래, 그런 것 같다."

"농담이었어."

"아, 그렇지."

"골 때린다, 너. 저 아랫동네에는 유머 감각이란 게 없어?"

"아, 미안. 네 배지 보고 있었어. 멋지다. 브라이트 아이즈 배지 마음에 든다."

"브라이트 아이즈 알아?"

"당연히 알지. 네가 감성 돋는 기집애인 줄 몰랐네." 내 입에서 나온 말.

그냥 아무 생각 없이 그 말이 툭 튀어나왔다. 젠장, 나 미친 거야? 내가 왜 그런 걸 알고 모르고 해야 돼? 나도 모르는 사이 스르르 방어 태세가 풀렸나 보다. 내가 그 애를 잘 알고 있다는 걸 로지도 눈치 챘을 테니 로지를 계속 주시했다.

"너 지금 뭐라 그랬어? 돋긴 뭐가 돋아!"

"아니, 감성 말야. 감성적이라고. 감성이 풍부하다는 말이야. 욕 아니야."

나는 소리 내어 웃었다. 당황한 그 애 표정을 보니 문득 패리스 힐튼이 떠올랐다. 아니, 생긴 게 패리스 힐튼 같다는 말이 아니다. 설마. 부끄러워하면서 원래 자기 모습으로 돌아가는 자체가 그래 보였다. 예쁜데 머리는 텅 빈 여자가 수줍어하는 모습. 로지도 그렇게 느꼈을 것 같다. 그때부터 우린 대화문 연습 대신 진짜 대화를 했다. 음악, 학교, 친구, 선생님 이야기도 하고 별 의미 없는 이야기도 했다. 그냥 생각나는 대로.

"스미스 음악 꼭 들어봐." 내가 말했다.

"누구?"

"스미스라는 밴드 못 들어봤어?"

"처음 듣는데."

"스미스를 못 들어봤다고?"

"그렇다니까."

"스미스가 네 영혼을 구해 줄 거야."

"예, 예, 디제이 아저씨. 그만하세요. 그냥 스미스가 뭔지나 말해."

그래서 나는 로지에게 그 밴드에 대해 알려줬다. 로지는 그날 밤 당장 찾아보겠다고 말했다. 그리고 수업이 끝났다. 나는 아주 기진맥진했다.

다음 날이면 분명 로지는 세계 최고의 밴드를 만났다고 나한테 얘기하고 싶어 입이 근질근질할 것이다. 혹시 로지가 그 밴드 음악을 안 들었거나, 들었는데 음악이 아주 개똥같다고 생각한다면, 그건 곧 우리가 절대 인연이 아니라는 뜻이었다. 나는 혼자서 북 치고 장구 치고 하면서 이런 생각에 빠졌다. 세상에 그 누가 스미스 음악을 개똥같다고 생각할까? 이건 누군가를 판단하는 훌륭한 지표이다. 그야말로 완벽한 척도. 누군가가 스미스를 개똥이라고 생각한다면 그것만으로도 그 사람에 대해 내게 많은 것을 말해 준다. 스미스의 음악이 훌륭하다고 생각한다면 그것은 내게 더욱 더 많은 것을 암시해 준다.

## 네드파

로지가 그게 무슨 뜻인지 말해 줬을 때 정말 배꼽 빠지는 줄 알았다. 잉글랜드에도 필적할 만한 무리가 있지만 차브chav 저급한 취향과 패션을 떳떳이 드러내는 반항적인 일탈 청소년, 또는 그들의 문화─옮긴이라는 단어는 네드라는 단어의 기발함과 창의성에 도저히 미치지 못했다. 이 재치 있는 약자에 박수를 보내야 한다. '교육을 못 받은 비행청소년'은 정말 훌륭하게 그들의 모든 특징을 포착한 단어다. 굉장하다. 스스로를 설명할 때 실제로 네드라는 단어를 써서 본인을 지칭하는 애들이 있다는 게 정말 웃기다. 이 얼마나 적절한 표현인지. 어떤 녀석은 복도를 지나가면서 나한테 이렇게 소리를 질렀다. "네드파한테 까불지 마!" 양쪽 중지를 한껏 보여 주면서. 나는 그 애들이 직접 그 단어를 언급하는 것이 자기비하라고 생각하지 않았다. 쟤들이 반어법을 쓰는구나, 하는 느낌을 전혀 받지못했다. 그야말로 뇌가 청순한 녀석들이다. 이름 참 재미있다.

나는 그 애들을 증오하지 않았다. 증오나 미움은 적당한 단어가 아니었다. 확실히 내가 그 녀석들을 싫어한 건 맞다. 한편으로는 동정하기까지 했다. 하지만 증오는 내가 표현하기에 너무 센 감정이었을 것 같다. 내가 증오심을 냅다 꽂아 주고 '그래 저런 녀석은 증오할 만해' 같은 흡족한 마음이 들게 해주는 재목이 없었을 테니. 녀석들은 유순한 편이었다. 다른 게 아니라 그냥 날 귀찮게 했을 뿐이다.

그런데 어느 기분 좋은 날, 별 시답잖은 얘기를 들었다. 저 자식들이 대체 뭔 소리들을 하나 싶었는데 그날 제대로 알아들었던 거다. 아무 생각 없이 지껄이는 바보 같은 얘기. 성적 취향, 지독한 종교적 편견, 내 옷차림, 내가 응원하는 축구팀이 어디냐 같은 수준에서 넘어가질 않았다. 내가 축구를 좋아하지 않는다고 알려주자 그 애들을 더 짜증나게 만든 것 같았다. 그 상황이 마냥 우스웠다. 축구를 안 좋아하다니, 이건 분명 글래스고에선 절대 용납할 수 없는 행동 아닌가. 모든 이들이 반드시 어떤 꼬리표든 달아야 한다. 오명을 쓰거나 색안경을 끼고 보는 대상이 되어야 한다. 나는 그렇게 유치한 방식으로 낙인찍히길 거부했다. 하지만 그 애들은 내 신념이나 선호도와 상관없이 멋대로 나를 분류했다. 내가 난생 처음 경험한 절망적인 상황. 무슨 수를 쓴들 승산이 없었다.

나를 두고 씹고 뜯고 즐기는 온갖 험담이 시작되자 나는 그게 내가 잉글랜드인이라서 그런가 보다 했다. 그런데 그게 아니라는 걸 금세 알게 됐다. 그 애들은 날 그저 손쉬운 표적으로 여겼다. 큰 도시의 큰 학교로 전학 와 혼자 격리된 놈. 앞으로 헤쳐 나갈 길 찾느라 용빼는 녀석. 나는 그 애들한테 한낱 봉이었다. 공격하기 쉬운 대상. 샌드백 같은 놈.

나는 스스로를 변호하지 않았다. 내 생각에 그 애들을 무시하는 편이 더 나았다. 확실히 그랬다. 잉글랜드 사람들도 비슷한 수준에서 누군가를 무시하고 편견을 갖고 더하며 편협하게 굴지 않는가. 글래스고 사람들만 그 어리석은 범죄를 독점하는 게 아니었다. 나는 대단한 싸움꾼은 못 되지만 언제 어디서 속내를 털어놓아야 할지, 또는 감정을 건드려 줘야 할지는 빠삭했다. 품위를 유지하고 싶었다. 어쨌든 핵심이 무엇이었을까? 그 녀석들 머릿속에 이성의 불꽃을 점화해 줄 귀인이 바로 나였을까? 장황하고 소모적인 협상을 계속 이어감으로써 과연 우리는 상호 이해의 장에 도달할 참이었을까? 절대 불가능. 남자답게 다 외면하고 떠나 버려라. 더 큰 사내, 더 용감한 남자가 되라. 뭐 이런 허튼소리를 하기 전에 일단 나는 근본적으로 나의 천리안을 높이 평가하기 때문에 웬만해서는 선을 넘지 않았다.

이 학교에 오자마자 예상했던 일들이 하나 둘 벌어졌다. 이스트본이든 글래스고든 하루 이틀 차이는 있을지 몰라도 이 학교나 예전 학교나 별로 다를 바 없었다. 뭔가 문제가 발생하면 주먹다짐 혹은 날쌘 선빵 한 방으로 순식간에 해결이 난다. 과거에 내가 문제를 해결하던 방식이다. 예전 선성님이 말씀하시길 괴롭히는 놈이 너무 신경질 나게 만든다면 그 놈한테 세게 한 방 먹이라고 했다. 나는 그 조언대로 했다. 예전 학교에서 럭비를 했던 터라 어느 정도 갖추어진 공격성이 내 몸에 고루 배어 있었다고 보면 된다. 여러 가지 면에서 주먹질로 보복하는 게 일종의 훈장 같기도 했다. 하지만 내가 여기까지 와서 그 선생님의 조언을 따르게 되리라는 생각은 안 했다. 예전 그 일, 그 경험은 그저 먼 옛날의 사건 같았다.

로지가 나를 찾아온 게 고마웠다. 내가 무척 곤욕을 치르던 차에 옳다구나 하고 로지를 이용했다는 뜻이 아니다. 로지는 내 여자 친구였고 우린 함께 있었다. 힘든 일이 있든 없든 우린 늘 함께했을 것이다. 한 가지 더 알아둬야 할 게 있다. 나는 다른 애들한테 찍힌 게 아니다. 그 녀석들은 훈계조의 장황한 말을 늘어놓아서 사람들의 진을 쏙 빼놓았다. 어림짐작으로 한 열 명 정도가 그 무리의 구성원이었다. 가끔 보면 몇 명 안 되는 것 같기도 했다. 늘 여럿이 다녔고 언제나 위협적으로 굴었다. 나는 계속 속으로 되뇌었다. 길어 봤자 1년이다. 기껏해야 여기서 1년. 나는 쉽게 동요하지 않았다. 아주 단호하게 행동했다. 내가 단호한 모습을 보여 주는 것도 감당할 수 있는 수준 이상은 넘기지 않았다. 스스로 상황을 주도하고 있었다. 선생님한테 간다 한들 아무 의미가 없었을 것이다. 선생님들이 그 상황을 알아채지 못했다는 말이 아니다. 그들은 그저 문제를 외면하며 아무것도 일어나지 않는 척했다. 인생 쉽게 살자는 스타일. 솔직히 선생님들 중 반수 이상은 네드파가 무서워 벌벌 떨었을지도 모른다. 특히 여자 선생님들. 혹시 그 애들한테 맞았다가 비싼 차에 금이라도 가 있을까 봐. 트렁크부터 보닛까지 시원하게 줄이 그어질까 봐.

크롤 선생님에 대해 이러쿵저러쿵 약간 말이 오갔다. 별 영양
가도 없는 얘기. 나도 소문을 듣긴 했다. 나라고 헬렌 켈러처럼
눈 감고 귀 닫고 아무 생각 없이 학교만 왔다 갔다 하진 않았으
니. 나는 그런 소문을 무심하게 받아넘겼다. 아이팟을 켜 볼륨을
높이고 외부 소리를 차단할 시점이 언제인지를 깨닫기 시작했
다. 나로선 로지의 걱정을 덜어 주는 게 가장 중요했다. 물론 크
롤 선생님이 사람들 입방아에 오르내리며 희생자가 될까 봐 걱
정되기도 했다. 그 선생님에 관한 이야기, 나랑 얽힌 소문 때문에
학교 윗선에서 괜한 풍문을 듣고 크롤 선생님이 곤란해질까 봐
고민스러웠다. 그런 의미에서 네드 패거리가 퍼뜨린 중상모략이
고맙기도 했다. 그 애들이 확실하다고 밝히는 의견이란 게 교내
에서 별 영향력이 없고 전혀 신임을 못 얻었기 때문이다. 이 동
네 말투로 얘기하자면 그 놈들이 하는 말은 그냥 헹, 쳇, 하고 넘
기면 그만이었다. 내가 결백하다고 발뺌하는 게 아니다. 단 한 순
간도 그렇게 생각하지 않는다. 마음 한구석에서 내가 애매모호
한 상황과 사람들의 관심을 즐겼음을 인정해야 할 것 같다. 그리
고 사실을 담은 발언이 어쩌면 무시무시한 결과를 낳을 수 있다
는 점을 좀 삐딱한 방식으로 즐겼던 것 같다. 주목받는다는 건
좋은 거다. 어쨌든 우린 다들 마음속으로는 나르시시스트 아닌
가? 앞으로 시간이 좀 지나 세상으로부터 근심을 받으려고 내가

이야기를 떠벌릴 수도 있을 테고.

내 기억에 크롤 선생님과 나는 그 상황에 대해 충분히 논의한 적이 없다. 논의하고 자시고 할 게 없었다. 아무것도. 그 선생님과 나의 관계는 내내 비슷했다. 문제가 미해결 상태로 있었지만 우린 거기에 대해 언급한 적이 없다. 마치 커다란 코끼리가 주변을 맴돌 듯 묵직한 뭔가가 계속 곁에 있었다. 나는 스터디 그룹에 계속 참여했다. 크롤 선생님의 영어 수업 시간은 특별할 게 없었다. 성취감도 주지 못했고 그냥 따분했다. 그렇다고 그 선생님이 나쁜 사람, 혹은 나쁜 교사였다는 말은 아니다. 문제는 아마 나였을 것이다. 선생님은 나의 학업 역량에 못 미치는 반 애들에 맞게 수업 수준을 조절했던 것 같다. 이건 내가 잘났다고 건방떠는 것도, 우월 의식을 표출하는 것도 아니다. 그냥 현실을 얘기하는 거다. 나한테 도전이 될 만한 상대가 없었다. 그저 그런 평범한 수업. 학생들이 선생님들을 좋아하고 선생님들도 학생들을 좋아하고 다들 그렇지 않나?

어떤 환경에서든 가까이 가지 말아야 할 대상이 누구인지 감이 온다. 이번 학교에서도 다르지 않았다. 그런 놈들이 무리지어 어슬렁거렸다. 넷에서 열두 명 사이로 떼 지어. 단정치 못한 외모에 어딘가 영양도 부족해 보이는 모습이었다. 피부 상태가 눈에 확 띄었다. 손상 정도가 말이 아니었다. 안색이 형편없었다. 그중 두 명은 오른쪽 뺨에 선명한 흉터를 달고 있었다. 아래로 쭉 그어진 그 흉터는 마치 의도적인 협박 같았다. 순진한 내 눈에는 그렇게 보였다. 훈장 같은 그 흉터는 보는 사람들에게 확실한 메시지를 전달했다. 효과적인 메시지. 솔직히 나는……. 마음이 복잡했다. 무섭다는 표현은 적절치 않다. 혼란스럽고 불안했다는 표현이 더 정확할 것이다. 얼굴에 난 흉터를 보고 나는 크게 혼란스러웠다. 그 애들이 서로 잡담을 나누는 걸 들은 적이 거의 없었다. 혹시 듣게 되더라도 무슨 말을 하는지 도대체 알아들을 수가 없었다. 여기저기서 희한한 말만 들렸다. 하지만 어조나 감정 상태는 해독하기 쉬웠다. 여하튼 나는 그 애들을 피해 다녔다.

그 녀석들 곁에서는 최대한 투명인간이 되려고 애썼다. 절대 관심을 끌지 않으려고 했다. 그게 먹혔을까? 전혀. 스코틀랜드 학교에 다니는 잉글랜드인은 차라리 '잉글런드 놈임! 마음껏 갖고 노세요!'라는 빨간 표지판을 등판에 붙이고 다니는 꼴이다. 처음에는 빤히 쳐다보면서 속으로 '어라, 저 새끼 뭐야?', '저 똥덩어리가 대체 언제 우리 학교에 왔지?' 하고 궁금해하는 정도. 걔네들이 '우리'라는 표현을 쓰는 건 틀리지 않았다. 그 애들 학교가 맞다. 녀석들이 학교를 장악했으니까. 걔들이 학교의 초석을 닦은 거나 다름없다. 다른 학생들이 어디로 걸어 다녀야 하는지까지 통제하는 애들이었으니까. 선생님들까지 놈들에게 휘둘렸다. 매 수업 시간마다 걔네들이 분위기를 주도했다. 얼마 후 희한한 고함소리가 날아들었다.

"햐, 대빵 웃기는 이 자슥 좀 보소. 니 지금 여기서 뭐 하고 있노?"

"너거 나라로 돌아가삐라, 씨불놈아."

나는 단 한 번도 반응하지 않았다. 그게 무엇이든 오해의 소지가 있는 행동도 하지 않았다. 주로 이어폰을 꽂고 소리를 차단한 채 지냈다. 너넨 떠들어라, 나는 상관 않는다, 이러면서. 그 애들이 그냥 말로만 떠드는 수준인 이상 그 정도는 다 감당할 수 있었다. 아무 문제없이. 땅만 쳐다보자! 땅만 쳐다보자! 땅만 쳐다보자! 녀석들이 근처에 왔다 싶으면 나는 이렇게 주문을 외웠다. 내가 정말 화가 치밀었던 점은 이 거지같은 새끼들이 상처받기 쉽고 불안감에 떠는 대상을 골라 겁을 줬다는 것이다. 약자들을 찾아 먹잇감으로 삼았다는 점. 나는 절대 약해 보이지 않기로 마음먹었다.

학교에서 몇몇 좋은 놈들한테 미리 경고를 받았다. 조심해야 한다고. 걔들한테 무슨 능력이 있는지 확실히 잘 알고 있는 애들이 전해 준 경고였다. 나는 그 말을 귀 기울여 들었고 제대로 이해했다.

"봤제? 쟈들이 네드파다." 코너 더피가 말했다.

"네드파?" 내가 물었다.

"미친 패거리 말이다. 뭘 쳐발라 갖고 대가리 번들번들해서 츄리닝 입고 있는 놈들."

"웃긴 짓 하는 미친놈들이야, 아님 진짜 정신 해까닥 한 것 같은 미친놈들이야?"

"야, 클렘. 잘 들어래이. 니가 이 학교에서 유일하게 조심해야 하는 놈들이 바로 저 미친 패거리라 안 카나."

"그래?"

"하모."

"그러니까 네드파가 우리 동네 차브 애들 같다는 말이지?"

"차브 가들도 그거 갖고 댕기나?"

"뭘?"

"가들도 칼, 드라이버, 이딴 거 들고 댕기나?"

"그런 애들도 있을 거야. 지난 번 학교에선 차브든 네드든 그런 애들 아무 문제없었는데."

"거기도 비슷한 넘들이 있는가베."

"말했다시피 학교에서 아무 문제없었다니까."

"글쎄, 여기선 문제가 있다 안 카나. 네드파가 젤로 문제다." 코너가 말했다.

그의 목소리에서 단단한 분노를 감지했다. 유혹의 기운도 약간 느꼈다고나 할까? 아니면 일부러 그러는 건지 어떤지는 모르지만 사투리 때문에 입가가 춤추듯 실룩댔다. 그의 말 속에는 상당한 자부심도 배어 있었다. 이 미친 도시에서 제일 미친놈을 품고 있는 학교에 다닌다는 자부심. 내가 느끼기에 코너는 앞으로 두고두고 네드파 얘기를 사람들한테 할 것 같았다. 네드파의 재앙이 가득한 학교에서 살아남았다면서 떠벌떠벌. 이야기가 조작될 테고 네드파랑 친하게 지냈네 어쩌네 하며 재미있는 이야기로 윤색되겠지. 아마 나중엔 몇몇 생존 매뉴얼을 갖다 붙일 수도 있다.

"그래, 걔들 근처에 얼씬도 안 할게." 내가 말했다.

"하모, 하모. 찌슥."

"솔직히 말해서 내가 걔네들하고 관계를 틀 일은 없을 것 같다."

"명심해래이. 그 자슥들 건들지 말그라. 니 같은 잉글랜드 놈 하나 칼로 쑤셔 놓고도 양심의 가책이라곤 전혀 못 느낄 미친 새끼들이데이."

그런 다음 이어진 극적인 침묵.

"눈곱만치도 가책을 안 느긴다꼬."

코너는 가상의 칼을 들고 찌르는 시늉을 했다(그는 연극반에 들어가려고 준비 중이었다.) 누군가를 칼로 찌른다는 게 무엇인지 코너에게 배운 셈이다. '찌르다'라는 동사. 마음에 들었다. 하지만 내가 그 단어를 언제 쓸 수 있을지, 써먹게 될지는 전혀 예견할 수 없었다.

"알았어. 명심할게."

"말 한 마디 잘못 씨부리거나 언놈한테 눈길 한 번 잘못 보냈다간 끝장이데이."

"그래. 고맙다."

"진지하게 말하는 거다. 그 싸이코들 근처에선 걸음걸이 하나라도 억수로 조심해야 된다."

그때 코너의 친구 중 쪼그만 놈 하나가 대화에 끼어들었다. 허약해 보이는 그 애는 엄청나게 순하고 착한 놈 같았다. 꼴이 말이 아닌 옷차림이 눈에 띄었다. 꼬맹이 숀이라는 애정 어린 별명으로 불리는 놈이었다.

"인마, 그놈들한텐 어떤 변명도 안 먹힌다."

나는 '인마'라는 말 때문에 낄낄거렸다. 꼬맹이 숀이 '나 진짜 엄청 진지해'라는 표정으로 말하는데 여차하면 뭐라도 할 태세였다.

"그 정신 나간 깡패 새끼들 근처에선 아가리를 딱 닥치고 있는 게 좋을 기다."

"그렇게."

"우리가 지금 니를 겁주려고 그러는 게 아이다. 그놈들이 니 말투 때문에 억수로 성깔을 부릴 수도 있어서 그러는기다."

"그래, 고마워."

"고맙긴, 인마." 꼬맹이 숀이 말했다.

아무래도 상담사로서 자기 역할에 썩 만족하는 것 같았다. 그 순간 내 표정이 걱정으로 일그러졌던 모양이다.

"야 이놈아야, 겁 묵지 말그라." 코너가 말했다. 안심시키는 말투였다.

"나 괜찮아. 진짜야."

"있다 아이가. 우야든둥 생지부에 가 있으니까 니가 갸들하고 부닥칠 일은 없을 기다."

"생지부?" 내가 물었다.

"생활지도부 말이다. 거기 끌려가 있다꼬."

"뭐? 싹 다?"

"인마, 모조리 싹 다." 꼬맹이 손이 말했다.

"그니까 이제 잊아삐라. 근데 니 축구 좀 하나?" 코너가 물었다.

"아니, 축구 안 해. 지난 번 학교에선 럭비 했었어."

"얼랠래, 그기 모꼬." 꼬맹이 손이 말했다.

축구를 안 한다는 내 대답이 대화에 종지부를 찍었다. 쾅쾅쾅. 나는 그 무리 곁에서 깔끔하게 떨어져 나왔다. 내가 애초에 거기 끼고 싶었다는 뜻이 아니다. 설령 끼고 싶은 마음이 굴뚝같았어도 어차피 불가능한 일이었다. 무엇보다도 그 녀석들은 나를 게이라고 생각했을 테니. 축구를 좋아하지 않는다는 건 수컷들 세계에 지대한 영향을 미친다. 호모인지 아닌지를 구별하는 중요 요소인 모양이다. 게이 무리에 입장하는 필요조건이랄까.

# 거짓말

　로지는 변덕스럽게 굴었다. 잔뜩 짜증을 내거나 나를 모른 척하려는 멍청한 짓을 하거나. 나랑 말을 하거나 말을 하지 않거나. 로지의 절친 코라 역시 뭔가 진지하고 강렬한 시선을 내게 보냈다. 좀 불길했다. 처음엔 십대 여자애들이 다 그러려니 했고, 그다음엔 대체로 여자들이란 다 그러려니 했다. 그러고선 글래스고에선 다 이러는구나 싶었다. 냉담한 태도 때문에 괴로웠다. 코라야 신경 쓸 필요도 없다고 생각했지만 로지는 자꾸 신경이 쓰였다. 우린 더할 나위 없이 잘 지냈더랬다. 로지 집에서 함께 보낸 시간이 얼만데. 기타를 가르쳐 주고 같이 음악 듣고 느긋하게 함께 있던 시간이 얼마나 많은데.

　로지의 방은 아주 근사했다. 그냥 아무것도 안 하면서 로지랑 같이 어울리는 게 좋았다. 내겐 처음 접하는 세상 같았다. 그 방에서 함께 시간을 보내며 우리 관계는 더욱 진전되었다. 우리의 파트너십은 정말 끝내줬다. 점점 견고해지는 관계. 우리 둘 다 "사……"라는 말을 꺼내는 단계에 이르렀다. 그렇게 말랑말랑한 상황이었는데 로지가 며칠 동안 변덕스러운 행동을 보여 줬으니 나는 얼마나 당황스러웠겠는가. 화요일 오후쯤 되자 이 상태가 너무 오래간다 싶었다. 그래서 이태리어 수업 시간에 진지하게 얘기를 꺼냈다. 넌지시 말할 틈이 있었나? 로지가 나한테 한 말은 경고였을까?

"내가 뭘 어떻게 했어?"

"뭐라고?"

"내가 뭐 잘못한 거 있냐고?"

"몰라. 있냐?"

"로지, 내가 물어봤잖아."

"뭐, 네가 모르겠다면 내가 말해 줄 거라 기대하지 마."

"그게 뭔데?"

"아무것도 아냐."

"분명히 뭐가 있잖아, 로지. 거의 이틀 동안 내 쪽으론 고개도 안 돌렸잖아."

"너 계속 뭐라고 지껄이는 거야? 나 안 그랬어."

"진짜야. 너 그랬다니까."

"우리 지금 뭐하는 거야?" 로지가 물었다.

"내가 무슨 말 하는지 알잖아."

"내가?"

"이제 그만해. 미친 사람처럼 그러지 마. 나한테 할 말 있으면 그냥 해버리라구. 이렇게 회피하지 마. 도저히 못 견디겠으니까."

"또 문자 쓰기 시작하는 거야? 그만하지."

"젠장, 관두자."

"로지! 클렘! 무슨 문제 있니?" 레니헌 선생님이 끼어들었다.

"아뇨."

"아닙니다."

"그래, 좋아. 수업 계속하자."

우린 다시 수업에 집중했다. 동사 활용표를 노트에 적었다. 마치 노트 필기에 사활이 걸린 듯 열심히. 집중도 높은 행동이 진지하게 이어지는 사이 머릿속은 전혀 다른 생각 주변을 중구난방으로 돌아다녔다. 우린 일종의 게임을 하고 있었다.

"그나저나 난 너한테 뭐라고 한 게 아니었어." 로지가 속삭였다.

"그게 아니면 뭔데?"

"그 소문 못 들었어?"

"무슨 소문?"

"무슨 소문이라니? 너랑 그 헤픈 크롤 쌤에 관한 소문."

"뭐?"

"들었잖아."

"코라가 뭐라 그러는데?"

"걘 아무 말도 안 했어. 그럴 필요도 없었지." 로지가 소리를 빽 질렀다.

"너희 둘! 수업 좀 하자니까!" 레니헌 선생님의 언성이 높아졌다.

"수업 끝나고 얘기하자." 내가 소리를 낮춰 얘기했다.

그때 나는 학교에 있는 미친놈들을 피해 움츠러든 게 아니다.

소문을 내고 다니는 애들이나 수다쟁이들한테서 나를 방어하고 있었다. 예전 학교에 대해 계속 떠들고 싶은 마음은 없지만, 사실 예전 학교에서는 선생님들과의 관계를 구축하는 것이 너무도 자연스러웠고 어떤 면에서는 권장되기도 했다. 혹시 이 학교 같은 환경에서 그때와 똑같은 신념체계를 적용했다가는 선생한테 알랑방구를 끼네, 저 여선생한테 어떻게 해보려는 심산이네, 이런 얘기를 들을 게 분명했다. 이 얼마나 슬픈 현실인지. 대단한 미지의 세계가 아닐 수 없다. 여기 사람들은 막장 드라마나 삼류 잡지를 너무 많이 본 걸까? 어쩜 이렇게 터무니없는 생각을 할 수 있지?

나는 이 중상모략에 가담한 모든 사람을 경멸했다. 나와 로지를 갈라놓으려는 애들 때문에 이가 갈렸다. 난장판 또라이들이 있다면 아마 애들일 것이다. 나는 이 애들이 스스로 사춘기가 아니라고 주장하는 게 정말 싫었다. 겉멋만 잔뜩 들어서 어른인 척하려는 한심한 태도가 역겨웠다. 아무나 붙들고 천박한 시대정신과 철학을 논하는 모습이 혐오스러웠다. 여기 있는 인간들은 대동단결해서 나에 대한 역겨운 거짓말을 퍼뜨리고 있었다. 주도면밀하게. 미국이나 독일의 학교에서 총을 난사한 미친놈들한테 마음 깊이 공감이 일어나는 지금 같은 시점에 이 학교에 있는 건 영 좋지 않다. 가해자들 입장에서 본다면 미래의 희생자들 손에서 고통 받는다는 사실이 그야말로 굴욕이다. 머리가 휙

돌 정도의 고립감까지 느끼고 있으니 매일매일이 치욕스러울 테지. 좀 섬뜩한 의미에서 보면 가해자는 피해자들이 곧 죽임을 당하기 훨씬 전에 이미 죽임을 당한 것이나 다름없다. 내가 공감한 바로는 그랬다.

그날 나는 이태리어 수업이 끝나자마자 곧장 학교를 나섰다. 뭘 할 기분이 아니었다. 로지하고 아무 대거리도 하고 싶지 않았다. 몇 주 전에 학교 정문 근처 자동차 뒤에 몸을 숨기고 있던 로지를 보고 화가 났던 건 여차저차 풀렸지만. 몰래 감시하다니! 그나마도 엄청 서툴게. 크롤 선생님과 나는 스터디 모임 후에 그냥 대화를 나눴을 뿐이다. 앞으로 뭘 할 거냐, 뭘 하고 싶다, 몇 년 뒤엔 내가 어디에 있을 것 같다, 뭐 이런 대화. 학생과 교사 사이에서 나누는 평범한 이야기. 상급생들이 선생님들과 나눌 법한 별것 아닌 대화 말이다. 우리 둘이 이러고 있는 모습을 보고 말 만들기 좋아하는 무리가 큰 건 하나 잡았다 싶었을 것이다. 전학생과 신입교사라는 신출내기 조합에게 조언을 들려주면서 자기들이 세상을 많이 아는 척하고 싶었을지도.

크롤 선생님과 얘기하던 도중에 로지를 흘낏 보았다. 자동차 두 대의 범퍼 사이에 박혀서 꼼짝도 않는 모습을. 로지는 우리를 빤히 쳐다보고 있었다. 얼굴을 잔뜩 찡그린 채. 무슨 말인지 알아들으려고 안간힘을 쓰는 것 같았다. 아니, 단순히 그 정도를 넘어서 머리가 완전히 돈 사람의 행동처럼 보였다. 그 모습을 보고 처음에는 로지가 크롤 선생님 눈에 안 띄려고 몸을 숨긴다고 생각했다. 여러 사람이 괜히 곤란해지지 않도록. 특히 내가 당황하지 않도록. 나는 로지와 다투고 싶지 않아서 그냥 내버려 뒀다. 대화를 마무리 짓고 크롤 선생님이 태워 주겠다는 제의를 단호히 거절했다. 그게 모두를 위한 최선의 선택이었다.

이태리어 수업 시간에 나눈 대화와 자동차 범퍼 사건에서 가장 크게 실망한 이유는 이것이다. 학교에서 떠도는 온갖 뒷말과 허튼소리를 로지는 초월했다고 믿었었다. 이 사실 때문에 실망감이 증폭됐다. 잡소리에 휘둘리지 않는 게 로지의 미덕이었는데 로지가 다른 애들과 똑같은 수준으로 떨어져서 너무 화가 났다. 쓸데없는 가십에 동조하고 나의 진실성을 의심하고 아예 말도 안 되는 생각을 한다는 사실에 화가 치밀었다.

진실이 아닌 이야기 때문에 불같은 분노가 확 일어났다가 지나간 뒤 나는 학교에서 스스로를 격리시켰다. 별로 어렵지도 않았다. 친구나 아는 사람이라고 해봤자 손에 꼽을 정도였으니. 사람들 시선 뒤로 뭔가 새로운 이야기가 만들어지고 있었다. 단순한 질문이나 추측을 넘어서는 이야기 같았다. 모두가 나를 잘 안다고 생각하면서 자기들끼리 이야기를 만들고 눈빛을 맞추고 적절히 입을 다물었다. 그 정도는 괜찮았다. 입을 가리고 웃는 건 견딜 수 없었다. 그건 감당하기 힘들었다. 내가 지나갈 때 일부러 크게 킬킬대는 소리도 들렸다. 한 다섯 발자국쯤 떨어져 있을 때부터 웃음소리가 들리기 시작했다. 그 웃음이 나를 꿰뚫고 지나가는 듯했다. 악의적인 거짓말만 들리는 게 아니었다. 내 헤어스타일, 옷차림, 가방에 달린 배지, 내가 듣는 음악 등을 씹어 댔다 (내가 뭘 듣는지 아무도 알 턱이 없었지만). 내 헤드폰 모양도 감시 대상이 되었다. 눈에 들어오는 건 뭐든 다.

애들이 의례적으로 내 말투를 흉내 내고 놀렸다고 얘기했던가? 몇몇이 하도 엉터리로 흉내 내는 통에 웃음이 터질 지경이었다. 남부 영어 발음을 제대로 따라하지 못했다. 특히 ing 붙은 단어들. 괜히 의기양양한 얼간이 녀석들은 리버풀과 런던 사투리로 꽥꽥댔다. 나는 누구하고도 말을 섞지 않고 수업에 참여하지 않는 방법을 취해 애들의 기대를 저버렸다. 나를 놀려먹을 기회를 주지 않았다. 아예 입을 닫아 버렸다. 하지만 효과가 없었다.

글래스고에 관한 책에서 본 내용은 '블랙유머가 풍부하게 버무려진 다정함'이었는데. 장담컨대 그 글을 쓴 인간은 글래스고 근처에도 안 와 본 게 분명하다. 제대로 겪어 보지도 않은 주제에.

"클렘, 그 돌대가리들이 뭐라고 말하는지 난 신경 안 써. 그 자식들이 걸고넘어지는 건 그냥 나랑 너야." 로지가 말했다.

"코라는?"

"코라는 그저 가끔 질투가 폭발하는 쬐그만 계집애일 뿐이야. 걘 신경 쓰지 마."

"신경 안 써. 내가 걱정하는 건 너야."

"학교에서 맨날 총질 당하는 사람은 내가 아닌데."

"그 정돈 문제없어."

"걔네들 진짜 나쁜 놈들이야." 로지가 말했다.

"걱정 마. 금세 끝나겠지."

"어떤 놈이든 내 면전에서 뭐라고 떠들기만 해봐. 내가 가만두지 않을 거야."

"나 같으면 그렇게 열 내지 않을 거야."

"네드파 돌탱이 새끼들. 특히 프랜 맥보이 그 역겨운 자식이 제일 싫어." 로지가 말했다.

좀 웃겼다. 몇 달 전만 해도 '네드파 돌탱이'가 무슨 뜻인지 전혀 몰랐을 텐데. 하여간 로지가 맥보이에 대해 얘기한 건 전적으로 동의했다.

"그냥 내버려 둬, 로지."

"걔들 때문에 내가 얼마나 괴로운데."

"나도 알아. 그래도 그냥 신경 쓰지 말자."

우리 둘은 서로를 꼭 껴안았다.

"계속할까?"

우린 입을 맞췄다.

"근데, 나 기타 더럽게 못 쳐."

"괜찮아. 내가 잘 가르쳐 줄게."

# 음악

그게 어디서 날아왔는지 모르겠다. 전혀 감지하지 못했다. 땅에 눈이 수북이 쌓여 있던 것도 아니다. 얼마 있지도 않은 눈으로 그런 눈덩이를 만들려면 여간 힘든 게 아니었을 텐데.

아이팟에 겨울 음악을 몇 곡 채워 넣고 서둘러 학교로 향하던 중이었다. 평소 같으면 중간에 로지를 만났는데 오늘 아침에는 로지가 상급 미술반 애들이랑 미술관에 가서 나 혼자 학교에 갔다. 단독 비행을 하는 기분이었다.

교문까지 20미터.

쉬익!

얼음처럼 꽝꽝 언 뭔가가 날아왔다. 말했다시피 그게 뭔지는 보지 못했다.

픽!

뒤통수. 귀 바로 뒤쪽. 고통이 확 밀려왔다. 맞은 부위로 손이 간다. 던진 놈을 향해 고개를 돌린다. 나를 공격한 놈.

쉬익!

또 다른 미사일 하나가 전속력으로 날아든다. 슬로우 모션으로. 피하기엔 너무 늦었다.

픽!

눈에 정통으로 맞았다.

두 방 다 정확도와 기술로 보아하니 대단한 저격수의 솜씨다.

이건 칭찬이다.

허리가 푹 꺾였다. 눈을 부여잡고 웅크린 내 머릿속에 무서운 생각이 파고들었다. 코에서 콧물이 흘러내리고 눈에서도 뭔가가 새어나왔다. 제발 얼음덩어리에서 흐른 물이길. 액체는 뜨겁지도 차갑지도 않다. 피인가 보다. 재수 없으면 고름 같은 액체일 수도. 위험한 분비물. 손을 떼지 말자. 그냥 이대로 꽉 누르고 있자. 눈알을 지키고 있자. 이 조그만 녀석이 떨어져 나가지 않게 하자. 만약 이 놈이 빠지게 놔둔다면 그걸로 끝장이다.

영원히.

제자리에 꽉 붙들고 있어야 한다. 피인지 물인지 보려고 애쓰지 말고 그저 꽉 누르고 있는 데만 신경 쓰자. 뒤통수가 깨질 듯 아픈 것도 귀가 찌릿찌릿 얼얼한 것도 귀에서 자꾸 윙 하는 소리가 나는 것도 셔츠 깃이 젖는 것도 신경 쓰지 말자.

물인가, 피인가?

손으로 눈을 꼭 누르고 있자. 세게 눌러야 한다.

요 작은 녀석이 빠져서 또르르 굴러가지 않게 해. 이건 공이 아니니까 다시 튀어 들어오지 않을 거야. 원래 있던 집을 찾아 되돌아오지 않을 거라고. 통통 굴러서 하수구에 빠지거나 지나가는 차 범퍼에 훌쩍 올라타지 않게 해야 돼.

아이팟에서 흘러나오는 노래를 들으면서 침착하게 있자. 분명 이건 물일 거야. 엠 워드M. Ward 가 감미로운 노래를 부른다. 어느 겨울 아침, 귀에 들려오는 편안한 음악. 음산한 날에 찾아온 한 줄기 빛. 이 밝은 기운을 끌어안자.

노래에 집중하자.

한쪽 귀에서 계속 윙윙 대는 소리가 들리는데 다른 쪽 귀에 꽂힌 이어폰으로 음악을 듣기가 쉽진 않다. 자동차 소리, 사람들 목소리와 웃음소리도 귀를 어지럽힌다.

누가 웃는 거지? 도대체 왜 그런지 모르겠지만 왜 내 불행에다 대고 웃는 거야?

앞으로 나와. 이름 대 봐. 의도가 뭐야!

악마의 화신이 따로 없군. 나한테 얼음 발사한 놈. 절대 그놈한테 연민을 느끼지 않는다. 이 비극을 연출한 장본인한테도 내 귀에서 울리는 소리가 들릴 것이다. 지금 소은 연주 목록에 엠 워드 노래와 줄기찬 이명, 어떤 미친놈의 목소리가 색다른 합창을 들려준다.

비웃음, 킬킬 웃음, 으르렁거림.

눈을 꼭 잡고 있으라고!

"니 눈깔 어떻노?" 인간쓰레기 1이 물었다.

"여기선 눈탱이를 디지게 조심해야 된데이." 인간쓰레기 2의 대사.

"그자, 니 눈깔이 확 뽑힐 수도 있다 아이가." 인간쓰레기 3.

웃음소리. 왁자한 웃음소리. 발길질이 날아들겠지. 주먹질이 시작되겠지. 피날레. 대단원의 막. 자근자근 밟기. 턱주가리에 한 방. 관자놀이에 박치기. 갈빗대에 니킥. 피야 물이야?

"잉글랜드 씨불놈." 인간쓰레기가 또 지껄이기 시작했다.

"여기 윗동네서 가시나들 쌔비고 있제." 다른 인간쓰레기 한 놈이 빈정거린다.

"우덜 쌤하고 붙어 먹었데이." 마지막 인간쓰레기가 마무리.

매우 분주하게 움직이는 발자국 소리. 그러더니 다들 사라졌다. 피가 끓어오른다.

멀쩡한 쪽 귀라도 숨을 쉬게 해주자.

엠 워드 노래를 껐다. 햇빛 찬란한 반짝반짝 음악은 더 이상 필요 없다. 복수의 음악이 필요하다. 하드코어 종류로. 정신 차리자. 똑바로 서자. 심호흡도 하고. 코로 들이쉬고 입으로 내쉬고. 서두르지 말고 천천히. 손은 눈에 그대로 두고. 겁먹은 이파리처럼 손이 파들파들 떨린다. 길 잃은 작은 이파리처럼.

혼자다.

제 집에 붙어 있는 눈을 지키고 있느라 손이 뜨겁다. 어디 도망가지 않게 문을 꼭 잠그고 있어야 한다. 끔찍한 결과가 닥칠까 봐 마음은 잔뜩 겁을 집어먹었다.

복수. 보복이 두렵겠지. 외눈박이에 한쪽 귀가 맛이 간 괴물의

앙갚음.

괴물 나가신다. 병신이든 아니든. 복수를 위해.

괴물은 뭐든 상대할 수 있다. 계속 문을 두드려 봐. 그러면 괴물이 나올 테니. 겨울잠은 끝났다. 휴화산이 이제 곧 폭발해 모든 걸 잠재울 것이다.

눈이 부풀고 있는 게 느껴진다. 부어오른다. 이대로 계속 부풀어 오르다간 곧 터질 것 같다.

마지막 라운드까지 다 뛴 복서 꼴이다.

교문에서 점점 멀어진다.

집에 가야겠다. 여기만 아니면 어디든 괜찮다. 여기만 아니면 된다. 손으로 눈을 누르고. 세게.

대롱거리는 이어폰. 계속 윙윙대며 소리가 울리는 귀. 당장에라도 터질 것 같은 뒤통수. 비 오듯 흐르는 땀. 흠뻑 젖은 눈. 부글부글 끓는 피. 폭발 직전의 머리. 침착하자. 차분하자. 집중하자. 앞날을 위해 집중. 어떤 놈이 날 비웃었지? 프랜 맥보이였나? 그놈이 날 겨누고 던졌나? 잠복하고 있다가 날 겨냥했나? 그 자식이 딱딱한 얼음 공 두 개를 만들어 숨어서 기다리다가 나를 겨누고 내 머리를 향해 그 꽝꽝 언 눈덩이를 던졌나?

맥보이가 나를 해코지하고 나한테 창피를 주려고 모든 걸 계획했나? 내가 고통스러워하는 꼴을 보고 싶었던 걸까? 이건 욕지거리 한 사발 그 이상이다. 배운 데 없는 짓거리다. 내가 할 수 있는 것보다 한 수 위다. 내가 하고 싶은 것보다 한 수 위다. 내 빈약한 머리로 상상할 수 있는 한계를 넘어선다. 나만의 인과응보 무기를 꺼내 들 시간이다. 저 새끼가 이대로 무사히 달아나게 놔두지 않겠다. 비웃음은 감수할 수 있다. 하지만 얼음덩어리 총탄 두 개와 치욕은 참을 수 없다. 이 일로 움츠러들면 어떻게 보일까? 놈을 더 자극하는 꼴이 될까?

희생양에게 준비된 다음 메뉴는 무엇일까? 나는 두렵지 않다는 걸 보여 줘야 한다. 위인들은 보다 당당한 태도를 취했겠지. 더 성큼성큼 걸었을 테고. 그러니 나도 절대 동요하지 않겠다. 냉정을 잃지 않아야 한다.

'대단한 도시'라는 별칭이 붙은 글래스고. 남몰래 그 이름을 자랑스러워하겠구나. 소매에 옷깃에 양말에 엉덩이에 그 딱지를 붙이고선. 단연코 그 어떤 도시도 이런 식으로 본때를 보이지는 않는다.

글래스고, 내가 네 감정을 상하게 할 생각은 없었다. 이리로 잠입할 의도는 아니었다. 느그 가시나들을 훔칠 생각도 없었다. 느그 쌤들이랑 붙어먹을 의도도 아니었다. 나는 전혀 그럴 의도가 없었다. 절대.

글래스고야.

나는 여기 올 생각이 없었다.

# 충고

"도대체 뭔 일이야? 눈이 왜 그래?" 로지가 물었다.

진심으로 걱정하는 목소리였다. 크롤 선생님 문제 때문에 조성됐던 어색한 분위기가 퉁퉁 부은 눈과 멍 때문에 한순간에 걷혔다. 엉망이 된 눈이 날 구해 줬다. 고맙다.

"아무것도 아냐." 내가 말했다. 로지를 다시 봐서 기쁠 따름.

"아니긴 뭐가 아냐. 엄청 부어올랐어."

상처 부위를 만지려고 로지가 손을 뻗었다. 영화에 나오는 장면처럼 나는 움찔했다. 정말 멜로드라마 같은 장면이었다. 내가 맡은 역할은 상처 입은 영웅이었다. 고문을 당해 아주 엉망이 된 몸으로 자기 연민에 빠진 영웅. 하지만 아직 목숨이 붙어 있어 다시 싸울 준비를 하고 있는. 잘생겼다는 말은 했던가? (눈탱이 밤탱이 된 상태로 잘생겨봤자 얼마나 잘생길 수 있는지는 모르겠다만)

"보기엔 되게 심각해 보이지만 그 정도는 아냐."

"누가 이랬어?"

"눈뭉치."

"뭔 소리야. 눈이 어디 있어?"

"사실 얼음뭉치에 더 가깝긴 했다."

"씨발."

"내 말이. 진짜 씨발이다."

"누가 너한테 훅을 날렸나 했어."

"차라리 그랬으면 나았지."

"누가 그랬냐니까."

"나도 몰라."

"설마! 모른다고?"

"몰라."

"너 지금 누굴 보호하려는 거야?"

부은 상처에 로지가 다시 손을 대려고 했다. 나를 돌봐 주려고 애쓰는 로지. 애정이 묻어나는 몸짓. 하지만 나는 그 손길을 거절했다.

"한번 보자."

"아무것도 아냐. 진짜야."

로지가 한숨을 내쉬었다. 나도 그랬다. 우린 필요 이상으로 오랫동안 서로를 바라봤다. 로지가 찬찬히 내 마음을 읽었다. 내가 솔직하지 않다는 걸 내 표정에서 읽어 낼 수 있었을 것이다.

"내가 생각하는 그놈이야?"

"모르지. 넌 누구라고 생각하는데?"

"같잖은 네드파 미친놈 맥보이랑 그 떨거지들?"

"워워, 너 열나는구나."

"열나는 정도가 아니지. 머리에서 불이 활활 타오르는데."

"나 때문에 네가 펄쩍펄쩍 뛰겠네."

"그놈들일 줄 알았어."

"어떻게 그렇게 확신해?"

"전교생 반은 그 얘기하고 있어."

"이 학교엔 비밀이고 존중이고 이런 거 없어?"

"장난해? 그 미친 맥보이 자식이 거드름 피우며 온 학교를 휘젓고 다닐 텐데."

"뭐라고?"

"지가 무슨 거물이라도 된 듯 의기양양 휘젓고 다닐 거라고."

"무슨 일이 있었는지 넌 이미 다 아는 모양이다."

그런 다음 제법 긴 침묵. 로지가 뭔가 생각을 짜내고 있는 게 보였다.

"우리가 뭘 해야 돼."

"며칠만 지나면 붓기가 가라앉을 거야. 지금 보이는 게 좀 엉망이어서 그렇지, 그렇게 심하진 않아."

"젠장, 저 눈 어떡하냐. 냉동실에 뭐 없어? 눈에 좀 대고 있게."

"별거 없을 텐데."

"젠장, 그러면 냉동실에 머리라도 넣고 있어."

"괜찮다니까. 계속 왜 그러냐?"

"프랜 맥보이 얘기하잖아, 지금."

"걔가 왜?"

"우리가 뭐든 해야 돼."

"아니, 우린 아무것도 안 해." 내가 말했다.

"그놈은 어디로 사라지지도 않을 거야."

"그런 자식들은 분명 없어지게 돼 있어."

"그래, 근데 언제?"

"언젠가는."

"이런 식으로는 안 돼."

"그럼 어떻게 할 작정입니까, 스컬리 요원?"

"뭐라고?"

"아, 아무것도 아냐. 그러니까 계획이 뭐야?"

"우리한텐 두 가지 방법이 있어. 우리가 뭔가를 해서 이 밥맛 없는 상황을 완전히 끝내야지. 그렇지 않으면 그 자식은 계속 지금처럼 하고 돌아다닐 걸."

"두 번째 방법은 뭔데?" 내가 물었다.

"아직은 잘 모르겠어."

"1번 작전, 그래 뭔 소린지 알겠어. 근데 실제로 내가 뭘 할 수 있겠어?"

"내가 어떻게 알아?"

"두 가지 방법이 있다고 말한 사람이 너잖아."

"그렇지. 하지만 그게 뭔지 아직 난 몰라."

"아, 그래. 내가 어떻게 처신해야 하는지 설명해 줘서 정말 고맙다."

"클렘, 네가 이 시점에서 뭔가를 하지 않으면 학교에서 매일 이런 일을 당하게 될 거야." 로지는 내 눈을 가리키면서 말했다.

애정의 기운이 넘치던 로지의 몸짓이 눈에 띄게 사라졌다. 나는 귀에서 들리는 윙윙대는 소리나 지끈거리는 두통에 대해선 말하지 않았다.

"내가 그걸 모를 것 같아?"

"클렘, 너 걔랑 붙어 봐야 돼."

"뭐, 결투라도 해?"

"내 말이 무슨 뜻인지 알잖아."

"내가 어떻게 해야 되는데? 여기선 나 혼자잖아. 프랜 맥보이랑 그 패거리하고 나 혼자서 싸울 순 없어. 더구나 그런 건 내 스타일이 아니야."

"너한텐 내가 있잖아."

"뭐라고?"

"네가 왜 혼자야? 내가 있잖아."

"너 지금 내 보디가드라도 돼주겠다는 말이야?"

"내 곁에 있는 사람은 내가 지켜." 로지가 말했다.

다시 찾아온 침묵. 이번엔 막다른 골목에 다다른 정적에 가깝다. 우린 서로를 껴안고 가볍게 키스했다. 로지가 내 눈에 입을 맞췄다. 입술이 눈을 누르자 나는 움찔했다. 아팠다.

"뭐든 생각해 보자." 내가 말했다.

"뭔가 과감한 게 필요해. 그 나쁜 자식, 난 더 이상 못 참아."

"그냥 눈에 안 띄는 게 현명할지도 몰라."

"무슨 소리야? 학교에 안 가고 그러면 된다고?"

"아니, 학교에 있는 동안 피해 다니면 될 거라고."

"별 효과 없을 거야. 그 자식은 네가 뭘 하든 다 알 텐데."

"그놈은 자기가 뭘 했는지 싹 잊어버리고 다음 표적을 찾을 걸."

"너 정말 모르겠니? 네가 제일 만만한 표적이야. 넌 이 동네 애가 아니니까. 걔한테 넌 아무 위협이 안 돼. 그냥 심심풀이 땅콩일 뿐이야."

"그래서 뭘 어쩌자는 건데?" 내가 물었다.

"걔가 널 괴롭히기 전에 네가 먼저 손을 써야 돼."

"먼저 덤비라고?"

"메시지를 전해 주란 말이야. 그 자식이 다시는 네 근처에 얼씬할 생각도 안 들게."

"접수됐어. 그런데 어떻게?"

"야, 클렘. 너 똑똑하잖아. 그 미친 돌대가리들보다 백배는 똑똑한 애야."

"로지, 말 갖고는 공격이 안 돼."

"아니, 말싸움을 하자는 게 아니라 구식이지만 몽둥이나 돌 같은 것도 괜찮을 거야."

"뭐? 몽둥이랑 돌멩이로 그놈을 패 줘야 한다고? 무기를 들고 공격하자는 말이야? 중상이라도 입히자고?'

"날 믿어 봐. 그 자식은 눈 하나 깜짝 안 하고 대뜸 그런 무기를 썼을 거야. 너한테."

"이 동네 사람들 대체 뭐가 문제야? 머리가 어떻게 된 거 아냐?"

"그리고 그 똘마니들도 그냥 뒤로 물러서서 보고만 있진 않았을 걸."

"그럼 내가 그놈을 실컷 패서 때려눕히면 그다음엔 어떻게 되는데? 멍투성이 곤죽으로 만들고 유유히 떠날 수 있단 말이야? 그놈이 치료 받고 몸이 다 나으면 그 다음엔? 응? 그럼 난 어떻게 되는데?"

"나도 몰라."

"내가 얘기해줄까? 지금보다 훨씬 더 위험한 상태가 될 거야. 그뿐만이 아니지. 난 범죄의 세계로 입장하게 되겠지. 난 범죄자가 되려고 여기 온 게 아니야. 제기랄, 어떻게 이런 일이 벌어졌지? 그냥 학교에 사유서 내고 필요한 증서나 받아서 여길 뜨는 게 소원이다."

"여길 뜨면 어디로 갈 건데?"

"몰라. 남쪽 어디겠지. 브라이턴 같은 데."

"그럼 난 어떡해?"

"지금 당장 그런 얘긴 하지 말자."

"그럼 그런 얘긴 언제 하면 좋겠는데?"

"나중에. 지금 말고."

"네 계획이 뭔지 나한테 얘기할 생각이 있긴 했어? 아니면 어느 날 불쑥 얘기하고 훌쩍 떠나 버릴 생각이었어?"

"너도 알고 있었잖아. 내가 처음부터 얘기했잖아. 네가 모르던 얘기가 아냐."

"그래. 하지만 상황이 좀 바뀐 거라고 생각했어. 우리가 함께하게 됐으니까. 우리가 같이 경험한 일들이 있잖아."

"우린 그냥 사귀고 있는 거야, 로지. 우리가 뭐 지구 끝까지 같이 갔다 온 게 아니잖아."

내가 이렇게 말하자 뒤따라오는 정적. 느닷없이 분노와 고통이 찾아와 안부 인사를 전했다.

"그리고 우리가 겪은 걸 굳이 네가 경험이라고 부르긴 좀 힘들지. 사실 겪었다는 표현도 좀 부정확하고. 우리가 뭐 대단히 중요한 걸 같이 겪은 건 아니니까. 로지, 이건 망상이야."

나는 독기 어린 말을 내뱉었다. 전혀 솔직하지 않은 말. 내 눈과 귀, 머리가 긁어모을 수 있는 최대한의 독기를 품고 야멸차게 떠들었다. 눈물이 솟아나는 게 느껴졌다. 흔들리는 어깨. 치솟는 분노. 특히 로지 마음속에서 생성되는 치명적인 무언가.

"난 너한테 그 잘난 순결을 잃었어."

"뭐라고?"

"내가 허락했다고."

"감동적이네."

"클렘, 내가 너한테 내 몸을 줬다고."

"고맙다는 말이라도 기다리는 거야?"

"최소한 인정은 해야 하는 거 아냐? 나한텐 큰일이라고."

"멜로드라마가 따로 없네."

"어떻게 감히 그렇게 쉽게 날 모욕해?"

"나 여기 싸우러 온 거 아냐." 내가 말했다.

"클렘, 나도 너랑 싸우고 싶지 않아."

"마찬가지야."

"난 네가 맥보이 손아귀에서 벗어날 계획을 찾아내려고 여기 온 줄 알았는데?"

"그랬지." 내 입에서 말이 떨어지자마자 로지가 울기 시작했.

로지가 우는 모습을 처음 봤다. 당황스러웠다. 자주 있는 일은 아니지만 나는 눈물을 보면 마음이 눅눅해진다. 글래스고로 이사 간다는 소식을 처음 들은 날 엄마가 흐느껴 울던 모습을 얼핏 본 적 있다. 고음의 비명과 한숨으로 울음이 간간이 끊겼다 이어 졌다 하는 통곡 비슷한. 그 뒤를 이어 나 역시 십대의 불안을 표출하고 싶어 죽겠는데도 내 몫의 소동을 피울 수가 없었다. 그래서 애먼 기타만 계속 뜯었다.

브라이턴 얘기는 의도한 게 아니었다. 적어도 내가 뱉은 말 절반은 내 진심이 아니었다. 로지한테도 그렇게 얘기하려고 했다. 하지만 어떻게 보면 다 필요했던 말이다. 어차피 피할 수 없는 일을 미뤄 봤자 뭐하겠는가? 로지는 내가 다른 인간한테 고통을 주는 모습을 보고 싶어 했다. 로지의 열망 때문에 내가 전혀 괴롭지 않았다고 말한다면 그건 거짓말일 것이다. 그래서 차라리 로지 마음에 상처 주는 쪽을 택했던 것 같다.

맥보이 문제를 해결해야 한다는 부분은 나도 충분히 이해했지만, 대단한 평화주의자인 줄 알았던 내 여자 친구가 나더러 폭력적인 조치를 취해야 한다며 거의 재촉하다시피 목소리를 높이니 나로선 몹시 으스스한 기분이 들었다. 전혀 매력적이지 않았다. 글래스고 여성의 성정이 원래 이랬던 걸까? 남자가 보복과 징벌을 실행하고 있는 동안 곁에 혹은 뒤에 서 있는 사람? 눈에는 눈으로 앙갚음하는 사람? 나는 받은 대로 갚아 주는 식으로 싸우지 않는다. 바싹 타서 재가 되지 않는 이상. 내가 머리끝까지 화가 치솟아 주먹을 들었던 유일한 순간은 매트 시드의 턱주가리를 세게 갈겨 거의 으깨버렸을 때다. 그 자식이 호모 새끼라는 말을 강박적으로 떠들어 대서 그랬다. 놈은 나를 향해 쉴 새 없이 그 말을 발사했다. 그래서 퍽! 상황 종료. 그 후로 다시는 그 단어가 들리지 않았다. 나를 향해 낮게 지껄여지던 그 말은 영영 사라졌다. 하지만 기분은 거지같았다. 주먹 한 방이면 사람을 죽일 수도 있으니까. 나는 정말 주먹 한 방으로 살인자가 되고 싶진 않았다.

"나 정말 심란해. 봐봐. 내 상태가 어떤지."

"나도 속상해."

"로지, 너한테 상처 줄 생각은 없었어."

내가 말했다. 우린 다시 서로를 꼭 껴안았다. 내 눈은 아직도 얼얼하다. 귀도 여전히 윙윙 울린다. 이 도시에 남아 있고 싶은 마음이 점점 사그라진다.

"가끔 이곳에 신물이 나. 가식적인 행동, 거친 녀석들 전부 다. 일류 깡패가 되고 싶어 안달인 피라미 자식들한테도."

"네 맘 알아." 로지가 말했다.

나는 로지를 더 세게 안아 줬다. 로지의 눈물이 내 어깨를 적셨다.

"클렘, 나도 그런 거 진짜 싫어. 증오해."

"나도."

"우린 여기서 벗어나야 돼."

"그럴 거야."

"약속하는 거야?"

"약속해." 대답은 이렇게 했지만, 지킬 수 없는 약속이란 걸 알고 있었다.

"그리고 프랜 맥보이랑 그 패거리 일은 걱정하지 마."

마치 내가 알아서 잘 처리할 것처럼 들렸겠지만 절대 그럴 일
은 없었을 것이다.

"알았어. 걱정 안 할게."

"약속하지?"

"응. 약속해." 로지가 말했다.

로지의 볼에 입을 맞췄다. 짭조름한 눈물 맛이 났다. 로지의 말
역시 지킬 수 없는 약속이었다.

"모든 게 다 잘 될 거야." 나는 로지를 안심시켰다.

"정말 잘 되겠지?" 로지가 물었다.

"그럼. 당연하지."

"이리 와봐. 눈 좀 어떻게 해보자."

볼

그녀가 끝내 내 눈에 손을 댔다. 내가 원한 것도 아닌데 그녀는
아무렇지 않게 한 손가락을 눈에 대더니 이내 네 손가락으로 조
심스럽게 눈두덩을 문질렀다. 우리 주변에 다른 사람들이 있을
까 봐 신경 쓰였다. 내가 지금 어디 있는지 확실히 감지한 상태

라 왠지 두려워졌다. 예전엔 학교에 가면서 그날그날 무슨 일이 일어나진 않을까 늘 불안에 떨었는데, 요즘은 일단 교문 안으로 들어서면 희한하게 보호 받는 기분을 느꼈다. 복도는 마치 안전 완충지대 같았다. 하지만 지금 크롤 선생님이 내 눈에 손을 얹었을 때는 내 심장이 미친 줄 알았다. 내 심부동에 내가 겁에 질릴 정도였다. 소리가 들릴 만큼 침을 꿀꺽 삼켰다. 목이 잠겨 소리가 간신히 흘러나왔다.

"어머, 클렘. 무슨 일이니?"

"아무것도 아니에요, 선생님. 그냥 눈뭉치에 맞았어요." 쉰 목소리가 나왔다.

부끄러웠다. 그녀의 애무를 받기에 나는 아직 어린데. 남자답고 당당하게 보이고 싶었다. 내게 달려드는 그 어떤 예측 불허의 사건이나 위험도 거뜬히 감당할 수 있는 모습을 보여 주고 싶었다. 무적의 사나이임을. 철없는 남학생들의 장난에도 끄떡하지 않는 모습을. 그런데 지금 나는 찬란한 멍 자국을 달고 있는 유치한 남학생의 표본이 되어 떡하니 그녀 앞에 서 있었다. 그전에는 선생님이 나를 동등한 입장으로 봤을 텐데. 스스럼없이 생각을 털어놓고 논의하고 토론할 수 있는 동년배의 누군가로 여겼을 텐데. 이젠 그녀가 날 돌봐 주고 싶어 했다. 자고로 선생님이란 그래야 하는 법이니까. 그녀는 나를 가여워했다. 보살피는 역할을 담당하는 성실한 교사로서. 지금 나는 평범한 남학생일 뿐이다. 더도 말고 덜도 말고 눈탱이 밤탱이 된 가련한 남학생.

"클렘, 눈이 굉장히 많이 부었어."

"보이는 것만큼 아프진 않아요."

그녀가 안쓰러운 표정으로 상처 부위를 살피자 내 심장은 정신 없이 쿵쾅댔다. 어차피 나는 그녀가 생각하는 그런 학생일 뿐이다. 이른 아침 시간이었는데도 로지의 친구 코라가 어딘가에서 어슬렁거리며 돌아다니다가 이 광경을 보고 육체적인 애정의 표현이니 어쩌니 오해할까 봐 잔뜩 겁을 먹었다. 그건 범죄다. 선생님과 내가 끝장나고 말 거다. 설상가상으로 네드 패거리 누군가가 이 모습을 유심히 보고 말을 전하면 둘이 알게 되고 넷이 알게 되고 수십 명이 알게 될지도 모른다. 최악의 상황은 맥보이다. 어쨌든 말이란 건 눈 깜짝할 새에 온 사방으로 퍼질 것이다. 오전 시간을 다 채우기도 전에 '위법', '불법', '잠자리' 이런 말이 여기저기 소용돌이치며 돌아다니겠지. 이 여자는 자기가 뭘 하고 있는지 정말 몰랐을까? 자기가 처한 위험을 감지하지 못했을까? 노골적으로 순진하게 굴었던 걸까?

"만지면 아프니?"

"약간요."

굉장히 아팠다. 그 누구의 손으로도 이처럼 강렬한 고통을 전해 주진 못했을 것이다. 대화하는 내내 그녀의 손가락이 내 눈에서 떠나질 않았다. 마치 시간이 진로 방해를 받은 듯 더뎌졌고 모든 움직임이 장례 행렬처럼 한없이 느려졌다. 우리 모습이 들킬까 봐 덜컥 겁이 났다. 선생님, 제발 손을 거두세요. 선생님, 제발 손을 치우시라고요. 날 이렇게 만지고 있으면 안 될 것 같아요. 선생님은 지금 선을 넘고 있는 거라고요. 이러다 걸리고 말거예요. 제발 이 남자, 이 소년에게서 물러서라고요. 당장 이 여자한테서 물러나야 한다. 이 미친 여자에게서 떨어져야 한다. 내 눈동자가 잽싸게 왼쪽을 훑었다. 그리고 오른쪽으로 휙 움직였다. 다시 오른쪽. 왼쪽. 그리고 다시 뒤쪽. 불안감이 극에 달했다. 분명 그녀도 느꼈을 것이다. 확실히 눈치 챘을 것이다.

"검사는 받아 봤니?"

"아뇨. 며칠 지나면 괜찮아질 거예요."

어디선가 무슨 소리가 들렸다. 그녀도 들었을 것이다. 멀리서 목소리가 났다. 점점 다가오고 있었다. 뭔가를 묻는 소리. 여럿이 시끄럽게 걷는 소리. 생생한 경계 경보음. 위험하다. 목소리다. 그제야 그녀의 손가락이 내 눈에서 떠나갔다. 갑작스럽지 않게 망설이듯 하나하나 차례로 내 눈에서 이륙한 손가락이 내 뺨을 건드렸다. 아니, 그냥 내 상상이었나? 우리 둘은 찔끔찔끔 뒤로 물러섰다. 목소리가 가까워졌다. 망할 놈. 돌대가리, 개자식들이 이제 감지 가능한 영역 내로 들어왔다.

"누가 이랬니?"

"몰라요."

"모른다니 그게 무슨 소리야, 클렘?"

"진짜예요, 선생님. 모르겠어요."

"너한테 이렇게 한 사람을 왜 감싸려는 거니?"

3학년 남자애들이 킥킥대는 웃음소리를 코트 속에 어설프게 숨겨 넣으며 엉큼한 몇 마디를 흘리고 지나갔다. 코라라는 이름을 들먹이며 헐뜯는 소리가 들렸다. 내 이름도 들렸다. 잉글랜드 잡놈도 이름으로 쳐준다면. 로지 이름도 들렸다. 그리고 맥보이 이름도. 그 남자애들의 롤모델인 맥보이 님. 키득키득, 낄낄, 하하, 우스워 죽겠다는 듯 과장되게 터뜨리는 폭소. 그 애들은 고작 3학년생들이고 나는 그저 가엾은 놀림감이었다. 앞으론 이보다 더 심해질 게 뻔했다. 모욕과 조롱이 쓰나미처럼 몰려올 것이다. 위험이 폭풍처럼 몰아치고 말 것이다.

"누가 그랬는지 정말로 모릅니다."

"5, 6학년 남자애들이었니?"

"......"

"누구니?"

"아무도 아니에요."

"코너 더피니?"

"아뇨."

"그럼 누구야?"

"코너 말고요."

"트레이닝복 입고 다니는 남학생들?"

나는 바닥만 뚫어지게 쳐다봤다.

"네드파 걔네들이니?"

"예, 네드 패거리요."

"……"

정적. 시선. 응시. 쏘아보는 눈초리. 공기 중에 감도는 명백한 허위의 기운.

"아니에요."

"클렘, 나 좀 봐봐. 혹시 불안하니? 그래도 나는 믿을 수 있잖아."

손. 뻗어오는 손. 뒷걸음질. 뻗어오는 손. 후퇴.

"고맙습니다. 정말 감사합니다."

말로 표현하기. 우묵해지는 감정. 수업 종. 종이 울린다. 살았다. 그때가 나와 크롤 선생님이 제대로 대화를 나눈 마지막 기회였던 것 같다. 뒤이어 금세 개똥같은 상황이 펼쳐졌다. 가까이에서 마주 보고 서 있던 사람들을 두고 그 얼굴에 똥칠하는 것과 다름없는 악의적인 소문이 돌았다. 수박 겉핥기식인 무책임한 소문이. 우리한테서 악취가 절대 떠날 것 같지 않다. 샅샅이 스며들어 빠지지 않는 악취. 크롤 선생님이 이 일에 책임을 지겠다고 했는지 어쨌는지는 잘 모르겠다. 그렇다 해도 혹시 그 선생님이 내 혐의를 벗겨 주지 않는다면 나는 몹시 비참한 기분이 들 것 같다. 그때 울린 수업 종은 모든 문제가 시작되는 출발 신호가 되었다. 이것저것 다. 하여간 종이 울렸고 우선 잠깐동안은 우리 둘을 살려 줬다. 나는 수학 수업을 들으러 갔다. 망할 놈의 수학. 더럽게 어렵다. 그래도 이 순간은 피난처다.

맥보이하고 똘마니 몇 놈이 수학 교실에서 20미터쯤 떨어진 곳을 어슬렁거렸다. 나이키, 버버리, 싸구려 금붙이, 팔목 문신 등등 휘황찬란한 자태를 뽐내면서. 팔에 새긴 인생 요약본 같은 문신은 광둥어인지 아랍어인지 일본어인지 그런 문자로 새겨져 있었다. 눈 깜빡하는 사이에 순간적으로 어떤 생각이 떠올랐다. 이 패거리는 이 학교의 변칙 종자들이구나. 교복을 입지 않는 무소불위의 이단아들. 그들은 딱히 누군가를 기다리는 게 아니었다. 확실히 나는 아니었다. 수학 수업에 들어가려고 차분하게 기다리는 것도 분명 아니었다. 그냥 뭔가를 세고 있었나?

내 멍 자국을 보고 킬킬대는 웃음. 맥보이가 뭐라고 한마디 했다. 나는 짐승처럼 으르렁대듯 투덜거리는 소리를 단숨에 뚫고 갈 수가 없었다. 다른 놈들이 웃음을 터뜨렸다. 나는 시무룩해 보이거나 겁먹거나 슬퍼 보이고 싶지 않아서 일부러 씨익 웃었다. 이 모습을 본 맥보이가 속으로 이게 뭐야 하며 덜컹했던 것 같다. 그의 다음 행동이 날 불안하게 했다. 나 역시 비슷하게 마음이 훅 내려앉았다. 그가 집게손가락을 들어 자기 뺨에 대더니 천천히 아래로 끌어 내렸다. 정교하게 궤적을 그리듯. 그리고 다른 쪽 뺨에도 똑같이 궤적을 그렸다. 그 행동을 하는 내내 눈동자는 단 한 순간도 내 눈에서 시선을 떼지 않았다. 몸서리쳐지는 위협이었다. 확실하고 의도적인 메시지.

내가 마음을 억누르지 못해 뭔가 애매하게 표정이 변하는 사이 똘마니들이 또 웃어 댔다. 내 감정이 공포가 아닌 이상 그놈들한테 절대 두려운 기색을 내비치진 말아야 한다. 개새끼들은 공포의 냄새를 귀신같이 잘도 맡는다. 놈들이 그 냄새를 맡게 해선 안 된다. 단 한 모금이라도. '덤벼! 너 때문에 내가 겁먹을 일은 절대 없어!'라는 강한 눈빛을 보여 줘. 악마 같은 자식과 당당히 맞서. 나는 속으로 계속 되뇌었다. 맥보이, 그 악마의 화신은 스탠리나이프나 그것만큼 날카롭고 정교한 무기로 내 뺨을 이쪽에서 반대쪽까지 쭉 그어 버리겠다는 의지를 보여 준 것이다. 내 얼굴을 칼로 쭉 긋고 베어서 나한테 새로운 미소를 새겨 주고 싶다는 뜻을 전달했다. 나를 망가뜨리고 으깨 버리겠다는 메시지. 이 혐오스러운 똥덩어리가 나한테 자신의 표식을 남기고 싶다 이거지. 진지하게. 프랜 맥보이의 인장이 평생 동안 내게 새겨져 있을 것이다. 펴엉생! 그러면 나는 직장도 잡지 못할 것이다. 나의 존재가 철저히 좀먹어 가루가 되고 말겠지. 손쓸 새도 없이 도랑에 빠져 버릴 내 인생. 절망의 나락에 빠진 채 나는 지난날을 돌아보겠지. 수학 수업 교실 바깥에서 인생의 결정적 순간과 맞닥뜨렸다고 기록하면서. 내가 아무것도 하지 못했던 그 순간.

무력하게 항복하며 죽어 버린 나.

침묵과 공포, 분노가 뒤섞인 분위기 속에서 나는 교실로 들어갔다. 이놈의 학교에서 벗어나야 한다고 생각하면서. 바로 그날 당장. 수학 수업 직후 곧바로. 아니, 수업 전에. 수학 수업은 제쳐 두고. 내 목숨이 경각에 달린 마당에 그깟 수학 수업에 집중한들 무슨 소용이었겠는가? 자리에 앉아 내가 오늘 너무 과하게 행동했는지 생각해 봤다. 내가 그랬다는 사실을 인정하며 체념하는 사이에 맥보이가 교실 문 근처에 고개를 들이밀더니 나를 향해 뭐라고 딱딱대며 떠들었다. 그러고선 다시 한 번 그 제스처를 취했다. 손가락으로 자기 얼굴을 긋는 동작. 그런 다음 돌연히 사라졌다.

"너 그놈이 어쩌는지 보고 싶겠다." 뒤에서 누군가가 얘기했다.

"그러게. 그 자식 진짜 미친 새끼지." 다른 누군가도 한마디 했다.

나는 그렇게 5분을 더 보내면서 복도가 잠잠해지기를 기다렸다. 소동이 잦아들기를.

"선생님, 화장실 좀 가도 될까요?"

"얼른 다녀와라."

나는 가방을 휙 들쳐 메고 교실을 나왔다. 학교 밖으로 걸어 나오며 다시는 돌아가지 않겠노라 맹세했다.

어쨌든 그게 나의 계획이었다.

# 휴대폰

심장에 진동이 느껴졌다. 가슴 부위에 찾아든 끊임없는 자극.

우우웅, 우우웅, 우우웅.

발정기의 여왕벌처럼 되게 윙윙대네. 로지한테 온 부재중 통화 여섯 번. 그냥 다 씹었다. 그리고 문자 열다섯 통.

띠링! 띠링! 띠링!

하나씩 다 읽고 곱씹어 보고 역시나 몽땅 무시했다. 애초에 휴대폰을 꺼놨어야 했나. 하지만 관심은 포기할 수 없었다. 열렬한 관심을 받는 느낌, 놓치고 싶지 않다.

우우웅! 우우웅! 우우웅!

안 받아.

띠링! 띠링! 띠링!

'너어냐?'

나는 방금 만원버스에서 내렸다. 퀴퀴한 담배 냄새, 술 냄새 때문에 코가 썩는 줄 알았네. 실업자들, 시민권 박탈자들, 사회적 질병인자들이 여기 다 모여 있군. 내 귀에서는 보니 프린스 빌리 Bonnie Prince Billy. 미국의 싱어송라이터. 'I See A Darkness' 등의 섬세하고 우울한 분위기의 노래를 많이 부른 가수-옮긴이 의 노래가 울린다. 구절구절 가슴 미어지는 이야기를 들려주는 이 남자의 극심한 고통이 고스란히 느껴진다.

오늘은 기도와 자기 연민의 시간이다.

띠링! 띠링! 띠링!

'클렘어디냐니까?'

지금은 음반 매장에서 CD를 들춰 보는 중이다. 우리 엄마가 무지 기뻐하겠지. 내가 이러고 있는 걸 알면. 어려운 말 써 가며 박식한 체하는 마돈나의 신보 때문에 괴롭다. 음악의 죽음. 불쌍한 말리위의 아이들을 생각하는 건 좋지만 이 졸작을 위해 그들 고유의 음악이 희생되어야 하다니. 참으로 유감이다. 신의 가호가 그들과 함께하길. 밖이 무지막지하게 추워서 여기 들어와 있을 뿐이다. 글래스고의 겨울은 눈곱만큼의 자비심도 없다. 인정사정없이 몰아친다. 남녀노소, 건강상태, 빈부격차, 감정적 격랑 따위는 안중에도 없다.

우우웅! 우우웅! 우우웅!

안 받아.

띠링! 띠링! 띠링!

'너오늘학교다시안와?'

광견들이 떼로 출동해도 날 그곳으로 다시 몰고 가진 못할 거다. 나의 중등교육 기간은 이걸로 끝이다. 오늘 부로 쫑. 나를 그리워할 사람들에게 작별인사나 전해 주라. 아마 30초면 충분할 거다.

띠링! 띠링! 띠링!

'젠장너어디냐고?'

나 여기 있다. 이 도시에. 이 황량한 곳에. 칼바람이 머리를 베어 버리고 사람들이 내 얼굴을 베어 버릴 스도 있는 곳. 내가 이런 데 있다. 여기가 지금 내가 있는 곳이다. 선택이나 필요나 욕구 때문이 아니라 그냥 어쩌다 보니 여기 와 있더라.

띠링! 띠링! 띠링!

'내가모어뜨케햇니?'

줄을 서시오. 이렇게 다들 하나같이 뭔가를 했다는 점에서 유죄다. 문제는 내가 뭘 했냐는 것이다. 왜 아무도 내겐 묻지 않는걸까? 내가 무엇을 했는지 물을 필요가 있다.

우우웅! 우우웅! 우우웅!

안 받아.

띠링! 띠링! 띠링!

'너왜나쌩까는거야?'

왜냐하면 그게 나한테 남은 유일한 힘이니까. 내가 통제할 수 있는 유일한 부분이니까. 침묵과 익명성. 나는 지금 나 자신을 쌩까고 있는 중이라고. 아무도 내가 여기 있는 줄 몰라. 지금은 그 누구도 나더러 이래라 저래라 요구하지도 않고 나한테 뭘 하고 싶어 하지도 않아. 내게서 돈을 뜯어 가려는 매장 점원만 빼면.

띠링! 띠링! 띠링!

"몬일잇어?"

글쎄, 다소 무식한 비행청소년 놈이 나의 외관을 훼손하겠다며 협박했다는 사실만 빼면 뭐 별일 있겠어? 뭔지 모르겠다만 암튼 평생 남을 범죄를 저질러 주겠다고 하네. 그래서 내가 거기에 정면으로 맞서기가 무섭고 곧 닥칠 불확실한 미래가 불안하다는 것 외에는 나한테 크게 문제는 없지. 먹구름이 여기까지 날 따라왔다. 우리 아버지는 심지어 자기 아들이 생각하기에도 개똥같고 수준 낮은 일을 하고 있다. 그게 얼마나 자존심 상하고 망신스럽겠는가? 상상하고 싶지도 않다. 우리 어머니는 완전히 딴 사람이 되었다. 매사에 맹목적으로 낙관하고 쾌활하기 그지없던 기운이 자취를 감추었다. 하지만 로지 너의 질문에 답하자면, 모든 게 괜찮다.

우우웅! 우우웅! 우우웅!

안 받아.

띠링! 띠링! 띠링!

'내가몰어케햇니?'

로지, 너는 평소 네 모습 그대로였어. 로지! 이 모든 일이 결국은 너에게서 시작됐다. 이 모든 불행이. 내가 너한테 홀딱 빠져버렸다. 널 간절히 원했다. 널 갈망했다. 나의 자기도취적인 허튼소리를 나 스스로 믿게 되었다. 너 때문에. 지독한 고통에 시달리는 사내아이, 음악을 사랑하는 인간, 지성인, 독서광, 개인주의자, 미스터리맨, 내향적인 사람, 독립적이고 자제심이 있는 자, 훈남,

자신감 있는 남자. 나는 내가 이렇다고 믿었다. 네가 이 모든 모습을 원했고 그래서 나는 널 위해 이걸 다 보여 줬다. 순 엉터리! 개소리! 전부 다 거짓말. 이렇게 기만한 것에 대해 지금 나는 질책당하고 공격받고 있다.

띠링! 띠링! 띠링!

'클렘……'

그놈의 이름, 정말 싫다. 찌질한 중산층 신분이 다 드러나는 이름. 내게 고립감과 모욕 말고는 아무것도 준 게 없는 이름. 줄여서 부를 수조차 없는 이름. 악의적이고 얼간이 같은 별명. 상황을 이 지경으로 몰고 온 이름. 나는 이 모든 책임을 정확히 이 이름 탓으로 돌린다. 모든 것은 은밀히 수군대는 몇 마디에서 시작된다. 그다음은 조롱, 그다음은 악의, 그다음엔 몇몇 미친놈들이 다른 미친놈들한테 뻐기려고 하는 짓거리. 그리고 내가 제대로 상황 파악을 하기 전에 그 미친놈 중 하나가 내 얼굴에 난도질 자국을 만들고 싶다는 의지를 표명한다. 나, 클렘한테.

띠링! 띠링! 띠링!

'학교에서먼일잇엇어?'

학교에서 무슨 일 있었냐고? 물론 학교에서 뭔 일이 있었지! 물어볼 필요나 있냐? 여기 윗동네에 내 친구가 있기라도 하니? 학교란 원래 내가 다른 사람들과 마음껏 수다 떨어도 되는 유일한 공간인데. 사정이 허락한다면 말이지. 내가 친구들이랑 시끌

시끌하게 거리를 돌아다니는 모습을 본 적 있냐? 없지? 그 학교는 개성을 용납하지 않아. 다르다는 게 허용되지 않는 곳이지. 축구에 대한 취향도, 고집불통의 경향도 용납 불가. 공산주의가 따로 없다.

우우웅! 우우웅! 우우웅!

안 받아.

띠링! 띠링! 띠링!

'전화받아!'

분노로 가득 찬 내 목소리를 들려주고 싶지 않다. 그것이 감정적으로 패배했다는 식으로 해석되길 원하지 않는다. 여차하면 내가 울음을 터뜨릴 거라는 사실도, 네가 내 목소리에서 축축한 울음기를 감지하게 되리라는 사실도 알리고 싶지 않다. 넌 아마 코라한테 말하겠지. 내 뺨이 축축해진 게 수화기 너머로 전해올 정도였느니 하면서. 짭조름한 눈물을 맛볼 정도였느니 하면서. 이것저것 따질 것 없이 그냥 말하고 싶지 않은 것뿐이다. 오늘은 말하는 날이 아닐 뿐. 오늘은 그저 위로와 반성의 날일 뿐.

띠링! 띠링! 띠링!

'멍청한놈처럼굴지마!!!'

이 윗동네에 넘쳐나는 무례한 멍청이들이나 너나 다를 바가 없다. 그렇게 욕을 퍼부으며 지껄여도 되는 권한은 대체 누가 준 거니? 모욕적인 독설을 쏟아 내 끽소리 못하게 만드는 권한 말이다. 어휘력 부족과 표현 능력 부재를 여실히 보여 주는군. 별로 매력적이지 않은 글래스고 주민의 허세. 이 맥락에서 '멍청한 놈'은 적절치 못한 표현이라는 생각이 든다. 2프로 부족한?

띠링! 띠링! 띠링!

'맥보이얘기들었어. 좆같은새끼!'

누가 좆같다는 거야? 맥보이야 나야? 나야 그 자식이야? 클렘이야 프랜이야? 로지, 이건 너무 모호하잖아. 그럼에도 불구하고 이번 욕은 아주 효과적이고 적절하다. 가장 강력하고 확실한 욕이 아닐까 싶다. 이 표현을 들은 사람들은 숨이 턱 막혀 말도 제대로 못하면서 못마땅한 눈빛을 뜨겁게 쏘아 대겠지. 그 단어를 사용하면 상대방은 널 끔찍히도 싫어하게 되겠지. 단번에.

맥보이 이 좆같은 새끼에 대해서 여러 번 생각해 봤다. 그 자식의 행동을 합리적으로 설명해 보려고 애도 썼다. 그 자식의 판단 기준에서 보려고 노력했다. 비슷한 시각에서 상황을 보는 것, 이해하려고 노력하는 것. 바로 그런 눈으로 바라볼 때 내게 들려오는 맥보이 자식의 이야기가 있다. 그가 두려워하는 것들이 들린다. 자신의 미래, 금세 닥칠 실직, 14년간 돋담은 학교라는 안전한 울타리를 떠나야 한다는 사실, 숨 막히는 조직 체계로 진입해야 하는 날, 매일 어딘가 중요한 곳으로 가야 한다는 사실, '일자리를 찾으러' 강제 징집 당하지 않는다면 아무것도 손에 쥐지 못한 채 비참한 집구석을 떠나야 한다는 사실.

그가 느끼는 좌절감을 이해하려고 애썼다. 그놈 주변에는 최신 유행 옷차림을 하고 외국으로 휴가를 가고 핑크빛 미래를 얘기하고 오랜 연애를 하는 녀석들이 포진해 있으니까. 그놈한테 뭘 사 줄 형편이 안 되는 자기 가족 때문에 다른 애들한테 질투가 일어날 것이다. 또래 녀석들이 누리는 호사를 자기나 자기 형제자매는 누릴 수 없어서. 그리고 프랜의 부모가 자기 자식을 탓해서 프랜 그놈은 슬플 것이다. 자식 때문에 젊음을 빼앗겼고 일평생 쌓아온 행복을 모조리 박탈당했다면서 프랜의 부모가 자식을 탓할 테니까. 그래서 그의 부모는 이 가련한 프랜을 거부하고 방치했겠지. 가난한 삶에 만족하고 정부 보조금에 의지하기로 했을 테고.

어쩌면 이것보다 더 간단한 설명이 나올 수도 있겠다. 맥보이 자식이 환자였던 건 아닐까. 왜, 약자로 불리는 질병들 있잖은가. OCD 강박신경증, ADHD 주의력 결핍 및 과잉 행동 장애 이런 거. 아니면 그냥 또라이병, 혹은 좆같은새끼병. 아마 자폐증이나 아스퍼거장애일 수도 있다. 그것도 아니면 아직 발견되거나 진단된 바 없는 인지적 혼란 상태일지도 모른다. 매일매일 복용해야 하는 리탈린 먹는 걸 까먹진 않았을까? 주의력 결함 어쩌고 치료약 말이다. 나는 맥보이의 입장에서 보려고 애썼다. 그놈이 왜 그런 짓을 하는지 살펴보려고 노력했다. 그놈이 왜 그런 말을 지껄이는지, 왜 항상 칼을 갖고 다니는지. 하지만 내가 아무리 열심히 머리를 쥐어짜고 아무리 오랫동안 답을 찾아 헤매도 답은 하나다. 맥보이는 좆같은 새끼다. 1등급 좆같은 새끼. 빌어먹을 좆같은 새끼 중에 짱.

아니면 혹시 그 자식은 따뜻한 포옹이 필요한 걸까. 단지 그것만 필요한 건 아닐까.

우우웅! 우우웅! 우우웅!

안 받아.

띠링! 띠링! 띠링!

'사랑해!!'

이런, 제기랄. 로지 너 지금 진짜 용쓰는구나. 여태껏 우리 사이에서 한 번도 논한 적 없는 얘긴데. 최소한 어느 정도 진중함이 깔려 있어야 하지 않겠니? 워워, 이건 출입금지 항목이다. 내가 브라이턴에 가고 싶다고 말한 데 대한 반응인 것 같은데, 맞지? 이건 진짜 사랑이 아니야. 절대 그럴 리가 없어. 이게 다 무슨 짓이냐? 생각해 봐. 넌 앞으로 대학에서, 직장에서 친구들과 마음껏 즐길 수 있어. 그런데 네 진짜 첫……사랑 (네가 그렇게 부르고 싶다면) 그래 첫사랑으로 인해 생길 가족들 생각을 해봐. 첫사랑의 격랑으로 인해 우르르 무너진 인생, 그놈의 첫사랑 때문에 궁지에 빠져 버린 수많은 사람들을 보라고. 허구한 날 과거를 뒤돌아보느라 목이 굽어 버린 사람들, 그 과거에 대한 후회 때문에 결국 마음까지 굽어 버린 사람들이 보이냐고.

띠링! 띠링! 띠링!

'이제요금없다. 나어디잇는지알지.'

크레딧이 다 떨어졌구나. 그래 그게 사회적인 문제지. 그 누구도 크레딧이 없어. 신용이 없다고. 신뢰를 얻지 못해. 또래의 아이들은 상대방의 노력이나 장점을 믿지 않아. 언제 어디서나 널 호되게 질책할 뿐이지. 그러니 걱정 마, 로지. 우리 중 누구도 신용이 없으니. 신용 어쩌고 하는 건 여기 윗동네에서 네가 뛰어나게 잘 하는 일이 아니잖아. 어쩌면 내가 너무 가혹하게 구는 건가? 살살 달래기는커녕. 하지만 아냐, 뭐 어때.

진동 소리도 띠링 문자 소리도 멈췄다. 나는 여전히 음반 매장에서 CD나 들추고 있다. 살 마음도, 찬찬히 살펴볼 마음도 없는 CD들을. 그 행위는 일종의 전문 기술이었다. 뭔가를 하고 있다는 움직임. 뭔가 중요한 일을 하고 있다는 표시. 내가 어딘가에 귀속돼 있다는 기분을 느끼면서 끊임없이 손가락을 놀리는 행위. 로지한테 연이어 오던 연락이 끊겨서 아쉬웠다. 관심이 그리웠다. 우리는 모두 관심이 필요하다.

## 쇼핑

거리를 방랑하다 보니 마치 새로운 현실 속에 사는 기분이 들었다. 처음으로 글래스고의 다른 면이 눈에 들어왔다. 사람들을 자세히 살펴보았다. 사람들 뒤를 밟으면서 뭘 하는지 관찰했다. 그들은 어깨에 온 세상의 고난을 짊어진 모습으로 일터에 들어서는 것 같았다.

하루 종일 그 사람들과 게임을 했다. 일명 탐정 놀이. 점심 먹으러 어딜 가는지 알아내고 무슨 대화를 하는지 엿들었다. 나는 양동이만한 크기의 비싼 커피를 마시면서 서점 카페에 앉아 실험주의 작가 B.S. 존슨의 작품을 해독하고 있었다. 하지만 내 왼쪽에 앉아 산만하게 구는 멍청이 한 명과 내 오른편에 앉은 덜 떨어진 여자애들 몇 명 때문에 나는 탐독의 기쁨을 방해받았다. 왼편의 멍청이는 무슨 '과학 연구 프로젝트'와 '미래 취업 전망' 뭐 이런 것들에 관해 쉴 새 없이 떠들면서 여자 친구인지, 친구인데 여자인지, 하여튼 그 여자의 진을 쪽 빼놓고 있었다. 그 와중에 여자는 정말 눈곱만큼도 관심이 없어 보였다. 어느샌가 나는 그 멍청이가 주절대는 얘기를 엿듣고 있었다. 심지어 대단히 관심 있어 하면서. 문득 그런 생각이 들었다. 이 두 사람은 자는 사이일까? 둘의 손이 닿아 있었다. 짐작컨대 자는 사이인가보다.

그리고 생각했다. 만약 내가 저 여자라면 절대로 저 과학 샌님하고 안 사귈 거다. 더럽게 지루한 놈이다. 어쨌든 나는 기회가 된다면 저 여자랑 자겠지. 하지만 딱 한 번만. 저 여자의 공허한 눈빛을 도저히 참아 낼 재간이 없을 테니. 그만한 인내심은 없다. 아마도 저 여자는 점잖고 조용한 과학자 타입을 되게 좋아하는가 보다. 혹시 저 두 사람은 아직 잔 사이가 아닌가? 긴가, 아닌가? 적어도 이 사람들은 따분한 글래스고 거리를 밝혀 준 존재였다. 내겐 그랬다.

얼마 후 나는 다시 지루해졌다. 아이팟도 지겨웠다. 선곡 목록에 진저리가 났다. 내 손가락은 계속 빠른 재생 버튼을 눌렀다. 내 의도와는 다르게 노래 10곡을 5분 만에 들을 정도였다. 원치 않는 침입자가 가까이 오지 못하게 하려고 이어폰을 계속 끼고 있는 게 문제였다. 꼴통 괴짜 같은 점원 녀석이 접근할까 봐 어쩔 수 없었다. 저 녀석들의 열정은 전염될까 봐 무섭다. 진짜 짜증난다. 안녕하세요, 어서오세요, 도와드릴까요 어쩌고 하며 접근해서 귀찮게 하는 종자들. 동종 최저 임금을 받는 이 별종들은 노골적으로 눈에 거슬리기 비법을 터득한 게 분명하다. 나는 지금 가게에서 진열대 사이를 돌아다니며 구경하는 중이다. 다 똑같이 생긴 옷들이 너무 비싼 가격을 붙이고 줄줄이 늘어선 사이를. 곁눈질로 흘낏 봤더니 쫙 빼입은 녀석 하나가 내 뒤에서 서성이는군. 뾰족뾰족 머리를 세우고 스키니진에 레이먼즈 티셔츠

216

를 입고선 나한테 쇼핑하러 오셨어요, 하고 묻는다. 그다음에 따라붙는 확인 사살. "뭘 도와드릴까요?" 그래, 옷 쳐다보는 게 얼마나 힘든 줄 아니? 도움을 요청하면 힘이 하나도 안 들겠지. 암, 그렇고말고.

'네, 사실은 정말 도움이 필요하네요. 내 눈 좀 왼쪽으로 3밀리만 옮겨 주실 수 있나요?'

'물론이죠.'

'그리고 제 발도 조정해 주시겠습니까?'

'문제없습니다.'

'아, 그리고 제가 지금 보고 있는 게 뭐죠?'

'네, 그건 티셔츠일 겁니다.'

'아, 티셔츠요? 근데 이걸로 뭘 하는 거죠?'

젠장, 멍청이가 따로 없군.

혹시 이런 게 글래스고인의 특징인지 모든 가게에 유행하는 스타일인지는 잘 모르겠다.

제정신으로 돌아오기 위해 꼬박 이틀 동안 거리를 돌아다녔다. 사실 내가 지금 얼마나 웃기는 짓을 하고 있는지 깨닫게 된 건 화방을 다녀온 직후였다. 몇 주 전에 로지가 날 그 화방에 데려갔었다. 로지는 거기서 유화 물감, 캔버스, 미로 그림 달력, 팔레트 나이프를 샀다. 로지가 달력을 고를 때 내가 도움을 주었던 것 같다. 그때 로지와 참 즐거운 시간을 보낸 기억이 난다. 그날은 로지가 글래스고 구경을 시켜 주는 차원에서 둘이 함께 돌아다녔다. 몇 주 전부터 같이 가기로 했던 공식 투어 같은 나들이였다. 답례로 나는 로지한테 기타 레슨을 해주고.

화방에 들른 뒤 로지는 나를 멋진 미술관으로 안내했다. 으리으리한 대학교 바로 밑에 위치한 미술관이었다. 마치 큰형이나 큰오빠가 어린 동생을 보살피는 듯한 인상적인 구도였다. 어떻게 보면 대학교와 미술관이 서로 자기가 우위에 있다며 아름다움을 뽐내는 모양새였다. 하나는 건축적 측면에서 기쁨을 선사하고 다른 하나는 고딕 양식의 거대한 단일체를 선보였다. 로지가 남몰래 이렇게 빌었을지도 모른다. 대학교와 미술관이 풍기는 독특한 분위기가 내 안에 속속들이 침투하길, 다른 건 몰라도 부디 대학교가 나를 유혹해 거기에 끌어다 앉히길. 우린 대학생들 틈을 헤집고 다니면서 우리 역시 그들처럼 다 자란 청년이 된 것 같은 희한한 기분을 느꼈다.

그런 다음 로지는 나를 음반 매장에 데려갔다. 물건 가격이 말도 안 되게 저렴했다. 보위, 톰 웨이츠, 밥 딜런 음반이 5파운드. '노던솔: 댄스 플로어 필러스'가 3파운드. 보코프스키와 베케트의 책은 2파운드. 내겐 천국이나 다름없는 곳이었다. 로지는 우리 집에서 그 가게까지 어떻게 가는지 자세히 알려 줬다. 잠깐 버스를 타고 가다가 내려서 글래스고 순환 지하철에 올라타면 끝. 아주 쉬웠다.

가게에서 세일 품목을 살펴본 뒤 우린 그날의 운을 믿고 과욕을 부렸다. 조그마한 아일랜드풍 술집에 들어가기로 했다. 온 사방 벽에는 아일랜드의 유명 작가인지 예술가인지가 마구 휘갈긴 그림이 걸려 있었다. 술집 입장에 성공한 우리는 거품 가득한 기네스 두 잔을 주문했다. 구석에 딱 붙어 앉은 우리 둘은 무척 신이 났었다. 기네스 맥주 맛이 마치 냄새 고약한 타르를 마시는 것 같다는 말은 차마 서로에게 할 수 없었다. 하지만 그 맛이 우리 의지와 그날의 흥을 꺾지는 못했다. 우린 두 잔을 더 시켰다. 각각 두 잔씩 더.

술집에서 나와 다시 미술관과 대학교 쪽으로 걸어갔다. 집으로 가려면 거기를 지나가야 했다. 그 사이 어둠이 내려앉았다. 손을 꼭 잡은 우리의 걸음걸이가 약간 비틀거렸다. 목소리는 크고 기운찼다. 우리 딴에는 과음을 했으니 약간 취해서 갈지자걸음이 되었다. 빨갛고 노란 불빛이 우리 머리 위 하늘을 비추었다. 술 취한 나의 여왕폐하 옆에 두 건물이 당당한 자태를 뽐내고 있었다. 어떤 건물이 마음에 드는지 하나를 딱 고르기가 힘들었다. 아마 대학교가 더 좋았던 것 같다. 위압적이고 진중해 보인달까. 하지만 미술관에는 사람을 끌어당기는 우아한 기품이 있었다. 어쨌든 내 나이 비록 어리지만 내 평생 가장 낭만적인 하루였다.

그날 내 마음 어딘가에서 우리 둘은 정말 완벽한 짝이라는 소리가 들렸다. 앞으로 오래오래 함께할 것만 같았다. 결혼, 아이들, 일. 누구도 뚫고 들어올 수 없는 우리만의 구역 안에 로지와 내가 이룬 팀이 딱 들어가 있을 것 같은 꿈. 반면에 내 마음 어딘가에서는 다른 소리가 들려왔다. 내가 이 순간을 영원히 기억할 것이며 미래의 여자 친구들과 글래스고로 여행을 올 경우 이 도시에 대한 지식을 뽐내며 여자들을 껌뻑 넘어가게 할 수 있겠다는 생각이 들었다. 여기서 보낸 시간을 조곤조곤 들려주며 즐겁게 해줄 수 있겠지 싶었다. 오늘의 나처럼 미래의 내 여자 친구들도 이 순간의 달콤하고 쫄깃한 감정을 한껏 느끼겠지. 내가 이렇게 영판 다른 두 가지 생각에 빠졌던 그날 나와 로지는 처음으로 사랑을 나눴다.

방랑과 관찰, 엿듣기의 나날 초반 이틀 동안은 휴대폰을 죽여 놨었다. 휴대폰을 다시 살리면 보나마나 로지한테 온 부재중 전화와 문자가 우르르 쏟아지겠지. 잃어버린 나의 이틀간 머릿속에선 온갖 치환, 순열, 변경이 일어났다. '만약 내가 이렇게 하면 어떻게 될까?'라는 질문이 꼬리에 꼬리를 물었다. 질문은 차고 넘치는데 답은 보조를 맞추지 못했다. 그 어떤 답도 충분치 않았다. 확실한 건 하나뿐이었다. 학교로 돌아가야만 한다는 것. 적어도 이 지옥 같은 곳을 벗어나려면 시험을 치고 점수를 얻고 졸업을 해야 했다. 맥보이가 내 꿈에 훼방을 놓게 놔둘 수 없었다. 얼굴에 이십 센티미터 넘는 흉터를 달고 다닐 운명이라 할지언정 나는 내 인생을 성공적으로 이끌어야겠다고 굳게 결심했다. 재능이 있으면 충분히 성공할 수 있으리라. 내 마음대로 꼽을 수 있을 오만 가지 선택 사항에 대해 곰곰이 생각했다.

1. **선생님한테 말한다.** 괴롭힘을 당하는 아이들이 어릴 때부터 들은 이 야기가 있다. 만약 조직적인 괴롭힘에 시달릴 경우 선생님한테 알리라는 것. 이 방법은 초등학교 수준에서 굉장한 성과를 거두는 것처럼 보이긴 하나, 나 같은 경우 선생님과 힘을 모은다 한들 괴상한 욕설, 교실에서 떠 밀기, 머리 잡아당기기, 유치한 낙서 같은 괴롭힘은 해결하지 못했다. 뭐 어쨌든 나는 선생님한테 얘기할 수 없었다. 선생님들도 죄다 무서워 벌벌 떠는 판에 무슨 소용 있겠는가. 자기보호의 의지가 강한 입장에선 자기 차와 교실의 평화를 지키고 싶었을 테니까.

2. **부모님한테 말한다.** 다음의 경우라면 아주 좋은 생각이다. 해당 부모 님이 학교에 약간의 영향력이 있거나 문제 해결을 위해 충분한 지원력을 갖춘 사람이라면. 부모님이 문제의 인간쓰레기한테 적당량의 위협을 발 포할 수 있다면. 피해자의 부모가 자기 자식의 교육과 행복에 대해 정말 로 신경 쓴다면. 부모가 사악한 또라이들한테서 자기 자식을 능숙하게 보 호한다면. 부모가 자식의 말이나 행동에 무관심한 게 아니라면. 예를 들 어 자기 방에서 담배를 피든 말든 포르노 사이트를 들락거리든 말든 관심 끊고 사는 게 아니라면.

221

3. 회복적 정의를 찾는다. 통제 가능한 상황에서 가해자와 대화를 나눈다. 왜 그런 행동을 했는지 물어본다. 가해자의 관점에서 이해하려고 노력한다. 상대방에 대해 공감하면서 측은지심을 갖는다. 본질적으로 이 방법을 쓰면 관련된 모든 이들이 카타르시스를 느끼게 된다. 은은한 향의 차와 간단한 다과를 나누고 치료 차원의 테니스 한 게임 정도면 모두가 같은 결론에 도달할 것이다. 사실상 이 모든 일에는 두 명의 희생자가 있었다는 결론. 그 모임을 통해 모두가 고통 받고 있었다는 사실을 알게 된다니 이 얼마나 만족스러운가. 참으로 획기적인 방법이로군. 모두가 각자의 행동에 책임을 져야 하며 관련된 이들이 책임을 나눠 짊어져야 한다는 결론을 내리게 될 것이다. 벌건 대낮에 주기적으로 발길질 당하며 학대 받은 무고한 당사자조차 과실이 있다는 희한한 결론 말이다. 참 통도 큰 헛소리 아닌가. 폭군한테 고이 면죄부를 쥐어 주는, 나쁜놈만 노나게 만드는 개소리. 회복적 정의? 나는 고이 사양한다.

4. 인간쓰레기와 맞선다. 모 아니면 도다. 별개의 가능성이 포진해 있다. 겁 많고 신경과민성 기질이 있는 사람은 그 어떤 대화나 대결에 관여해선 안 된다. 이건 어마어마한 도박이다. 그 인간쓰레기가 먹잇감의 배짱을 높이 사며 일말의 경의를 표할 수도 있다. 인간쓰레기 입장에선 항복일 수도 있다. 인간쓰레기의 항복. 기쁨. 승리. 집행 유예. 하지만 기쁨도 잠시. 순식간에 거시기를 차일지도 모른다. 인간쓰레기가 상대의 오만함을 감지했기 때문에. 자신의 우두머리 수컷 자리에 직접적 위협을 가

했다고 판단해서. 애초에 맞서기로 했다면 어차피 답은 하나였다. 미묘한 상황.

정서적 영양실조 상태로 꼬박 이틀을 보내고 나니 이제 다시 밥그릇을 꽉꽉 채워야겠다 싶었다. 학교가 손짓을 하며 불렀다. 마주 선 프랜 맥보이도 나를 불렀다.

쓰레기 같은 새끼.

∴

계호릭

뱃속이 요동쳤다. 번갈아 재주넘기를 하는 트램펄린 선수 부대가 뱃속에 들어와 있는 것 같았다. 하루 종일 글래스고 거리를 쿵쾅대며 걸어 다닌 후 어느새 내 방 침대에 누워 있었다. 마치 태아처럼 웅크린 자세로. 엄마가 가끔 듣는 컨트리곡 앨범을 틀어놓고 멍하니 있었다. 밖에서는 빗줄기가 온 세상을 두들겨 패는 중이었다. 무엇 때문에 기분이 안 좋아졌는지 모르겠다. 복통, 날씨, 아니면 화난 것 같은 가수 목소리? 결별, 불륜, 가정폭력, 현금 유통 문제 등등 세상이 문제투성이다. 이런 빌어먹을 것들에 대해 생각하며 누워 있었다. 촌구석 사고방식으로 도시 수준의 변명거리를 찾아낼 이유가 있었을까? (이스트본에서 온 어린 녀석이 이런 말을 하다니 참 가소롭다는 건 나도 잘 안다.) 침대에서 일어나 음악을 끄러 갈 힘도 없었다. 그냥 그렇게 누워서 내가 참 안됐다는 생각만 했다. 로지네 집에 가기로 약속한 시간까지 한 시간 남은 시점이었다. 나는 약속 시간을 잘 지키는 게 좋았다. 훌륭하기 그지없는 나의 장점.

"들어와. 수건 갖다 줄게." 로지가 말했다.

보통은 둘이 입을 맞추거나 뭔가 다정한 행동을 했는데 그날 로지는 전혀 그런 움직임을 보여 줄 기미를 안 보였다. 나 역시 선뜻 다가가지 않았다. 그러고 보니 스킨십을 선동한 쪽은 언제나 나였다는 생각이 들었다. 키스도 포옹도 손잡는 것도 머리를 쓰다듬는 것도 모든 스킨십의 주동자는 바로 나였다. 이번엔 내가 흥을 깨는 사람처럼 멀뚱히 서 있기만 했던 모양이다. 모든 게 분명해지는 순간 예전과 다른 관점으로 사람들을 보게 된다는 자체가 참 웃기다. 나를 따라다닌 미스터리맨 꼬리표는 이제 안녕. 미스터리맨은 개뿔. 한심한 얼간이가 딱이다.

"거기 그렇게 서 있지 말고 들어와." 로지가 수건을 건넸다.

"고마워."

"하루 종일 돌아다녔어?"

"응."

"글래스고 시내?"

"응."

"어디 갔었는데?"

"시내 갔다가 웨스트엔드 갔다가. 대학교 주변이랑 미술관 정원에서 어슬렁거렸지."

"좋았겠네."

"그럭저럭."

"그러니까 하루 종일 그렇게 시간 보낸 거야?"

"그런 셈이지."

"지금까지?"

"응."

"그냥 돌아다니기만 했다고?"

"생각도 하고."

"이상한 놈이라고 잡혀가지 않은 게 신기하네."

"생각할 시간이 필요했어."

"무슨 생각?"

"우리 둘, 학교, 글래스고, 나, 너. 이것저것. 쓸데없는 것들까지 다."

"와우! 끝내주는 외출이었구만."

"나한테 필요한 일이었어."

"학교에서 뭔 일 있었는지 들었어."

"그래. 그 자식 정신병자야."

"또라이지."

"내일 학교 갈 거야."

"좋은 생각일까?"

"영원히 도망만 다닐 순 없잖아. 그 자식이랑 붙어봐야 돼……. 그래야 돼."

"나도 그렇게 생각해."

"너도?"

"응. 싸이코 독심술사 같은 그놈이랑 붙어봐."

"그게 내 목표야. 이제 더 이상은 그놈이 날 협박하지 못하게 할 거야. 놈이 모든 걸 다 망치고 있다구."

"어떻게 할 건데? 좋은 방법이라도 있어?"

"생각한 게 있긴 한데, 그런 경우에는 선생님이나 경찰한테 도움을 청하는 것도 나쁘지 않은 것 같아."

"난 좀 아닌 것 같은데."

"그 자식 혼자 있을 때 어떻게 해볼 생각이야."

"뭘 하려고?"

"선택권을 주는 거지."

"무슨 선택권?"

"논리적 근거를 댈래, 아니면 싸울래."

"클렘, 알아들을 수 있는 말을 해." 로지가 말했다. 자주 하던 말.

"논리적으로 대화해서 그놈을 설득해 볼 생각이야. 무슨 말 같지도 않은 소리냐고 와락 덤비면 어쩔 수 없지. 그땐 그놈한테 도전하는 것 말고는 대안이 없어."

"결투하는 거야? 네가 프랜 맥보이한테 결투를 신청하겠다고?"

"걔랑 나랑 일대일로."

"진짜?"

"그 자식 똘마니들 없이. 딱 둘만."

"클렘……."

"……선택의 여지가 없잖아."

"그런 것 같다."

"그렇지."

"하지만 맥보이는 밥 먹듯 싸우는 애잖아. 그런 쪽으론 빠삭할 텐데. 그놈은 정말 싸움꾼이라고."

"난 예전 학교에서 럭비 했었어."

"럭비! 와, 대단한 거 하셨네!"

"내가 그놈보다 세. 더 강하다고."

"나야 믿지."

"그놈이랑 나 딱 둘만 있고 정정당당하게 겨룬다면 나한테 승산이 있다고 봐."

"그 미친놈이랑? 그 자식은 정정당당이 무슨 말인지 모르는 놈이야."

"뭐, 걔가 뭘 들고 있으면 나도 거기에 대비해서 뭐든 하면
돼."

"정말 미치겠네. 클렘, 너 아주 신났나 보다?"

"난 마음속으로 이미 준비를 끝냈어."

"근데, 그놈이 네 도전을 안 받아들이면 어떡할 건데? 그러면
어쩔 거냐구?"

"그럼 내 쪽에서 싸움을 걸어야겠지. 안 그래?"

"맨 처음 계획대로 하는 게 좋겠다."

"논리적으로 설득하는 거?"

"응. 그냥 그 계획대로 해. 내 생각에 너 별 일 없을 거야."

"그렇게 생각해?"

"느낌이 좋아. 그 방법으로 밀고 가자."

"네 느낌이 맞기를 바랄 뿐이다."

"너도 멍청한 짓은 하고 싶지 않잖아."

"절대 하기 싫지."

"클렘, 내가 널 알아. 어쩌면 넌 충동적으로 뭔가를 할지도 몰
라."

"머릿속으로 수도 없이 시뮬레이션을 했어. 그냥 계획대로 하
기만 하면 돼."

"그래. 내가 응원할게."

"고마워." 나는 이렇게 말하면서 좀 놀랐다. 로지가 응원하겠다는 말이 생소하게 들렸다.

맥보이와 대면하겠다는 내 계획은 허점투성이였다. 나는 그저 로지와 나를 위해 무슨 계획이든 필요했다. '로지, 그동안 정말 즐거웠다. 굉장한 경험이었지. 그런데 이젠 한 단계 나아갈 때가 됐다. 브라이턴 가서 편지 보낼게.' 이런 말을 하게 될 계획.

"클렘, 늦었어."

"그래. 가야겠다."

나는 문을 향해 거의 전속력으로 달려갔다.

"내일 보는 거지?"

"그럼."

"괜찮을 거야, 클렘. 걱정하지 마."

로지가 자기 손을 내 손 위에 얹었다. 그게 로지 스타일이다. 나랑은 달랐다.

"그럴게."

"난 네가 다치는 게 싫어."

"네가 싫어한다는 거 나도 알아. 우린 서로를 보호해야 돼." 내가 말했다.

로지는 그녀가 날 지켜 주길 바라는 뜻에서 내가 이렇게 말한 거라고 생각했을 것이다. 하지만 정확한 뜻을 전달할 순 없었다. 모호함. 로지는 이 단어를 좋아했다. 로지가 그리울 것이다. 정말로. 로지가 좋아했던 새로운 단어들이 전부 다 그리울 것이다.

"그럴 거야."

"학교 가기 전에 들를까?"

"음······."

"······ 같이 가면 되잖아."

"그래도 되고."

"좋아. 내일 보자, 로지." 로지의 뺨에 입을 맞췄다.

"늦지 마."

애가 지금 뭐라는 거야? 당연하지. 나는 한 번도 늦은 적이 없을 텐데.

"안 늦어. 약속해."

"잘 가."

"잘 있어."

로지는 내가 고개를 돌리기도 전에 문을 닫았다. 길 끝에 다다르자 커튼이 쳐졌다.

# 그날 오전

그날 아침 나눈 대화는 굉장히 귀에 익었다. 전부 다 너무 익숙했다. 마치 지난밤이 아예 존재하지 않은 양. 기묘한 기시감.

"네가 다치는 게 싫어." 로지가 말했다.

"네가 싫어한다는 거 나도 알아. 난 그냥 겁이 나." 내가 말했다.

"우린 서로를 보호해야 돼."

"그럴 거야."

로지가 가방을 가지러 잠깐 들어간 동안 나는 가만히 서서 앞으로 펼쳐질 예측 불허의 사태를 가늠하며 생각에 잠겼다. 불안하고 초조했지만 이상하게 확신이 들었다. 로지와 내가 이미 모든 것에 대해 의논했고 이렇게 학교 가는 길에도 로지가 곁에 있어서 행복했다. 바위처럼 든든한 존재. 하지만 내 어깨에 앉은 작은 악마는 다른 생각을 들려줬다. 빈정거리는 말투로 조곤조곤 속삭였다.

'변변찮은 이 계집애는 그냥 이용해먹고 말아. 네가 시키는 대로 하는 것 말곤 실속도 없잖아.'

로지가 폴짝폴짝 뛰며 계단을 내려오길 기다리는 동안 내 마음을 관통하는 죄책감에 가슴께가 찌릿했다. 스스로가 혐오스러웠다.

"다 됐어?" 내 목소리가 괜히 커졌다.

"1분만. 잠깐 뭐 찾기만 하면 돼."

"이러다 늦겠다."

"왜 이렇게 안달이야?" 로지가 허둥지둥 계단을 내려오며 말했다.

차분한 날씨였다. 여전히 아주 춥고. 우린 둘 다 허공에다 대고 동그란 입김을 만들었다. 로지가 만든 원이 더 크고 선명했다. 내건 변덕스럽고 형태도 불분명했다. 아무래도 로지가 내 불안감을 감지했던 모양인지 아무 의미 없는 우스갯소리로 긴 침묵을 깼다. 앞일 생각에 열이 오른 내 머리를 잠시 식혀 주려고 애를 썼다.

"만약에 밴드에 들어간다면 그 밴드 이름은 뭘로 하실 겁니까?"

"몰라."

"에이, 생각해 둔 거 있잖아. 다들 하는 게임인데. 응? 뭔데?"

"어프로치즈 투 러닝."

나의 답을 들은 로지는 갑자기 깔깔대고 웃으며 말도 안 된다고 손사래를 쳤다.

"헐, 진짜 구리다."

"그래, 너 잘났다. 그럼 네 건 뭔데?"

"몰라. 그런 건 생각해 본 적 한 번도 없는데."

이렇게 매섭게 치고 빠지는 로지의 재치가 좋았다.

232

"너무하네. 야! 내 거 얘기해 줬잖아." 나는 좀 억울했다.

"좋아. 안 웃는다고 약속?"

"맹세할게."

"그럼 얘기해 주지. 내 건 베드룸 버스커."

나는 잠시 아무 말도 안 했다. 밴드 이름의 매력에 대해 심사숙고하는 인상을 주었을 것이다. 탁월한 선택이라고 생각하는 듯한 다부진 눈매도 봤을까?

"진짜 완전 별로다." 말은 이렇게 했지만 사실 나는 그 이름이 꽤 마음에 들었다.

"뭐?"

"밴드 이름이 그러면 난 그 밴드 물건은 절대 안 살 거다."

"뭘 알지도 못하는 게."

이 대화 이후 둘 사이에 다시 긴 정적이 흘렀다. 불편하거나 기분 나쁜 침묵이 아니었다. 요즘 로지가 확실히 내성적이고 뭔가 묵직한 존재가 되었다는 생각이 들게 하는 침묵이었다. 지금 내가 처한 곤경은 차치하더라도 뭔가 중요한 일이 로지의 머릿속을 채우고 있었다. 내 문제보다 뭔가 더 긴급한 것. 걷잡을 수 없게 틀어진 일. 학교에 가까워지는 사이 나는 이런 생각이 들었다. 이 모든 에피소드가 전부 음모가 아닐까? 글래스고라는 도시가 나를 상대로 벌이는 거대한 공모. 저기 모퉁이를 도는 순간 맥보이, 네드 패거리, 코라, 코너, 크롤 선생님, 토지의 엄마가 전부 늘어서서 나를 기다리고 있진 않을까 상상했다. 그들은 간만의 성찬을 기대하며 몽둥이와 곤봉을 살포시 잡고들 있겠지. 먹잇감을 기다리는 린치 부대 스타일로.

붉은색 사암 덩어리가 우리 정면에 나타났다. 학교다. 의욕 넘치는 눈빛의 1, 2학년생 말고 다른 사람들은 아무도 안 보였다. 우린 서둘러 학교로 들어갔다. 1교실 수업이 음악이었는데 로지가 수업 전까지 나랑 같이 있어 주겠다고 했다. 근육질의 보디가드인 양. 우린 기타를 튕기며 교실에 앉아 있었다. 나는 로지를 위해 벨벳언더그라운드의 〈Pale Blue Eyes〉를 연주했다. 이 곡이 왠지 로지를 떠올리게 한다는 얘기도 했다. 거짓부렁. 로지는 기타 연주보다 내가 한 이 말에 더 감동 받은 눈치였다. 그때 수업 종이 울렸다. 우린 따뜻한 포옹을 나누었고 로지는 자기 수업인 미술반으로 터덜터덜 발걸음을 옮겼다.

"영어 수업 때 보자."

"그래."

"아니면 이따 내가 와서 널 데리고 갔으면 좋겠어?"

"아냐, 그럴 필요 없어. 괜찮아."

"걔랑 마주치면 어떡해?"

"계획대로 하면 돼."

음악 수업은 정신을 딴 데 쏟기에 좋은 시간이었다. 두 악절을 채울 화음 진행을 만들고 남들과 다른 소리가 나지 않게 신경 쓰다 보니 잠시 골치 아픈 생각을 놓을 수 있었다. 독창적인 소리를 만들려고 애를 쓰는데도 별로 새로울 것 없는 평범한 십대의 소리가 나왔다. 나는 침실이라는 경계 밖에서는 제대로 음악을 만들어본 적이 없었다. 아마도 영원히 침실 악사가 될 운명이었나보다. 로지가 말한 베드룸 버스커. 수업 마치는 종이 울리자 내 심장은 마치 스타팅블록을 박차고 나온 단거리선수처럼 질주하기 시작했다. 정리하는 척하면서 시간을 벌었다. 일부러 기타 커버를 일일이 씌우고 기타 픽을 상자에 넣고 악보도 폴더에 잘 챙겨 넣었다. 심지어 의자 정리까지 하기 시작하자 선생님이 유난스런 내 행동을 눈치 채게 되었다.

"괜찮아, 클렘. 너 다음 수업 늦겠다."

"네."

"고맙다. 내일 보자."

그랬으면 좋겠네요. 부디 그러길 간절히 바랍니다.

영어교실을 향해 힘차게 걸어갔다. 서둘러 교실로 들어가자 크롤 선생님이 나를 보게 돼 기뻐하는 것 같았다. 다른 애들은 이미 수업 자료에 고개를 파묻고 있었다. 『고도를 기다리며』. 고도는 끝내 오지 않을 거라는 소식을 그 애들한테 전할 용기가 없었다. 애들은 그 이야기에 홀딱 빠져들거나 너무 놀라 어안이 벙벙해지거나 하겠지. 나를 향한 로지의 시선은 한 치의 흔들림도 없었다. 음악 수업 끝내고 무사히 이 교실까지 와서 다행이야, 하는 눈빛. 로지가 내게 살짝 윙크를 했다. 애정이 듬뿍 묻어나는 윙크. 로지 옆에 앉은 코라 켈리는 너 좀 혼나겠다, 하는 의미의 웃긴 표정을 지었다.

"늦어서 죄송합니다. 선생님."

"괜찮아." 상당히 간실간실한 느낌으로 선생님이 말했다. "눈이 좀 나은 것 같네."

정말로 눈이 훨씬 괜찮아졌다. 눈두덩 아래쪽이 약간 누르스름할 뿐 부기가 다 빠졌다. 지난 이틀 동안 글래스고 시내의 추운 거리를 사방으로 돌아다닌 게 확실히 도움이 되었다.

"네. 이거 정말 별거 아니었어요."

"그랬나 보네."

"우린 이제 막 베케트의 『고도를 기다리며』를 읽기 시작했어." 선생님이 희곡 한 부를 건네주며 말했다. "넌 이거 잘 알지?"

"예전 학교에서 읽었어요."

"아, 네. 그러세요." 내 뒤에서 쫑알대는 소리가 들렸다. 코라 켈리.

"이제 앞부분 읽고 있어." 크롤 선생님이 말했다.

선생님한테 책을 받아 내 자리로 가서 희곡을 읽기 시작했다. 내 전문 분야였다. 사회에서 인간의 위치란 무엇이며 존재의 의미는 무엇인가? 우리는 왜 여기 있는가? 우리가 지금 하고 있는 일을 우린 대체 왜 하고 사는가? 그리고 그 짓거리를 왜 전부 반

복하고 있는가? 베케트는 이 점을 포착해 예술적이고 응축된 방식으로 표현해 냈다. 나는 그런 심오한 질문들에 답이 필요할 때 그저 '젠장, 대체 뭐 이런……' 하고 읊조렸을 뿐이다. 언젠가 다 포기하고 대답 따위 찾지 않을 때가 올 것이다. 이 학교야말로 내겐 커다란 물음표였다.

2교시가 휘리릭 지나갔다. 시간이 흐르길 원치 않을 때면 오히려 그렇게 훌쩍 지나가 버린다. 치사하게 시간이 나를 갖고 노는 모양이다. 결정적일 때 이렇게 뒤통수를 치다니. 제발 천천히 가라고 빌 때면 속도를 높이고, 빨리 가라고 애원하면 미적미적 굼뱅이가 된다. 나는 베케트의 희곡을 더 읽는 척했다. 수많은 단어들이 아무 의미도 이유도 없이 순식간에 머리를 관통했다. 정신이 어디 먼 곳을 헤맸다. 수업 마치는 종이 구슬프게 들렸다. 로지가 문에서 나를 기다렸다. 코라는 뭔가 잘못된 걸 감지했는지 주변을 서성였다.

"한 대 콜?" 코라가 로지에게 물었다.

로지는 마치 허락을 구하는 듯 나를 쳐다봤다. 그래서 나는 한쪽 눈을 찡긋해 줬다.

"10분 있다 여기로 다시 올게. 그때 봐." 로지가 말했다.

코라는 벌써 니코틴 충전을 위해 제 갈 길로 떠났다.

"네가 원하면 나 그냥 있을게."

"아냐, 아냐. 가 봐. 난 괜찮아. 음악실 가서 시간 때우고 있으면 돼."

"혹시 그놈 보면 그냥 딴 길로 가."

"계획은 어쩌구?"

"그럴 시간이 없을 거야. 우리 이제 8분밖에 안 남았다."

"그래. 얼른 가. 이따 여기서 다시 보자."

학교 구석구석 모퉁이며 굽은 길이며 외진 곳은 전부 맥보이와 그 패거리가 튀어나올지도 모를 곳이었다. 숨어서 기다릴 수 있는 곳. 매복했다가 습격할 준비가 된 곳. 갑자기 덤벼들 준비가 된 곳. 음악실로 걸어가는 동안 나는 혼자 킥킥댔다. 고도를 기다리는 두 남자의 역설적인 상황이 영 낯설지 않았기 때문이다. 그들의 기다림이 주로 기대, 혼란스러움, 흥분으로 가득 차 있었던 반면 나의 기다림은 불안과 공포로 가득했다. 이 이야기의 모든 등장인물은 누군가를 기다리는 중이다. 한쪽은 절망적인 상태에서, 다른 한쪽은 기대에 가득 차서. 중대한 차이점이라면 나의 고도는 반드시 올 거라는 점. 어쩌면 내가 맥보이의 고도였을까? 내가 아니라 그놈이 기다리고 찾아다니는 쪽이었을까? 클렘을 찾아서! 아무래도 같은 느낌이 아니다. 클렘을 찾아서! 에이, 아니다.

외침, 고함, 혹은 노랫소리가 전부 증폭된 듯 귀에 꽂혔다. 내 뒤에서 무슨 소리가 날 때마다 심장이 쪼그라들고 갈빗대가 덜덜 떨렸다. 그저 다음에 나는 소리가 결정적인 것이길 기다릴 뿐이었다. "어이! 잉글랜드 씹새야." 혹은 "이 학교에 다시 오믄 우 얀다 했제?" 어떻게 보면 쓸데없는 입씨름과 고성을 피하기 위해 아무 경고도 없이 아예 처음부터 몸으로 붙는 게 훨씬 나을지도 모른다. 뒤통수 펀치 한두 방, 콩팥 쪽에 팔꿈치 가격 세게 한두 번, 복부에 발길질 여러 번(이 공격에 대비해 나는 몸에 힘을 빡 주고 있겠지). 잽싸게 우르르 도망치기. 이런 일은 교내에서 벌어지는 게 훨씬 나을 것이다. 이런 생각이 들었다. 일이 터지고 얼마 되지 않을 때 누군가 필연적으로 나의 지원군으로 나타나겠지. 양심적인 교직원 중 누구든. 진정한 전문가나 강직한 사람이. 하지만 학교 밖에서 벌어진다면 가차 없이 난투극으로 취급될 거다. 내 경험상 교사들은 교문 밖에서 벌어지는 장난이든 허튼소리든 거기에 관여해 자기 손을 더럽히는 짓은 원치 않는다. 학교 밖은 교사의 관할권 밖이니까. 그러니 학교 안고 여기 복도 근처에 있는 한 나는 안전했다.

아무 일 없이 말짱히 음악실까지 갔다. 감성파 애들과 지저분한 녀석들 몇 명이 나보다 먼저 음악실에 자리를 잡고선 상태 좋은 기타를 붙잡고 있었다. 그린데이 Green Day 의 강렬한 코드나 다른 밴드의 비슷비슷한 곡을 연주해 본답시고 기타줄을 뜯으며. 나는 이런 애들이 좋았다. 대체로 우호적이고 악의가 없고 음악을 좋아하고 이미지도 괜찮았다. 그 애들은 전날 밤 그린 아이라이너 흔적에, 밤새 게임하느라 기진맥진 지쳐 버린 얼굴에, 팔에

주렁주렁 달린 은과 가죽 장신구 때문에 마치 신세대 저승사자들처럼 보였다. 그리고 글래스고 말투와 무기력한 미국 젊은이의 말투를 흉내낸 희한한 잡종 사투리로 이야기했다. "안마, 이곡 함 들어 봐. 열나 쿨해." 이런 말들이 오갔다. 웃기고 재미있었다. 나는 이런 녀석들이 음악실에 어슬렁거리는 게 좋았다. 밥 딜런의 〈Visions of Johanna〉를 멋들어지게 연주하려고 A D E7 A 코드를 다 튕겨 보기도 전에 종이 울려 버렸다. 혼자 첫 소절을 불렀다. 요한나 대신에 로지의 이름을 넣어서 불러 볼까 했지만 음절 문제가 있어서 관뒀다.

다시 영어 교실로 갔다. 또다시 기다림의 시간. 이번에도 교실에 늦게 도착했다. 교실에 들어서자마자 역한 담배 냄새가 내 얼굴을 정통으로 때렸다. 교실 안에 떠도는 퀴퀴한 담배 연기. 이 교실에 있는 애들은 쉬는 시간에 모조리 담배 피러 직행했던 거야? 끊은 애는 아무도 없어? 겨우 한 시간 남짓 사이에 지각을 두 번이나 했더니 크롤 선생님도 받아들이기 껄끄러웠던 모양이다.

"클렘, 이번 수업에 벌써 두 번째다."

"죄송합니다, 선생님. 음악실에 갔다가 그렇게 됐어요."

"한 번은 실수지만 두 번은 습관이 돼."

"다신 안 그럴 겁니다."

"그걸로는 충분치 않은데." 선생님이 마치 애를 야단치듯 얘기했다.

그럴 땐 내가 어떻게 반응해야 하는지 잘 모르겠다. 그냥 선생님을 쳐다보면서 아무 말 없이 서 있었다.

"아, 그냥 네 자리에 앉아라."

선생님은 아마 반 전체에 입증하고 싶었던 모양이다. 교사의 권위를 강하게 보여 주고 자신이 모든 학생들을 평등하게 대한다는 점을 증명하는 차원에서. 따로 귀여워하는 학생 없음. 편애하는 학생 없음. 그렇고 그런 사이의 상대 없음. 소문을 진압하려는 노력. 여학생들을 제 위치로 돌려놓으려는 노력. 속이 빤히 들여다보이는 선생님의 꼼수 때문에 참 민망했다.

나는 슬쩍 코라를 봤다. 나한테 썩은 미소를 날리며 같잖다는 듯 고개를 절레절레 흔들었다. 소문을 아는 게 분명했다. 솔직히 말해 코라가 그 소문에 불을 붙인 장본인인 것 같았다. 용의자 목록 맨 위에 오른 인간. 로지를 흘끗 봤다. 로지의 얼굴은 전혀 다른 표정을 담고 있었다. 잿빛이라는 단어밖에 떠오르지 않았다. 코라와는 다른 반응이었다. 이런 창백한 모습은 크롤 선생님의 형편없는 연기 때문에 나온 결과가 아니었다. 나는 입모양으로 물어봤다. '너 괜찮아?' 로지는 아무 말이 없었지만 나한테 뭔가 얘기하고 싶어 근질근질한 눈치였다. 뭔가 무지근한 것이 로지의 마음을 짓누르고 있는 것 같았다. 로지가 문 쪽을 흘끗 봤다. 가자는 의미. 지금 당장은 꼼짝할 수 없다는 뜻으로 눈썹을 찡긋하기 전에 얼른 선생님부터 살폈다.

"선생님, 화장실 좀 가도 돼요?" 로지가 갑자기 이렇게 얘기했다.

나한테 확실한 메시지를 전달하는 것이었다. 교실 밖에서 보자는 제안.

"방금 쉬는 시간이었잖아."

"제발요, 선생님. 가야 돼요."

"허락 못해. 안 돼."

로지의 얼굴이 구겨졌다.

"여자들 문제 때문에 그래요, 선생님." 로지가 말했다.

이건 여학생들이 늘 최후의 수단으로 뽑아 드는 비장의 카드였다. 남학생들이 자기 몸을 그런 식으로 써먹지 못한다는 사실에 분개하는 경우도 더러 있었다. 제정신인 교사라면 여학생이 '여자들 문제'로 화장실을 가겠다는데 안 된다고 할 수도 없을 것이다. '여자들 문제'의 반 정도는 '담배 한 대 타임'으로 읽힌다는 사실도 부인할 수 없다. 허나 어쩌겠는가. 화장실행을 요구하며 꼼짝 못할 약점을 쥐고 있는 쪽은 여학생들이니까. 여학생이 문제가 있다고 말하면 그냥 있는 거다. 사실이 그렇다는데 어쩔 수 없지. 물론 빠릿빠릿한 선생님들은 각반 여학생의 4주 주기를 계산할 수도 있다. 약간 강박증처럼 들리긴 해도. 나는 여학생들이 아예 처음부터 실토해야 한다고 생각한다. "선생님, 저 생리 중이에요." 이렇게. 무슨 비밀 암호도 아니고 '여자들 문제' 같은 말 쓰지 말고. 크롤 선생님은 자기한테 이제 공격 무기가 없다는 걸 인정했다.

"좋아, 로지. 얼른 다녀와."

로지가 가방을 들고 자리에서 튀어 나갔다. 다음은 내 차례. 사태가 진정될 때까지 잠시 대기 상태. 크롤 선생님이 자리에 앉아 차분해질 때까지 기다렸다.

"선생님, 화장실 좀 가도 돼요? 빨리 갔다 올게요."

"클렘, 너 장난하니?"

"아닙니다, 선생님. 급해서요."

"안 된다." 선생님은 단호하게 말하고 하던 일을 계속했다. 이렇게 되길 원한 게 아닌데.

"선생님, 진짜 못 참겠어요."

"클렘, 방금 쉬는 시간이었잖아."

"네. 근데 그땐 갈 필요 없었어요."

"솔직히 말해 봐. 너 지금 지겹고 재미없어서 그러니? 정말 갈 필요 없는데 일부러?"

"지겨운 거 아니에요. 『고도를 기다리며』 정말 좋아합니다."

"그러면 로지가 방금 화장실 가겠다고 말한 건 그냥 우연의 일치니?"

선생님이 로지와 나에 대해 알고 있었나? 언짢은 기색이 역력했다. 안되겠다. 세게 나가는 수밖에 없었다.

"선생님, 저 가야 됩니다."

"안 돼."

이쯤 되니 반 애들이 전부 고개를 들고 우리 대거리를 구경했다.

"남자들 문젭니다, 선생님."

폭소가 터졌다. 여자애들이 보낸 약간의 조소. 남학생들이 표명한 대단한 찬성 의지.

"남자들 문제? 응?"

"유감스럽지만 그런 것 같습니다."

"…… 좋아, 클렘. 빨리 가라." 선생님이 말했다.

바로 그 순간 우리 관계는 완전히 끊어지고 말았다. 이제 나는 다른 애들처럼 아랫것들 부류로 묶이는 신세가 되었다. 우리 모두 치기 어린 젊은이라는 사실을 선생님이 확실히 인식하지 못했다는 게 참으로 유감이다. 여전히 배울 게 많고 성장해야 하고 별난 태도와 불안정한 모습으로 이리저리 돌아다니고 실수를 연발하고 다닌다는 사실을 선생님이 받아들여 줬더라면. 우리 모두 여전히 정서적으로 성장 과정에 있음을 알아줬더라면. 하지만 나는 크롤 선생님이 좋았다. 내 손으로 선생님을 이 상황으로 몰아넣었고 나 스스로 마음에 화상을 입었다. 이건 공개적인 항복이다. 공개적 굴욕. 이 모든 게 나의 미숙함 때문이다.

가방을 들쳐 메고 그놈의 화장실 문제를 해결하러 나가면서 나중에 선생님한테 모든 걸 설명해야겠다고 생각했다. 내가 이래서 학교에 오지 않았던 거다. 머리를 식히러 수업에 안 들어갔었다. 민폐를 끼치고 싶지 않았다. 누구든 곤란하게 만들기 싫었다. 정말 싫었다. 사람들 이목을 끌지 말자, 그냥 시험이나 잘 치자, 그리고 재빨리 여길 벗어나자. 내가 주문처럼 읊조리던 말. 아니, 그게 그렇게나 힘들 이유가 있었을까? 『고도를 기다리며』를 선생님 책상에 두었다. 우린 서로를 흘끗 쳐다봤다. 선생님의 시선은 노려보는 쪽에 가까웠다.

"죄송합니다. 선생님." 들릴 듯 말 듯 작은 목소리.

"그냥 가."

내가 곤경에 처했다는 걸 선생님이 짐작했던 것 같다. '그냥'이라는 단어를 쓰면서 내가 떠나는 걸 승낙했다는 생각이 든다. 내가 돌아오지 않으리란 걸 잘 안다는 듯.

# 붉은 비

아무도 안 보였다. 복도가 텅 비어 있었다. 걸음을 옮길 때마다 내 발자국 소리가 선명하게 울릴 정도로 텅텅. 로지를 찾으면서 한쪽으로 쭉 갔다가 다시 반대 방향으로 쭉 걸어갔다. 휑한 복도를 혼자 헤매고 다니다 보니 서부영화 〈하이 눈〉의 기운이 물씬

245

풍겼다. 나를 주시하는 눈이 있었나? 누군가 나를 쫓고 있었나? 이미 누군가가 계획을 꾸몄던 걸까? 로지가 날 속였나? 내가 로지한테 배신당한 걸까? 로지는 정말 여자들 문제 때문에 나간 건가? 만약 그렇다면 그날 아침에 시작한 게 분명했다. 이런 생각을 하며 여자 화장실 쪽으로 갔다. 안에서 아무 소리도 들리지 않았다. 들어가 봐야 하나? 잠깐 밖에서 망설이는데 2학년 아니면 3학년처럼 보이는 여학생이 느긋하게 이쪽으로 걸어왔다.

"화장실 갈 거니?" 뭐 이런 멍청한 질문이 다 있냐.

"아인데요. 내가 무신 자백이라도 해야 합니꺼? 내가 어데 가는 것 같은데요?"

"로지 패럴이 거기 있는지 좀 봐 줄래?"

"뭐꼬? 변탠교?"

"쓸데없는 소리하지 말고." 나는 별일 아닌 척 심드렁하게 대꾸했다.

"잉글랜드 머시마인지 그 사람 맞지예?"

"그냥 로지 패럴이 안에 있는지만 봐 줄 수 없겠니? 부탁이다."

"그쪽이 영어 쌤하고 잤다 카는 소리가 들리더만."

"로지가 있는지만 찾아보라고."

"없어예."

"어떻게 아냐? 보지도 않았잖아."

"여기는 3, 4학년 화장실인데요. 그 언니는 5, 6학년 화장실에

246

있을 긴데."

"그래? 고맙다, 도와줘서."

"그쪽이 여자 화장실 근처에서 돌아댕긴다고 아무한테도 말 안 할 기라요."

"그러든가. 난 신경 안 써."

이렇게 한마디 던지고 잽싸게 위층 여자 화장실 쪽으로 갔다. 상급생 여자 화장실은 애들이 담배 피는 곳 바로 옆에 있었다. 잘됐다. 찾기 쉽겠다. 이래저래 장황하게 설명하느니 변태처럼 보이더라도 속 시원히 찾는 게 낫겠다. 솔직히 말해 신경 쓸 필요도 없다고 생각했다.

"로지야!" 침묵. 정적. "로지야!" 침묵. 정적. 마지막으로 한 번 더. "로지야!" 아무 소리도 안 들렸다. 안에 들어가 보기로 했다. 시험 삼아. 여자애들은 어떻게 볼일을 보는지 보려고. 화장실 문 네 칸이 보였다. 첫 번째 칸에 '크롤 구멍이 벌렁벌렁하지!!!'라는 큼지막한 빨간 글씨가 눈에 띄었다. 천천히 문을 밀어 안을 봤다. 아무도 없었다. 화장실 곳곳에 코라 퀠리의 흔적이 잔뜩 있었다. 맞춤법 봐라. '남자새끼들은 다 좆가타!!!' 다음 칸 문에 적혀 있는 낙서. 그 칸도 비어 있었다. 누가 썼는지는 모르지만 낙서마다 맞춤법이며 구두점이 엉망이었다. 문법 공부 좀 해라. 세 번째 칸 문을 보자 실실 웃음이 나왔다. 누군가가 '프라텔리스' 위에다 '뒈져라'라고 쓴 낙서, 그 아래 '스미스가 너의 영혼을 구해줄 것이다!!'라는 낙서가 보였다. 로지가 갈겨 쓴 낙서. 내가 뭐라도 된 듯 어쩐지 으쓱해졌다. 틀린 데 없이 깔끔한 글이라 보기 좋았다. 한데 그 순간 화장실 출입구 열리는 소리가 들려서 마지막 칸은 문을 열어보지 못했다.

큰일이다. 어떡하지. 재빨리 세 번째 칸으로 뛰어 들어가 문을 잠갔다. 변기에 앉지 않고 그쪽을 마주보고 서 있었다. 최대한 가만히, 아무 소리도 내지 않고 그대로. 마치 얼음 땡 놀이할 때처럼. 단 하나 제어가 안 되는 건 내 손이었다. 두려움에 덜덜 떨리는 손을 어떻게 할 수가 없었다. 두 발은 본드로 붙여 놓은 것처럼 바닥에 딱 붙어 있었다. 거의 사후 경직 수준으로 딱딱하게 굳어서. 대참사가 벌어질 수도 있는 상황. 로지일 수도 있겠다는 생각이 들었지만 누군지 몰라도 로지와는 움직임이 달랐다. 로지 특유의 발걸음과는 다른 소리가 났다. 바닥에 또각또각 구두 굽 소리가 울렸다. 로지는 운동화를 신었다. 빨간색 빈티지풍 디아도라. 굽이 없는 신발. 절대로 없는. 안 그래도 일그러져 있던 내 얼굴은 그 등장인물이 내 옆 칸에 들어가 문을 잠그자 더욱 찌푸려졌다. 속옷 내려가는 소리가 들렸다.

제발 똥은 싸지 마라. 속으로 빌고 빌고 또 빌었다. 쉬이이이이이 소리가 반가울 줄이야. 여전히 당혹스럽긴 해도 그나마 반가운 소리였다. 하지만 여파를 기다려야 했다. 똑똑똑. 액체 떨어지는 소리. 끝. 다행이다. 자기가 일 보는 소리를 내가 옆 칸에서 듣고 있다는 걸 이 여자애가 알게 되면 나는 끝장이다. 벼랑에서 떨어지는 꼴이겠지. 영원히 추방되고 말고, 얘가 날 무슨 죄목으로 고소할지 누가 알겠는가? 성추행? 자위? 정말 젠장맞을 상황이었다. 인정사정없이 학교 밖으로 끌려 나가겠지. 머리에 뭘 뒤집어쓴 채. 누가 자기 옆 칸에 있다는 걸 여자애가 알아챌지도 모르니까 나는 숨을 참았다. 남자 숨소리를 알아채면 큰일이니까. 쉬이이이이이 소리가 그쳤다. 속옷이 올라갔고 문이 열렸다. 나는 코로 숨을 내쉬었다. 살았다. 그 여자애는 손도 안 씻고 콧노래로 〈Wonderwall〉을 흥얼거리며 화장실을 나갔다. 나는 발을 바꿔 빙 돌았다. 얼굴이 문 쪽을 향했다. '화끈한 밤을 원하면 코라에게 문의하세요!!!' 문 전면을 뒤덮고 있는 낙서. 불쌍한 코라. 하지만 진심 어린 동정이 우러나진 않았다. 손 떨림이 그치자 잠갔던 문을 열고 잽싸게 나왔다. 부디 아무도 날 못 보았길 바라면서.

대체 이 기집애는 어디에 있는 걸까? 그리고 나한테 무슨 말을 하려 했던 거지? 확실히 여자들 문제는 '그것' 말고는 별다른 게 없는데 말이지! 나는 로지를 어디서 찾을 수 있는지 곰곰이 생각하면서 여자 화장실 밖에 서 있었다. 휴게실은 우리한테 출입 금지 구역이었다. 온갖 중상모략, 비난, 불평, 뒷담화가 끊임없이 펼쳐지는 곳이라 로지와 나한테는 절대 맞지 않았다. 대화를 나누다 작별을 고하고 자리를 뜨는 순간 귀가 간지럽다 못해 뜨거워질 것이다. 모두에게 책임이 있었다. 무엇보다도 잡담은 대개 아무 의미 없는 쓰레기 같은 내용이었다. 누가 누구랑 잤네, 누가 누구랑 안 잤네, 누가 누구랑 자고 싶어 하네, 페이스북 친구가 누구네 뭐 이딴 것들. 전부 너무나 지루하고 쓸데없는 얘기들. 특히나 짜증스러웠던 건 내가 휴게실에 들어가는 순간 그때마다 소음 데시벨이 뚝 떨어진다는 점이었다. 그것 때문에 피해망상에 빠질 지경이었다. 로지와 나는 휴게실 근처에 얼씬도 하지 않기로 약속했다. 로지는 우리 사이의 이 협약을 열심히 지켰을 것이다. 얘가 원래 이런 여자였다. 교실로 돌아갔을까? 나는 절대 영어 교실로 돌아갈 수가 없었다. 굳이 소동을 피우고 싶지 않았다. 애들이 담배 피우는 데로 가 볼까?

그곳은 학교 바로 뒤쪽 과학실 옆에 있는 불결한 공간이었다. 조그만 고립 영토. 사실 그 공간은 이름이 두 가지였다. 하나는 (너)구리굴. 이유야 빤하다. 가끔은 족히 쉰 명쯤 되는 사람들이 뭉게뭉게 연기를 뿜어 댔다. 개중엔 선생님들도 끼어 있었다. 못 봐줄 정도로 최신 유행을 쫓는 선생님들. 또한 그곳은 침밭으로 알려진 공간이기도 했다. 1학년이나 2학년생 꼬마가 감히 그 신성한 소구역에 들어오려 한다면 걸쭉한 침의 집중 포화에 직면하게 된다. 말할 필요도 없이 꼬맹이들 대부분은 근처에 얼씬도 하지 않았다. 용케 입장 허가를 받아 상급생들이 피던 꽁초나 얻어 피는 운 좋은 녀석들은 네드파의 친척이거나 가르침을 하사

받는 똘마니들이었다. 구리굴이 관계자 외 출입금지라는 건 누구나 알 만한 사실이었다. 당연히 나를 위한 공간도 아니었다. 로지는 코라 곁에 있어 주려고 이따금 거기 가곤 했다. 코라를 따라간 거라곤 하지만 로지도 분명 몰래 피웠을 것이다. 말은 그렇게 안 해도 느낌이 온다. 로지가 있는지 확인 차 살짝 보기만 해야겠다고 생각했다.

문에 있는 작은 직사각형 창으로 보면 공간이 반 정도 눈에 들어왔다. 바닥에는 담배꽁초 수백 개가 널려 있었다. 청소하는 분들이 매일 싹 청소를 하는데 고작 오전 나절 동안 저 지경이 된 것이다. 헛된 노력의 대표적인 예. 창으로 보니 아무도 안 보였다. 문을 열었다. 한 걸음 내딛었다.

고도다!

"어쭈, 웬 씨발 고양이 새끼가 겨들어오는구만."

맥보이가 자기 똘마니 중 한 놈과 같이 서 있었다. 땅딸막한 아기 돼지 같은 녀석의 머리는 젤을 발라 들러붙었고 앞머리가 이마를 빽빽이 덮고 있었다. 그 똘마니는 예전에 한 번도 본 적이 없었다. 밖에서 온 놈이 분명했다. 잠입한 놈. 딱 봐도 믿음이 안 가게 생긴 녀석이었다. 그놈 얼굴은 마치 불난 곳을 골프화로 두드려 불을 끈 모양새였다. 전투에 지친 자. 두 놈 다 기본 복장을 착용하고 있었다. 트레이닝복.

"어…… 안녕, 프랜? 사실 나 지금 로지 찾고 있어." 내가 말했다.

불난 얼굴 그놈이 득달같이 달려와 문하고 나 사이에 자리를 잡았다. 돌아설 수가 없었다. 궁지에 몰렸다. 계획을 실행에 옮길 때가 되었다. 계획이라고 말하기는 좀 그렇고 탄원 내지 변명에 가깝다.

"저기, 로지 봤어?"

"이 학교로 다시 오믄 내가 우얀다 했제?"

놈이 서서히 다가왔다. 내 뒤에 있는 불난 얼굴도 점점 가까이 왔다. 그놈한테서 역한 냄새가 났다. 담배와 마리화나 냄새, 암내가 뒤섞여 코를 찔렀다. 맥보이가 마리화나를 길게 한 모금 피우며 말했다.

"야, 내가 니한테 뭐라 했냐고? 잉글랜드 좆만아!"

"프랜, 그 얘긴 안 하면 안 될까?"

"대답 안하나, 좆만아."

"내가 뭘 어쨌는지 모르겠는데."

"…… 대답이나 하라꼬. 씨발놈아." 맥보이가 한 발자국 다가오며 말했다.

두려움에 다리가 덜덜 떨렸다. 온몸에서 땀이 비 오듯 쏟아졌다. 채 1미터도 안 되는 거리만큼 떨어져 내 앞에 서 있는 누군가. 그를 향해 모든 것이 집중된 사이 내 주변은 점점 좁아졌다.

"이거 쪼매 주까?"

맥보이가 불난 얼굴한테 마리화나를 건네기 전에 이렇게 물었

252

다. 불난 얼굴이 나를 빙 둘러 손을 뻗은 다음 맥보이한테서 마리화나를 잡아챘다. 그때가 바로 내가 잽싸게 도망칠 타이밍이었다. 두 놈이 경계를 푼 순간. 놈들을 따돌리고 도망갈 수 있을 것이다. 문제없다. 나는 튼튼하니까. 인내심이 있으니까. 그런데 다리가 안 움직인다. 젠장, 이게 다 로지 때문이다.

"있잖아, 프랜. 난 문제 일으키고 싶지 않아."

"뭐라꼬, 니가 영 잘못 온 기다. 씨발, 니가 올 곳이 아이다."

"프랜, 기냥 해." 불난 얼굴이 말했다.

불안하게시리 그놈 목소리가 몹시 들떠 있었다. 나는 녀석을 보려고 돌아섰다.

"이 샌님 같은 놈이 멀 보노?"

"짝 찢어 뿐다고 내가 얘기했제? 아이가?" 맥보이가 말했다.

"이 좆만이 확 쪼사뻬라." 불난 얼굴이 말했다.

나는 맥보이보다도 이놈 때문에 더 화가 났다.

"뭣 때문에?" 내가 물었다.

나는 허벅지 위쪽에 슬쩍 손을 댔다. 내 보호 장비가 잘 있나 확인. 숨겨 놓은 내 광기.

"니가 잉글랜드 좆만이니까."

"그게 다야?"

"글타."

"그러니까 넌 내가 잉글랜드인이라서 나의 자유를 빼앗겠다

이거네."

"다른 좆만이들 아무도 모를 기다."

"알게 될 거야. 왜냐면 내가 말할 거니까."

"니가 그라믄 내는 여기서 니를 바로 담가삐리지. 먼 소린지
알랑가."

"그럼 지금 당장 해야 할 거다. 바로 여기서 지금."

나는 할 테면 해보라고 덤볐다. 놈을 혼란스럽게 하면서 오도
가도 못하게 하려고 안간힘을 썼다. 적어도 누군가가 나타나길
바랐다. 반시간마다 왔다 갔다 하는 누군가가 있을 텐데. 진짜 필
요로 할 때 선생님들은 대체 어디 있었던 걸까?

"야 이 씹새야, 먼 소리하노?" 맥보이가 말했다.

"여기서 지금 당장 나를 '담가삐리는' 게 좋을 거다. 니가 가까
이 오면 내가 프랜 맥보이한테 당했다고 다 얘기할 테니까."

"아, 그럴 기라고?"

"그래."

"씨발, 저 좆만이 찔러 삐라." 불난 얼굴이 소리쳤다.

맥보이가 어쩔 줄 몰라 하는 게 느껴졌다. 여기에 나와 맥보이
둘만 있었다면 이놈은 분명 뒤로 물러났을 것이다. 하지만 이 조
그만 자식이 우리 사이에 끼어 있는 이상 맥보이는 물러날 수가
없었다. 놈은 마음을 풀 수가 없었다. 체면을 지켜야만 했다. 혹
시 이대로 물러나면 네드파 사이에 삽시간에 말이 퍼지고 말 테

니. 그건 곧 네드파 넘버원이라는 자리와 직함을 잃는 것을 뜻했다. 나도 맥보이도 정말 엿같은 상황에 맞닥뜨렸다.

"저 멍청한 새끼 확 그어삐라." 불난 얼굴이 소리쳤다.

맥보이는 압박감을 느꼈다. 우리 둘 다 다른 방향으로 놈을 뒤로 물러서게 하고 있었다. 맥보이가 날카로운 눈빛으로 나를 쏘아보며 오른손을 트레이닝복 재킷 주머니에 넣었다가 급히 뭔가를 꺼냈다. 칼이었다. 커터 칼. 빛이 보였다. 번쩍. 번뜩이는 광채. 중지 길이만 한 칼. 동맥을 찌르거나 폐에 구멍을 뚫거나 신장에 구멍을 내거나 심장을 터뜨리거나 눈을 팍 찌르거나 뇌에 칼자국을 내거나 뺨을 베어 버리거나 얼굴을 헤집어 열어 버리기에 더없이 충분한 길이. 내가 바로 불난 얼굴이 될 수도 있는 순간이었다. 나는 다시 한 번 내 보호 장비를 만져 봤다. 아직 거기 있었다.

뒤쪽에서 불난 얼굴이 내 팔을 붙들었다. 나는 힘으로 놈을 물리쳤다. 아니, 내 바람이었던가? 닌자처럼 잽싸게! 나는 놈보다 훨씬 빨랐다. 럭비가 확실히 제값을 했다. 획 돌아서서 전광석화 같이 주먹을 날려 놈의 코를 가격했다. 퍽 하고 깨지는 소리가 났다. 그놈 코가 박살난 건지 처음엔 확신할 수 없었다. 아니면 턱인가? 광대뼈? 놈이 바닥으로 푹 주저앉았다. 놈이 주저앉는 순간 내 무릎이 올라갔고 그놈 머리와 딱 마주쳤다. 쾅! 또 한 번의 파열음.

아주 빨랐고.

매우 날카로웠고.

굉장히 아팠다.

일말의 타협도 없는 단호함.

콸콸 터진 피.

주체 못할 고통.

후아, 후아, 후아, 코가 깨지고 어쩌면 턱도 깨졌을지 모를 스코틀랜드 남자의 피 냄새가 났다. 어쩌면 광대뼈가 파열됐을지 모를 사내의 피 냄새.

신음 소리. 나는 그를 쳐다보고 있다. 내려다본다. 내 안에서 거대한 분노가 확 치밀어 오르는 게 느껴진다. 몇 초 전까지만 해도 으르렁대며 내 피를 탐하던, 맥보이한테 마음놓고 나를 찌르라고 하던 놈에 대한 분노. 맥보이를 부추기던 놈. 좆만이를 찌르라고? 부글부글 끓는 물에 딱 한 방울 더해져 폭발해 버릴 것 같은 상태. 이 쥐새끼 같은 놈이 나한테 걷어차이게 되겠지. 계속해서 끊임없이 연이어. 백퍼센트 확신할 순 없지만 머리, 복부, 갈빗대를 두들겼다. 거길 전부 다. 아니 그 이상. 더 많이. 발 가는 대로 어디든. 하나 둘 셋. 발길질. 또 발길질. 맥보이가 그 모습을 보고 있다. 보호 장비를 꺼낸다. 몰래. 나는 최후의 수단이라고 되뇌었다.

아야!

하나 둘 셋.

킥.

발길질.

아야!

아야!

아야!

더 이상 들리지 않는 신음소리. 얼어붙은 맥보이. 빤히 쳐다보는 눈빛. 신발에 자석이 붙은 듯 꼼짝 못하는 상태. 내 생각엔 거의 그런 정도인 듯 했다. 절대 바보를 과소평가하지 말 것.

맥보이가 나를 덮친다.

갑자기 덤벼든다.

언짢은 고양이처럼.

놈은 내가 생각했던 것보다 더 무겁다. 등에 통증이 느껴진다. 숨이 찬다. 아니 그 이상이다. 숨이 찬 것보다 훨씬 더하다. 숨을 쉴 수가 없다. 폐 속으로 공기를 밀어 넣으려 몸부림친다. 공기를 채워 넣으려고. 이 고양이 같은 원숭이 새끼를 내 등에서 떼어내려고 발버둥친다. 무릎이 굽혀진다. 땀이 흐른다. 점점 더워진다. 점점 추워진다.

펀치. 주먹질. 후려치기. 열이 난다. 추워진다. 내 뒤통수에, 뺨에, 눈에 전해지는 압박감. 고삐가 죄고 있는 느낌. 나쁜 놈 손에 탄생한 또 다른 멍. 같은 눈. 반대쪽 눈. 흠씬 두들겨 맞아 멍투성이가 되는 두 눈. 지금 나는 복서다. 소문난 파이터. 코에서 피가 줄줄 흐른다. 눈에서도 흐른다. 놈을 떼어낼 수가 없다. 할 수 있는 한 모든 동작을 동원해 흔들고 던져 버리려고 안간힘을 쓴다. 고양이 같은 새끼. 내 살갗을 꿰뚫은 발톱. 안되겠다. 그걸 써야겠다. 한계가 느껴진다.

피가

뚝

뚝

뚝

피가

피가.

코가 깨졌다. 목이 뻣뻣하다. 젠장, 놈이 내 목을 부러뜨릴 뻔했다. 영화에서 본 건 있는 모양이다. 예리하게 비틀기 한 번. 갑자기 휙 움직인다. 잡아챈다. 부러뜨린다. 뻗는다. 식은 죽 먹기다. 놈은 지독하게 매달리는 놈이다. 광기의 시간. 놈이 내게 뭐라고 떠든다. 내가 이해하지 못할 얘기. 고양이 두 마리가 싸우고 있다. 이기고 있는 고양이 한 마리. 매달려 있는 다른 한 마리. 놈의 무기는 어디 있지? 내가 베인 곳은? 구멍은? 깊은 상처. 피. 냉기. 구급차. 불빛. 의사들. 부모님. 예후. 눈물. 심적 고통. 전투. 장례식. 기억. 고통. 우울. 유죄. 후회. 다들 어디 있는 거지? 침이 내 귀를 탁 때린다. 그놈의 침. 오염된 침? 나는 머리 위로 손을 넘겨 놈을 후려갈기려고 한다. 헛일이다. 놈의 정수리를 친다. 젤 때문에 딱딱한 놈의 머리. 전혀 힘이 가해지질 않는다. 소용없다. 그래 이거다. 마음은 이미 체념 상태. 몸에 기운이 없다. 무릎이 꺾인다. 바로 이거다. 이건 원래 예정된 수순이다. 내 인생이 나를 위해 계획해 둔 길. 클렘, 그냥 받아들이고 말대꾸 하지 마. 제 길. 새하얀 빛 한 줄기. 슬로모션. 평화. 고요한 공간. 여긴 내 집 같구나. 이스트본에서 럭비 하던 예전 좋은 시절.

픽!

픽!

픽!

아직도 비가 내린다. 거센 빗줄기. 밥 딜런이 생각난다. 내가 지금 비가 오게 만들고 있다. 비를 내리게 한 소년. 머리가 뜨겁다. 피다. 피 냄새가 난다. 바로 이거다. 도어스 The Doors 가 불렀던 노래 같다. 홱 잡아당겨. 지금 당장 홱 잡아채. 옷이 찢어진다. 찢긴 셔츠 사이로 젖꼭지가 드러난다. 새파랗게 젊은 가슴 털. 보송보송한 솜털. 야만인 같은 옷차림. 머릿속에 스치는 웃긴 생각. 이 상태로 집에 어떻게 가지? 내 보호 장비를 써야 할 때다. 다시 오지 않을 절호의 기회. 티셔츠는 연극반에서 빌릴 수 있겠지? 점심은 뭘 먹지? 크롤 선생님한테 이 일을 어떻게 설명하지? 엄마 아빠가 눈치 챌까? 학교 측에서 우리 부모님한테 새 교복을 사야 한다고 연락을 할까? 무릎을 꿇은 채. 불난 얼굴 그놈의 얼굴을 보면서. 놈의 눈이 감겨 있다. 평화롭게. 조는 건가, 아니면……? 내가 한 일. 그놈이 한 일. 맥보이한테도 비가 필요하다. 지쳐 버린 펀치. 고작해야 찰싹 때리는 정도. 세 번의 펀치.

펵!

펵!

펵!

아무 일도 없다. 찰싹. 어질어질 현기증. 별이 보인다. 윙 하고 울리는 소리. 광기. 나의 보호 수단을 휘두르는 것 말고는 아무것도 없다. 휘두르기. 아니, 찌르기였나? 날랜 찌르기? 가벼운 쑤시기?

그런 다음 잠시 중지.

긴 휴지기.

으스스한 정적.

맥보이가 내 옆으로 쓰러진다.

사실은 내 위로. 봉제 인형 같은 놈의 몸뚱이를 밀어낸다. 놈은 더 이상 고양이가 아니다. 봉제 인형. 헝겊으로 만들어진 고양이 인형. 움직이지 않는 불쌍한 놈. 내 피가 놈을 뒤덮고 있다. 흠뻑 스며든 채.

내 피 맞나?

누구 피지?

나는 지금 정신이 초롱초롱하다. 경계 태세. 위험 신호. 옆에 구멍이 났다. 꿰매려면 보통 일이 아니겠는데.

내 피?

맥보이가 가만히 누워 있다.

가만히.

놈의 목에서 폭포가 흐른다. 내가 그걸 막아야 하나? 지압할까? 아무것도 하지 말까? 흘려보내게 놔두자. 놈이 혀로 핥게 두자. 숨소리. 내 게 아니다. 불난 얼굴 것도 아니다. 맥보이 것도 아니다. 놈들한테는 비가 필요했다.

툭

툭

눈물. 우리 게 아니다.

내 뒤.

목이 뻐근하다.

돌아선다.

돌아서서 그녀를 본다.

드디어!

드디어 그녀를 찾았다.

여기에 있다. 그녀가.

그녀가 여기에.

나와 함께.

나를 굽어보며.

나의 수호천사.

손에 미술 용품을 든 채. 진정한 예술가다. 하늘을 향하고 있는 반 고흐.

그녀가 저기 서 있다.

빤히 쳐다보며.

얼음처럼 차가운 여인.

우리가 함께한 화방 나들이가 떠오른다.

내 손에 꽉 쥐어진 보호 수단. 방금 맥보이의 경정맥에 박아 넣었던.

지금 정확히 내 손에 쥐어진.

응시.

맥보이의 경정맥을 향한 시선.

그녀가 목도한 광기. 보호 수단.

그녀가 그걸 알아본다.

그녀 엄마의 물건.

걔네 집 물건. 토마토, 오이, 닭고기, 고추, 버섯, 바나나, 그리고 지금은 맥보이의 경정맥용 물건.

'제기랄, 저 살인자 손에 어떻게 우리 집 칼이 쥐어져 있는 거야?'

아마 그녀는 이런 생각을 하고 있겠지. 그녀 머릿속에서 소용돌이치는 생각.

'그래, 아침. 내가 위층에서 스톤 로지즈 노래 듣는 동안 쟤가 한참을 주방에 있었지. 그때 슬쩍했군. 분명히 그랬어.'

"저 놈이 날 죽이려 했어." 나는 덜덜 떨면서 말했다. 약간 두려웠다. 절제된 표현.

"클렘, 그 칼." 로지가 말했다.

"오늘 아침에 내가 가져왔어. 미안해. 무서웠거든. 네가 도로 갖다 놔. 나한텐 이제 필요 없어." 내 시선은 생기 없는 맥보이의 몸뚱이로 향했다.

"클렘, 너 대체 뭔 짓을 한 거야?"

"너 찾고 있었어. 근데 못 찾겠더라."

내 시선은 여전히 맥보이한테 고정. 아직도 피가 오줌처럼 새 나온다.

"이거 미친 짓이야." 로지가 말했다.

나는 맥보이한테서 시선을 거뒀다.

"어디 갔었어? 내가 너 찾고 있었다니까." 내가 물었다.

"여자들 문제 때문에."

"널 찾을 수가 없었어."

"그 칼 좀 놔."

내가 최면상태에 빠졌었구나 싶다.

"아까 수업 시간에 왜 날 놔두고 갔어?"

"얘기했잖아, 클렘."

"뭘? 얘기해 봐. 난 이해가 안 돼."

"여자들 문제라니까!"